KB069058

도시의 확장과 변형

― 도시편 ―

이 책은 2019년 대한민국 교육부와 한국연구재단의 지원을 받아 수행된 연구임
(NRF—2019S1A5C2A04082394)

대구대학교 인문과학연구소
동아시아도시인문학총서

3

도시의 확장과 변형

─ 도시편 ─

권응상·김명수·문재원·안창현·야스다 마사시·최범순

學古房

　성급한 바람을 담은 말이지만 지구촌 전체를 강타한 팬데믹이 이제 백신의 개발과 접종으로 인해 서서히 끝을 향해 달려가는 것 같다. 역사적으로 유래를 찾아보기 힘든 팬데믹 사건은 바쁘게 치달았던 일상의 폭주기관차에 제동을 걸고 달려온 길에 대해서 뒤돌아보게 한다. 울리히 벡이 '위험사회'라는 말로 인류에게 경고하며 제안했던 '성찰적 근대'라는 말이 남다른 감회로 다가온다. 많은 소회들이 있지만, 코로나가 안겨준 인류의 위기 앞에 인문학의 효용과 임무가 그 어느 때보다 절실하다는 사실을 직시하게 된다. 선진국이라고 믿었던 경제 강국들이 효율과 경쟁의 논리에 갇혀 국가 안전망이 뚫린 채 허둥대는 모습을 지켜보면서, 그들이 자부해 왔던 민주주의 체제가 개인주의적 자유주의에 잠식당해 형식적 민주주의에 머물러 있다는 사실을 확인하게 된다. 신뢰와 소통, 배려와 양보가 기반이 된 이타적 공동체를 구성하고 협력과 상호존중의 사회적 신뢰 자산을 쌓아가는 일이 고도화된 현대사회일수록 더욱 절실하게 필요하다는 사실이 코로나를 통해 확인되고 있다. 이와 같은 무형의 자산들을 사회적으로 유통시키고 확산해 가는 일이야말로 인문학 본연의 임무임을 인문학 전공자로서 무게 있게 깨닫게 된다.

　이번에 시리즈로 출간될 3권의 책은 한국연구재단의 후원을 받아 대구대학교 인문과학연구소가 2020년도 하반기에서 2021년 상반기까지 진행한 'LMS-ACE 교육과정 개발 및 인문교육 시스템 구축: 철길로 이야기하는 동아시아 도시인문학' 프로그램의 연구 성과물로 구성되어 있다. 코로나로 인해 제한된 상황 속에서도 본 연구소는 학술대회, 콜로키움, 시민인문강좌 등의 학술 행사들을 진행하였고, 그 결과물들을 하나로 묶어 결실을 보게 되었다.

세계는 점점 복잡하게 구성되고 빠르게 변화하며 예측 불가능한 방식으로 진행된다. 본 연구팀은 국가(민족) 단위로 세분화된 현재의 학과(부) 편재로는 급변하는 글로벌 시대를 선도하는 인문학 교육이 한계에 봉착했다는 문제의식에서 출발하여, 일국적 관점을 지양하고 초국가적인 세계관과 비전을 함양함으로써 미래의 세계 시민으로 우뚝 설 수 있는 인재를 양성할 새로운 인문 교육의 패러다임을 구축하고자 한다. 지역의 좁은 틀에 얽매이거나, 자국과 자문화 중심주의에 매몰되어서는 창의적이고 개방적인 국제 사회의 일원이 될 수 없다. 미래 사회의 비전은 복합적이고 다차원적인 인식의 지평을 요구하며, 이는 국제 관계의 역동성과 중층성을 이해하는 것에서 출발한다. 이와 같은 문제의식이 반영된 혁신적인 인문교육 프로그램을 마련하기 위해 본 연구팀은 지금도 노력 중이며, 문제의식을 함께 하는 지역 안팎의 연구자, 실천가들로부터 고견을 듣고 의견을 나누며 토론하고 있다. 이 저서는 그와 같은 노력과 협력의 결과물이다.

본 시리즈 저서는 '도시의 확장과 변형: 동아시아 도시인문학의 지형과 과제'라는 큰 주제 아래 내용별로 각각 〈도시〉, 〈문화〉, 〈문학과 영화〉로 나누어져 있다. 이와 같은 구분은 편의적인 것일 뿐 정확하게 내용적으로 구별되는 것은 아니다. 도시 이야기에 문화적 내용이 포함되어 있고, 문화, 문학, 영화 이야기에 도시라는 배경이 포함

될 수밖에 없기 때문이다.

1번째 책인 〈도시〉편에서는 근대화 시기 대구, 부산, 교토, 베이징 등 동아시아 주요 3국의 생활상들이 소개되고 있다. 김명수의 「1920년대 대구 상업의 공간적 분포와 조선인 상점」은 1920년과 1923년에 대구상업회의소에서 펴낸 대구상공인명록을 통해 1920년대 대구 상업의 공간적 분포를 분석한 것으로, 상인 공간이 민족에 따라 이분된 공간으로 형성되어 있음을 보여주었다. 이 시기 대구는 경부선 부설과 대구역이 건설된 이후 읍성의 북쪽과 동쪽에는 일본인 상점이, 그리고 서쪽과 남쪽에는 조선인의 상점 분포되어, 상당히 활발한 움직임을 보였다는 것을 보여주고 있다. 문재원의 「부산 시공간의 다층성과 로컬리티: 부산 산동네의 형성과 재현을 중심으로」는 '부산 산동네'가 간직한 다양한 주체들의 기억, 경관, 문화의 재구성 과정을 고찰하고 있다. 이를 통해, 이 공간이 구축하고 탈구축하는 로컬리티를 살펴보고, '부산 산동네'라는 공간에 존재하는 전 지구적인 것과 지역적인 것의 경합을 보여줌으로써, 공간의 형성과 재현을 통해 형성되는 공간의 역설성과 이중성을 드러내는 동시에 과거 슬픈 기억의 현재화에 관한 문제를 제기하고 있다. 야스다 마사시의 「일본 교토와 대구·경북의 경계를 넘어 일했던 사람: 재일 조선인1세 조용굉씨의 생애사」는 일본 교토의 직물 산업인 니시징오리 산업(西陣織産業)에 종사하면서 일본과 한국을 오간 조선인 1세 조용굉(趙勇宏)씨의 삶을 통해 1945년 이전과 이후의 대구·경북 및 일본 교토의 산업과 관련된 재일조선인의 노동이나 활동, 행동 및 의미를 논하고 있다. 재일조선인의 과거와 현재를 통합하는 연구를 통해 기존의 지엽적이고 단절된 연구를 극복하고 있다는 점에서 의미있는 글이라 생각된다. 최범순의 「대구를 기록한 일본인: 후지이 추지로(藤井忠治郎)의 대구 하층사회 기록」은 '후지이 추지로'가 1922년 12월부터 1924년 6월까지 잡지 『경북(慶北)』에 연재한 1920년대 전반기 대구 하층사회 기록을 분석한 것이다. 일본의 식민지 지배정책과 사회사업의 틀에서 벗어난 특수성을 간직한 그의 기록은 식민지 조선의 대구라는 도시가 만드는 격차를 통한 근대적 발전 방향성에 대한 재고라는 거시적 의의와 함께, 이들을 희생하며 성장한 근대 한국의 도시가 가지는 모습의 기록이란 의의가 있다. 안창현의 「베이징 농민공의 문화활동과 정동정치」는 사회적 변화를 추동하는 힘으로서 정동의 역할을 강조하고 있는데, 베이징 농민공들의 문화활동을 통해 자신의 논거를 입증하고 있다. 피춘 문화 공동체에 참여하는 신노동자들의 경험적 서사들을 통해 소박하지만 믿음과 의욕으로 환기되는 그들의 정동을 차분히 설명하고 있다. 권응상의 「장안의 화제: 당대 기녀와 문인」은 국제적 도시였던 당나라 장안의 아문화를 문(文)과 압(狎)으로 구분하고, 이를 구성하는 두 축인 문인과 기녀가 만들어내는 문화를 고찰한 것이다. 기녀들은 문인을 상대하기 위해서 예술과 문학적 소양을 갖춘 '멀티 엔터테이너의 면모'가 필요했는데, 그녀들이 문인과 함께 만들어 내는 삶과 예술, 그리고 문학은 당대 시단을 다채롭게 해주었다. 특히 시를 노래하는 가수라는 기녀의 특수한 역할은 시의 전파와 사(詞)의 출현이라는 시가문학 발전사적 공헌이 있음을 이 글은 고찰하고 있다.

2번째 책인 〈문화〉편에서는 도시 공간에서 형성되는 문화적 장치와 실천들이 도시인들의 삶과 의식에 끼친 영향들을 확인할 수 있을 것이다. 먼저 박용찬의 「근대로 진입하는 대구의 교육과 출판」은 대구의 문학, 미술, 음악 등이 1920년 전후 성행의 기틀을 잡기 시작했다는 사실에 주목하고, 그와 같은 성행의 제도적 기반을 추적한다.

1910년 전후 대구의 문화 및 문학 장(場)을 움직인 동력을 교육과 매체에서 찾고 있는 이 글은 대구라는 우리 지역의 구체적 사례를 통해 근대라는 상상된 공동체가 어떻게 형성되는지를 보여주고 있어서 흥미롭다. 박정희의 「기억 서사로 본 베이징 도시공간과 도시문화」는 역사의 격랑 속에 변모를 거듭해온 베이징을 들여다본다. 봉건 제국의 고도가 사회주의 신중국의 수도로 재건되는 변모 양상을 분석하는 일은 다양한 각도에서 가능하겠지만, 이 글은 특히 생활 주거 양식에 주목함으로써 일상생활의 변화가 새로운 제도를 수용하는데 있어 중요한 역할을 할 수 있다는 사실을 입증해낸다. 윤경애의 「『조선시보』 대구지국 독자우대 대연극회를 통해 본 1910년대 대구의 공연 문화」는 제목처럼 1910년대의 대구 공연 문화를 소개하고 있는데, 앞서 박용찬이 지적한 바 1920년대 대구의 문화적 부흥을 위한 기틀을 닦았던 1910년대의 문화 현상을 사례를 통해 이해할 수 있는 기회를 제공하고 있다는 점에서 흥미롭다. 이 글은 지방 연극사에 대한 소중한 기록을 정리하고 그 의의를 밝히고 있을 뿐 아니라 지역의 문화사 및 경제사 연구를 위한 초석이 될 수 있다는 점에서 의미있는 글이다. 노우정은 「이청조의 달콤 쌉싸름한 사랑과 인생의 노래: 변경의 도시문화에서 꽃 핀 사(詞)」라는 글을 통해 남송과 북송 시대에 걸쳐 널리 사랑받았던 이청조라는 여류문인을 소개하고 있다. 당시 세계에서 가장 큰 도시이자 문화의 중심지였던 변경과 항주에서 일상의 아름다움에서 인간의 세밀한 감정을 포착했던 그녀의 '사(詞)'라는 문학 장르를 감상해봄으로써 여성에게 가해진 시대적 제약을 뚫고 창작과 학술로 자신의 인생을 개척해간 주체적인 인물을 만날 수 있을 것이다. 이경하의 「베이징(北京)과 상하이(上海): 20세기 최고의 로맨티스트 쉬즈모(徐志摩)와 그의 뮤즈들」은 국내에서도 당시

인기가 있었던 쉬즈모의 사랑과 문학에 대해서 설명하고 있다. 맹목적인 로맨티스트이자, 중국 사회의 병폐와 봉건예교의 속박에 대해 비판적이었던 지식인이자, 중국 현대시의 발전을 위해 시의 형식과 내용에 대해 진지하게 고민하며 해결의 길을 모색했던 신월파 시인이었던 그의 행적과 문학세계를 함께 따라가다 보면 20세기 중국의 정취를 느낄 수 있게 될 것이다. 서주영의 「북경 자금성 둘러보기」는 북경성과 자금성의 역사, 구조, 및 건축에 관한 문헌적 고찰을 통해, 베이징이 수도로서 간직한 의미를 통시적으로 고찰하고, 동시에 북경성과 자금성의 건축 구조가 가지는 의미를 살펴본 것이다. 또한 이들이 1950년 이후 겪게 되는 변화와, 과거 자금성의 '오문(午門)'으로 대표되는 황제의 권력이 '천안문'이라는 인민(人民)으로 옮겨가는 상징적 의미의 허실에 관해서 고찰하였다.

3번째 책인 〈문학과 영화〉편에서는 문학과 영화 속 다양한 동아시아 근대인들의 모습을 볼 수 있다. 권은의 「경성에 살던 일본인들, 그들의 문학 작품 속 경성 풍경: 다나카 히데미쓰의『취한 배』를 중심으로」는 식민지 시기 경성이 한국인과 일본인이 공존하던 이중 도시였다는 사실에 주목한다. 전체적인 경성을 조망하기 위해서는 한국인에 의해 재현된 모습뿐만 아니라 일본인의 눈을 통해 그려진 경성의 모습도 간과해서는 안 된다는 것이다. 이 글은 다나카 히데미쓰의 『취한 배』를 분석하면서 '이중도시' 경성의 독특한 공간적 특성과 조선인과 일본인의 대비되는 심상지리적 특성을 잘 보여주고 있다. 한상철의 「철로 위의 도시, 대전(大田)의 두 얼굴: 20세기 전반의 '대전역'과 근대문학」은 식민과 제국의 갈림길에 세워진 '신흥 도시' 대전에 대한 한국과 일본의 문학적 형상화를 도시의 관문 '대전역'을 중심으로 읽어간다. 주목할 점은 한 세기 전 제국주의에 희생당한 비극적인 한반도의 모습이 상징적 공간인 대전역을 통해 다양하게 묘사되고 있다는 사실이다. 한편 허영은은 「여성 요괴들은 어떻게 만들어지는가?: 괴물이 된 헤이안 여성들」이라는 글을 통해 사회적으로 여성 이미지가 만들어지고 통용되고 확대 재생산되는 이데올로기를 헤이안 시대 여성 이미지를 통해 분석하고 있다. 주목할 점은 그러한 이미지가 교토라는 도시의 공간적 특성과 연결시키고 있다는 점인데, 헤이안 시대와 교토의 시공간이 직조하는 여성의 차별과 이미지화된 여성 차별의 이데올로기를 따라가면서, 우리 시대의 여성 이미지와 비교해 보는 것도 흥미로운 독서가 될 것이다. 권응상의 「순간에서 영원으로: 당(唐)나라 성도(成都)의 설도(薛濤) 이야기」는 당나라 성도(成都)의 기녀이자 시인이었던 설도를 소개하고 있다. 그녀의 파란만장한 인생과 사랑 이야기가 그녀의 시들과 함께 펼쳐지고 있어서 사건과 그에 따른 심정이 절절하게 다가온다는 점이 이 글의 매력이라고 할 것이다. 양종근의 「회광반조(回光返照)의 미학: 근대와 전통적 가족의 해체: 오즈 야스지로의 〈동경 이야기〉」는 일본 근대화 시기 동경의 중산층 가족을 그리고 있는 오즈 야스지로의 영화 〈동경 이야기〉를 분석하고 있다. 근대적 생활양식이 바꾸어 버린 일상과 전통적 가족 관계의 해체에 관한 영화의 메시지를 필자는 내용적 측면과 형식적 측면으로 나누어 차분하게 설명하고 있다. 고전 영화에 대한 향수와 관심을 환기할 수 있는 기회가 될 것이다. 끝으로 서주영의 「영화『마지막 황제』: 청나라 12대 선통제(宣統帝) 푸이(溥儀)의 삶」은 몰락한 청나라의 마지막 황제에 관한 이야기를 담고 있다. 이 글은 몰락한 왕조의 마지막 황제가 평민으로 전락하는 개인적 비극을 서정적으로 묘사하면서도 푸이의 반민족적이고 반역사적인 행각에 대한 비판을 통해 단지 개인으로 치부할 수 없는 그의 책임의식을 묻고

11

있다는 점에서 이채롭다.

　이상의 간략한 소개를 통해서 알 수 있듯이 총 3권으로 구성된 본 저서는 한국을 포함하여 중국과 일본의 알려지지 않았던 사건과 인물에 대해 소개하고 있다. 근대 형성기의 이야기들이 주를 이루고 있긴 하지만, 근대에 국한하지 않고 역사적 지평을 좀더 넓게 확장하여 근대와 근대 이전의 풍속과 문화를 비교해 볼 수 있도록 하였다. 동아시아 3국의 유사한 듯하면서도 다른 도시 공간과 문화유산, 상호 침투되는 역사적 기억들이 몽타주 되어 벤야민이 『아케이드 프로젝트』에서 보여주려 했던 것과 흡사한 동아시아의 문화 전도를 독자들에게 보여줄 수 있기를 기대한다.

　이 책이 발간될 수 있었던 것은 전적으로 한국연구재단의 지원 덕분이다. 인문 자산의 생산과 확산에 실질적 지원을 아끼지 않는 한국연구재단의 지원 프로그램이 없었다면 이 책에 수록된 소중한 글들은 개인 연구자들의 개별적이고 산발적인 연구 성과에 그쳤을지 모른다. 함께 문제의식을 공유하고 토론하며 연구 분야에서 협력과 협업의 즐거움에 기꺼이 동참해 준 여러 선생님들께도 감사의 인사를 전한다. 끝으로 열악한 출판 환경에도 불구하고 기꺼이 본 저서를 출간할 수 있도록 마음을 내어주신 도서출판 학고방의 하운근 대표께도 감사의 인사를 드린다.

2021년 6월
대구대학교 인문과학연구소
동아시아도시인문학 사업단

동아시아도시인문학총서 3
도시편

책을 발간하며_5

1920년대 대구 상업의 공간적 분포와 조선인 상점_김명수 ············· 15

부산 시공간의 다층성과 로컬리티_문재원 ······································· 59
 - 부산 산동네의 형성과 재현을 중심으로

일본 교토와 대구·경북의 경계를 넘어 일했던 사람
 _야스다 마사시安田昌史 ··· 93
 - 재일 조선인1세 조용굉씨의 생애사

대구를 기록한 일본인_최범순 ·· 131
 - 후지이 추지로藤井忠治郎의 대구 하층사회 기록

베이징 농민공의 문화활동과 정동정치_안창현 ·················· 163

장안의 화제: 당대 기녀와 문인_권응상 ····························· 187

동아시아도시인문학총서 4
문화편

근대로 진입하는 대구의 교육과 출판_박용찬 ·· 15

기억 서사로 본 베이징 도시공간과 도시문화_박정희 ································· 43

『조선시보』 대구지국 독자우대 대연극회를 통해 본 1910년대 대구의 공연 문화
_윤경애 ··· 77

이청조의 달콤 쌉싸름한 사랑과 인생의 노래_노우정 ································ 99

쉬즈모의 사랑과 시_이경하 ··· 137

북경 자금성 둘러보기_서주영 ·· 183

동아시아도시인문학총서 5
문학과 영화편

경성에 살던 일본인들, 그들의 문학 작품 속 경성 풍경_권은 ················· 15

철로 위의 도시, 대전大田의 두 얼굴_한상철 ··· 41

순간에서 영원으로_권응상 ·· 67

여성 요괴들은 어떻게 만들어지는가?_허영은 ··· 105

회광반조回光返照의 미학: 근대와 전통적 가족의 해체_양종근 ················ 141

영화 『마지막 황제』_서주영 ··· 181

1920년대 대구 상업의 공간적 분포와 조선인 상점

김명수

1 들어가며

본고는 1920년과 1923년에 대구상업회의소에서 펴낸 대구상공인 명록을 통해 1920년대 대구 상업의 공간적 분포를 특징짓고, 이를 토대로 『朝鮮人會社·大商店辭典』(1927, 이하 『사전』)에 게재되어 있는 대구의 조선인 회사와 대상점을 분석하여 그 지역적 분포와 개별 회사 또는 대상점의 존재양상을 검토한다. 전국적으로 근대도시에 대한 관심과 함께 그 이면에 깔린 근대사에 대한 관심이 증가하고 있다. 대구 역시 1904년의 러일전쟁을 계기로 근대도시로의 전환이 본격화하였다. 근대도시의 형성은 근대화 과정의 일환이었으며, 한국의 경우에는 근대화 과정이 식민지화의 과정과 중첩된다. 전통상인들 또한 근대화와 식민지화의 과정 속에서 근대 기업가로의 변신을 고민했다. 변신에 성공한 이들도 있지만, 일본 상인들과의 경쟁에서 한

* 이 글은 『인문연구』(영남대학교 인문과학연구소) 제95호에 게재한 같은 제목의 논문을 동아시아도시인문학총서의 취지에 맞추어 수정·보완한 것임을 밝혀둔다.
** 계명대학교 일본학전공 교수

계를 드러내며 좌절한 이들도 있다. 그 과도기적인 존재들이 영세함을 극복하지 못하던 한국인 상인들이고 상점들이었다. 이들 한국인 상점들이 근대 대구 산업에서 이중구조의 한 축을 이루고 있었다. 이들의 존재양상을 복원하고 그 특질을 해명하는 것이 이 연구의 목적이다.

그 동안 학계에서는 근대 대구에 주목하며 얼마간의 연구성과를 축적해 왔다. 유제헌은 근대화 과정 속에 나타난 대구의 공간적 변화를 시가지의 성장, 상업활동, 농업과 공업활동을 중심으로 검토하였고,[1] 김일수와 김인호는 한말 일제강점기를 대상으로 대구의 도시성격의 변화와 산업 성장에 대한 역사적 검토를 수행하였다.[2] 김인수 또한 대한제국기 대구의[3] 일본인 거류민단을 중심으로 일본인 사회의 형성돠 지역사회 속의 갈등을 검토했다.

최근에는 지역철도부설운동과 전기부영화운동을 중심으로 대구상업회의소와 그 활동에 주목한 김희진의 연구도 있었다.[4] 본고에서는 이러한 그간의 연구성과에 기대어 1920년대의 대구상업의 공간적 분포와 특히 한국인 상점의 존재양태에 대해 검토하고자 한다.

대구의 중심가인 중구 일대는 과거 경상감영이 있던 읍성을 중심

1) 柳濟憲, 「大邱圈地域에 있어서 空間構造의 近代化 過程」, 『지리학』 27(2), 대한지리학회, 1992년, 100-116쪽.
2) 계명대 개교50주년 준비위원회·계명사학·계명대사학과, 『대구 근대의 도시발달과정과 민족운동의 전개』, 계명대 개교50주년 준비위원회, 2004년, 제2부.
3) 김인수, 「'한일병합' 이전 대구의 일본인 거류민단과 식민도시화」, 『한국학논집』 제59집 2015, 257~281쪽.
4) 金希眞, 「1910~20년대 대구상업회의소 구성원의 연대와 갈등 - 지역철도부설운동과 전기부영화운동을 중심으로 -」, 『歷史敎育』 153, 역사교육연구회, 2020, 239-289쪽.

으로 근대도시로 전환된 지역이다. 현재에도 다양한 상업과 문화의 중심지로서 기능하고 있으나 눈부신 발전의 결과 외형적인 부분에서 과거의 모습을 찾아보기 어려운 지역이기도 하다. 현대적인 모습으로 변모했지만 현재의 대구 시내의 상권과 도로는 과거의 모습을 고스란히 품고 있다. 그런 의미에서 눈에 보이지는 않지만 그 지역, 상권, 도로의 성립 근저에 존재하는 당시 상인들의 존재양상을 복원하는 작업은 근대도시로서 대구가 갖는 성격을 구명하는데 기여할 수 있을 것이다. 이를 위해 제1절에서는 1920년과 1923년의 상공인명록을 통해 대구 상업의 업종별, 민족별, 공간적 분포를 살펴본다. 제2절에서는 1927년에 간행된 『사전』에 나와 있는 정보를 바탕으로 조선인 상점의 설립시기와 지역적 분포를, 제3절에서는 상점 또는 기업의 대표자들에 대해 상세하게 검토하기로 한다. 본격적인 논의에 앞서 주자료인 『사전』에 대해 간략하게 언급해 둔다.

『사전』은 조선의 상공인들이 그간 요록이나 영업안내서 발간에 등한시했음을 지적하고 1927년 1월 副業世界社에서 일종의 「캐탈록」으로 발간한 것이다. 부업세계사는 資力이 부족하여 일단 제1집만 발간하고 추후 '資力과 勞力이 許함에 따라' 추가로 계속 발간할 계획을 가지고 있었다.[5] 민족의식이 강하게 투영된 출판계획이었다고 생각된다. 왜냐하면 부업세계사의 주간 백대진과 영업부장 장재흡이 1922년에도 필화사건으로 조사를 받은 적이 있었기 때문이다. 『新天地』 1922년 11월호에 '일본 위정자에게 고함'이라는 제목의 글을 게

---

5) 張在洽 편, 『朝鮮人會社·大商店辭典』, 副業世界社, 1927년, 1쪽. 1925년 현재 부업세계사의 주간은 白大鎭이었고, 영업부장은 張在洽이었다. 1925년 11월 25일 목포를 방문하였을 때 무안군 주최로 두 사람을 위한 환영회가 당지 유지자 다수의 참석 하에 개최되었다고 한다. 每日申報 1925.12.1. 〈地方集會〉.

재한 것이 문제가 되었다. 일본이 조선사람에게 참정권이나 내정독립 같은 것으로는 인심을 진정시킬 수가 없으며 조선인은 참정권 이상의 무엇을 요구한다는 내용이었다. 재판에서의 쟁점은 문제된 글 가운데 "조선인이 참정권 이상의 무엇을 요구한다"는 귀절과 "조선은 조선인의 조선이다"라는 말이 조선의 독립을 주장한 것이며, 조선에 대한 일본의 통치권을 배제한 것이 아니냐는 것이었다. 당시의 공소사실 내용에 의하면, '『신천지』 11월호에 게재된 논문사건이며 또는 朝憲紊亂 코자하는 불온한 글이라 인정하기에 충분하여'[6) 공판에 부쳐졌다고 한다.[7) 장재흡은 기소유예로 석방되었지만, 백대진은 12월 8일에 신문집법 위반과 제령 제7호 위반으로 기소되어 징역 6개월의 형을 받은 적이 있었다.[8) 따라서 부업세계사가 조선인 회사와 대상점만을 대상으로 일종의 영업안내서를 발간한 것은 이러한 민족의식의 발로였다고 보아 무방할 것 같다.

『사전』의 권두언에는 '商家의 銘心事項'이 58쪽에 걸쳐서 상세하게 기술되어 있는데, 구체적인 장 제목만 열거하면 다음과 같다. (1)實業界에서 成功하는 祕訣, (2)商業과 商人, (3)商店 繁榮과 店員, (4)

---

6) 당시 고등법원의 中村 검사장은 당시 取締 범위에 대해 "조선에서 절대독립을 주장하는 독립주의를 고취하거나 또 공산주의를 고취하는 사상"이라고 했다. 東亞日報 1922.11.24. 〈獨立과 赤色記事는 학설이라도 취체할 수 잇다. 검사장과 본사긔자의 문답〉.

7) 東亞日報 1922.11.21. 〈雜誌業者를 訊問〉 ; 1922.11.24. 〈酷禍를 밧는 言論機關, 證據湮滅을 恐하야 구인할 수 있다는 경검사정의 대답〉 ; 每日申報 1922.12.9. 〈白大鎭氏遂起訴〉.

8) 3.1운동 이후 민족지 탄압에 대해서는 다음을 참조하기 바란다. 한민족독립운동사8권-3.1운동 이후의 민족운동1 > 1.국내 민족운동(1) > 3. 민족지의 창간과 항일언론(1919-1945) > 3) 잡지에 대한 탄압. (한국사데이터베이스).

商業과 廣告의 使命, (5)商品 購買慾 硏究, (6)小賣商店 繁榮策, (7)陳烈窓 裝飾의 要領, (8)經濟觀測法과 原理 등이다. 이를 통해 볼 때 『사전』의 편찬목적이 좀 더 명확히 드러난다. 즉, 조선인 회사와 상점들의 영업안내와 함께 성공 비결과 광고, 진열방식 등에 대해 상세하게 설명하고 있는데, 『사전』에 등재됨으로써 전국적인 상업 네트워킹의 형성이 가능했다.

1) 1920년대 초 대구 상업의 공간적 분포

먼저 1920년에 간행된 『최근대구요람』에 수록되어 있는 상공인명록을 중심으로 총 701건의 데이터를 정리해 보았다. 상점 또는 기업의 영업장소가 있던 주소를 중심으로 살펴보면, 지금의 북성로1가와 북성로2가 일대인 원정1정목과 원정2정목이 701개 중 101개로 제일 많았다. 그 다음으로 지금의 서문로에 해당하는 본정 71개, 동성정(현재의 동성로, 이하 같음) 48개, 경정(종로) 41개, 시장정(동산동) 39개, 금정(태평로2가) 37개, 상정(포정동) 30개, 대화정(대안동) 28개, 남성정(남성로)와 서성정(서성로)이 각각 23개, 시장북통(시장북로) 21개, 촌상정(향촌동) 19개, 행정(태평로1가) 17개, 동본정(교동) 16개, 수정(堅町, 인교동) 16개, 동문정(동문동) 15개, 달성정(달성동) 13개, 동운정(동인동) 12개, 영정(용덕동) 11개, 명치정(계산동) 10개 등이었다.

상점·기업수가 10개 이상인 곳을 대상으로 하여 대표자를 중심으로 민족별 구성을 살펴보면 확연하게 구별되고 있음을 알 수 있다. 원정의 경우에는 101개 중 96개가 일본인이 경영하는 상점·기업이었다. 동성정의 경우에도 총 48개 중 41개가, 금정은 총 37개 중 34개,

상정은 30개 중 28개, 대화정은 28개 중 27개, 촌상정은 19개 전부, 행정은 17개 중 16개, 동본정도 16개 전부, 동문정 15개 전부, 동운정 12개 전부, 영정 11개 전부가 일본인이 경영하고 있었다. 반면, 경정의 경우에는 41개 중 39개가 조선인이 경영하는 상점·기업이었다. 시장정은 39개 중 30개, 남성정은 23개 중 18개, 서성정 23개 중 17개, 시장북통 21개 중 16개, 수정(竪町)은 16개 중 12개, 달성정은 13개 중 11개, 명치정은 10개 전부가 한국인이 경영하고 있었다. 그나마 조선인 상점과 일본인 상점이 혼재하고 있는 곳은 본정 정도였다. 71개 중 조선인 경영이 33개 일본인 경영이 37개였다. 일부 겸영하는 상점·기업이 있어서 중복 계산된 사례가 좀 있어 실제 숫자는 다소 줄어들 수 있고,[9] 10개 미만의 지역에 대해서는 언급하지 않았으나, 그렇다고 해서 큰 흐름에 영향을 주는 정도는 아니다. 미상 3곳은 기업명으로 되어 있고 다른 자료를 통해서도 대표자를 파악할 수 없는 경우였다. 하지만 이들 3곳 역시 지역이나 업종을 고려할 때 대표자가 일본인이었을 가능성이 높다.

1923년에 간행된 『대구안내』의 상공인명록을 이용해 총 529건의 데이터를 정리해 보아도 이러한 경향에는 크게 변화가 없음을 확인할 수 있었다. 역시 상점 또는 기업의 영업장소가 있던 주소를 중심으로 살펴보면, 원정이 529개 중 100개로 제일 많았다. 그 다음으로 동

---

9) 예를 들어 대구정미주식회사가 곡물상으로 분류되었는데, 그 대표인 宮井正一도 곡물상에 별도 포함되어 있다. 회사로도 경영하고 개인으로도 경영했는지, 아니면 그 영업과목이 달랐는지는 상세한 검토가 필요하겠지만, 여기서는 중복으로 계산되었다. 宮井는 또한 대구공립은행의 대표자이기도 했으며, 개인 이름으로 금전대부업에도 이름이 올라 있다. 따라서 宮井의 이름으로 총 4건이 상공인명록에 올라 있는 것이다. 宮井의 사례는 좀 특이하지만 2건이 올라 있는 경우는 더러 산견된다. 본고에서는 모두 별건으로 처리했음을 밝혀둔다.

성정 45개, 본정 39개, 금정 34개, 상정 27개, 행정 22개, 대화정 21개, 동문정 17개, 경정 16개, 시장정 15개, 동운정과 촌상정이 각각 13개, 지금의 화전동에 해당하는 전정(田町) 12개, 남정(현재 남일동)과 동본정이 각각 10개 순이었다.

상점·기업수가 10개 이상인 곳을 대상으로 하여 대표자를 중심으로 민족별 구성을 살펴보면 1920년의 경우에 비해 일본인 우위가 뚜렷하게 보인다. 원정의 경우에는 100개 중 97개가 일본인이 경영하는 상점·기업이었다. 동성정의 경우에도 총 45개 중 42개가, 본정은 39개 중 30개, 금정은 34개 중 33개, 상정은 27개 중 26개, 행정은 22개 전부, 대화정은 21개 중 20개, 동문정은 17개 전부, 동운정은 13개 전부, 촌상정도 13개 전부, 전정(田町)은 12개 전부, 남정은 10개 중 9개, 동본정은 10개 전부가 일본인이 경영하고 있었다. 경정의 경우에는 16개 중 15개가 조선인이 경영하는 상점·기업이었다. 시장정은 15개 중 조선인 경영이 8개, 일본인 경영이 7개로 혼재되어 있었음을 알 수 있다. 10개 미만이기는 하지만 시장북통이 9개 중 7개, 서성정이 8개 중 7개가 조선인 경영의 상점·기업이었다. 1920년에 조선인 상점과 일본인 상점이 혼재하고 있던 본정이 일본인에 의한 절대적 우위로 바뀌었으며, 시장정이 조선인 절대 우위에서 혼재로 그 분포 양상이 바뀌었다.

요컨대 1920과 1923년의 상공인명록을 통해 볼 때 대구 상업의 공간적 분포는 민족적 분리가 명확해 보인다. 일본인 상점·기업은 최대 밀집지역인 원정(북성로)을 비롯해서 금정과 행정(태평로), 동성정(동성로), 대화정(대안동), 촌상정(향촌동), 동본정(교동), 동문정(동문동), 동운정(동인동), 영정(용덕동)에 분포하고 있었다. 이 중에서 원정, 금정, 행정, 동성정, 동본정, 동운정, 영정 등은 경부선의 부설과 대구역의 등장과 함께 일본인이 대거 거주하기 시작한 곳이다. 주로 대구읍성을 중심으로 북쪽과 동쪽에 위치하고 있어 경부선 부설 이 전에는 그다지 주목받지 못했던 지역들이다. 이들 지역을 중심으로 일본인이 상세를 키웠음을 알 수 있으며, 이를 토대로 대화정이나 촌 상정 등 읍성 내로 상세를 확대시켜 갔음을 알 수 있다. 반면, 조선인 상점·기업은 본정(서문로)을 중심으로 남성정(남성로), 시장정(동산 동), 시장북통(시장북로), 수정(堅町, 인교동), 달성정(달성동), 명치정 (계산동)에 다수 분포하고 있었음이 확인된다. 이들 지역은 주로 대구 읍성의 서쪽과 남쪽에 위치하고 있어 전통적으로 조선인 상점이 다수 분포되어 있던 곳임을 알 수 있다. 결론적으로 1920년대 대구 상업의

표 1. 1920년대 전반기 대구 상업의 공간적 분포

영업장 소재지		1920년 상공인명록				1923년 상공인명록		
舊町名	新洞名	한	일	미상	계	한	일	계
원정	북성로	5	96	0	101	3	97	100
본정	서문로	33	37	1	71	9	30	39
동성정	동성로	7	41	0	48	3	42	45
경정	종로	39	2	0	41	15	1	16
시장정	동산동	30	9	0	39	8	7	15
금정	태평로2가	3	34	0	37	1	33	34
상정	포정동	2	28	0	30	1	26	27
대화정	대안동	1	27	0	28	1	20	21
남성정	남성로	18	4	1	23			
서성정	서성로	17	6	0	23	7	1	8
시장북통	시장북로	16	5	0	21	7	2	9
촌상정	향촌동	0	19	0	19	0	13	13
행정	태평로1가	1	16	0	17	0	22	22
동본정	교동	0	16	0	16	0	10	10
수정(堅町)	인교동	12	3	1	16	3	0	3

영업장 소재지		1920년 상공인명록				1923년 상공인명록		
舊町名	新洞名	한	일	미상	계	한	일	계
동문정	동문동	0	15	0	15	0	17	17
달성정	달성동	11	2	0	13	2	1	3
동운정	동인동	0	12	0	12	0	13	13
영정	용덕동	0	11	0	11	0	9	9
명치정	계산동	10	0	0	10	2	0	2
팔운정	수창동	0	9	0	9	0	6	6
남용강정	공평동	1	7	0	8	0	9	9
전정(田町)	화전동	1	7	0	8	0	12	12
신정	대신동	4	3	0	7	3	1	4
북내정	북내동	4	2	0	6	2	1	3
수정(壽町)	수동	5	1	0	6	0	2	2
북욱정	상덕동	0	5	0	5	0	6	6
삼립정	삼덕동	0	5	0	5	0	9	9
칠성정	칠성동	0	5	0	5	0	6	6
횡정	서야동	5	0	0	5			
남산정	남산동	4	0	0	4	4	1	5
남정	남일동	2	2	0	4	1	9	10
덕산정	덕산동	4	0	0	4	1	0	1
남욱정	문화동	0	3	0	3	0	5	5
대봉정	대봉동	0	2	0	2	0	4	4
동천대전정	동일동	1	1	0	2			
봉산정	봉산동	0	2	0	2	1	4	5
전정(前町)	전동	1	1	0	2	0	3	3
궁정	사일동	0	1	0	1			
서내정	서내동	1	0	0	1	0	1	1
팔중원정	도원동	0	1	0	1			
하서정	하서동	1	0	0	1	1	0	1
북용강정	완전동					0	1	1
소계		239	440	3	682	75	424	499

출처: 佐瀬直衛 편,『最近大邱要覽』, 대구상업회의소, 1920년,〈대구상공인명록〉；
吉田由巳 편,『大邱案內』, 대구상업회의소, 1923년,〈대구상공인명록〉.

공간적 분포는 대구읍성을 중심으로 남서쪽에는 한국인 상점과 기업이, 북동쪽에는 일본인 상점과 기업이 위치하고 있었다.(이상 표1 참조) 이하에서는 이러한 분석 결과를 토대로 1927년 현재 조선인 상점·기업의 상세한 존재양상을 검토해 보기로 한다.

2) 조선인 상점의 설립시기와 지역적 분포

(1) 설립시기

『사전』에는 1927년 현재 대구에 존재했던 각 회사·상점이 상점명 기준 가나다순으로 정렬되어 있어 특정 상점을 찾기에 편리했다. 하지만 이를 통해 『사전』에 게재된 회사·상점들의 지역적 분포와 상권별 특징을 파악할 수 없었다. 이를 보완하기 위하여 상점명, 설립연도, 소재지, 업무내용, 특기사항 등의 항목으로 정리한 뒤 설립 시기와 주소를 기준으로 재정렬해 보았다. 이를 통해 1920년대 후반 대구에 존재했던 한국인 회사 및 상점의 시기별 지역별 특징을 파악할 수 있었다. 업무내용을 기준으로 정렬해도 유사한 상점들이 비슷한 주소에 위치해 있었다.

〈표 2〉의 설립 시기는 회사·상점에 대한 설명에 언제 설립되었는지가 명기되어 있어서 설립연월을 추정하는 것이 그렇게 어렵지 않았다. 예컨대 1910년 이전에 설립된 상점들의 설립연도를 살펴보면 다음과 같다. 務益商會의 경우 1926년 조사 시점[10]에 '同商會는 距今 四十年前에 設立'되었다고 명확히 밝히고 있기 때문에 설립연도

---

10) 『사전』의 발간 연월이 1927년 1월로 되어 있다. 따라서 실제 조사가 이루어진 것은 1926년일 것으로 보았다.

표 2. 1927년 현재 대구 한국인 회사·상점의 설립 시기

설립시기	갯수	상호
1910년 이전	8	務益商會, 池義元乾材局, 在田堂書舗, 金弘祖乾材局, 金聖在商店, 新舊書舗, 尚信商店, 申元五商店
1911~1915	8	亞一商會, 廣興號製靴部, 李一根商店, 許泳商店, 株式會社大邱銀行, 池二洪商店, 白龍九商店, 日新商店
1916~1920	13	達西洋靴店, 嶺一堂乾材局, 全洪官商店, 東洋染織所, 金永敏商店, 金鍾烈乾材局, 羅在洙商店, 太弓商店, 株式會社慶一銀行, 慶北産業株式會社, 德新商店, 金邱堂, 榮德商店
1921~1925	19	德載藥房, 大邱洋襪製造所, 許武烈精米所, 朝日運送部, 大邱布木商組合, 李漢五商店, 青邱洋靴店, 裵永惠製油所, 順天齒科醫院, 德潤商店, 大昌洋服店, 大華商店, 合資會社三益商店, 大邱皮革商會, 泰昌堂乾材局, 朝陽無盡株式會社, 日光商會, 金潤鎬商店, 大盛商會
1926~1928	4	英實洋服店, 三共肥料店, 大邱고무商會, 匿名組合允余商會
합계	52	

를 1886년으로 특정했다. 池義元乾材局 역시 '距今 四十一年前에 設立'되었다고 명기되어 있어 설립연도를 1885년으로 특정했다. 在田堂書舗의 경우 '距今 三十四年前에 設立'되어 1892년에, 金弘祖乾材局의 경우 '距今 三十年前에 設立'되어 1896년에 설립되었음을 알 수 있었다. 金聖在商店은 '距今 十九年前에 設立'되어 1907년으로, 新舊書舗는 '距今 十七年前에 設立'되어 1909년으로 그 설립연도를 특정했다. 申元五商店은 '距今 十六年前에 設立'되었다고 게재되어 있어 설립 시기를 거슬러 올라가 1910년으로 특정했지만, 尚信商店은 설립연도가 1910년으로 명기되어 있었다. 상신상회를 제외하고는 1910년 이전에 설립된 상점은 모두 '距今 ○○年前에 設立'되었다고 기술이 있어서 시기를 특정했지만, 그 기술을

신뢰하더라도 1년 정도의 오차가 있을 수 있음을 지적해 둔다. 이는 1910년 이전의 상점에만 해당되는 것으로 1910년 이후에 설립된 회사나 상점의 경우에는 '大正○○年'으로 명확한 설립연도가 나와 있어서 오차를 생각할 필요가 없다.

한편, 52개 회사·상점의 설립연도별 숫자를 파악해 보면, 1910년 이전이 8개, 1911~1915년까지 8개, 1916~1920년까지 13개, 1921~1925년까지 19개, 1926년에 설립된 것이 4개였다. 물론 그 사이에 生滅한 회사·상점이 있을 수 있어서 실제 숫자는 더 많았을 것이다. 또한 이 조사에 포함되지 못한 보다 영세한 상점이 있을 수 있다.

1910년 이전에 설립된 8개 회사·상점의 경우, 그 영업과목이 〈표1〉의 순서대로 '乾材 外 蔘茸 各種 藥業'(지의원건재국), '蔘茸 唐草材 直輸入都散賣'(무익상회), '교과서 지정판매, 신구서적출판 및 중화서적 직수입 도산매상'(재전당서포)11), '蔘茸唐草材 직수입 특별염가 도산매상'(김홍조건재국), '주단포목, 면사, 저포, 洋屬, 朝鮮鞋 각종, 기타 諸織物'(김성재상점), '총독부출판교과서, 중학교교과서(일본 조선 출판 교과서), 신구서적, 唐版서적 및 小說 잡지, 문방구 각종 판매업'(신구서포), '대만총독부鹽 특약점 및 官鹽, 原鹽, 再製鹽, 및 해륙산물 苦汁(간수)'(상신상점)12), '주단포목, 저, 면사, 양

---

11) 매일신보 1909년 1월 14일 광고에 『保幼新編』의 대구 발매원이 在田堂書舖였음을 알 수 있다. "保幼新編 全 一冊 定價 五十錢 此編은 幼科書를 廣収博採하야 增减損益흔 者ㅣ니 簡要精密하미 비록 素學者 아니라도 開卷瞭然하야 對證投劑하면 急을 救하고 生에 回하리니 可히 赤子를 普渡하는 慈航이 될지라 不得不 家마다 藏하고 人마다 誦흘 醫書오 發賣元 慶北 大邱 東上後洞 在田堂書舖 金瑺鴻 皇城 南部 大廣橋 三十七統 四戶 滙東書舘" 皇城新聞 1909.4.1. 〈保幼新編〉. 또한 1909년 3월에 한성 보성중학교장 朴重華가 지은 『最新土壤學』의 대구발매소였다. 皇城新聞 1909.3.15. 〈最新土壤學〉.

속, 기타 제직물 一式'(신원오상점) 등이었다. 영업과목이 약재상, 서적 및 문방구, 직물판매업 등 3개로 대별할 수 있다. 약재상은 약령시로 유명한 대구의 전통산업이라고 할 수 있고, 직물판매업 역시 주단 포목, 면사, 저포 등을 다루는 전통산업으로 분류할 수 있다.

1927년 현재 영업 중인 조선인 상점 중 일제강점 직후인 1910년대에 설립된 사례가 많았다. 1910년대 전반에 8개가 설립되었고, 1910년대 후반에도 13개 상점이 설립되었다. 1911년에서 1915년까지 설립된 8개 상점은 亞一商會, 廣興號製靴部, 李一根商店, 許泳商店, 株式會社大邱銀行, 池二洪商店, 白龍九商店, 日新商店이다. 1912년 11월에 설립된 金乃明13)의 아일상회는 唐草 각종, 인삼 각

---

12) 상점주 강치운은 1939년에는 대구부 시장정의 비료상이었다. '숨겨진 자선가'로 알려져 다수의 자선단체나 사회사업 등에 원조하고 있었다. 동년 10월에는 빈민아동을 모아 감화발육하는 姜信立의 全隣館에 전화 1대를 기증하기도 했다. 朝鮮時報 1939.10.14. 〈姜致雲氏の美擧 全隣館へ電話寄贈〉. 해방 직후인 1945년 11월 4일 경상북도 내 각 부군 비료 관계 책임자가 소집해 토의하고 일본인 조합장을 모두 파면하고 새롭게 경상북도비료조합 조합장으로 강치운을 호선하여 결정했다. 부조합장에는 金東根이 취임하여 郡部連絡事務 등을 담당하였다. 동 조합에서는 38도문제와 수송문제가 해결되는 대로 흥남비료를 대량으로 반입할 예정이었다. 결산사무소는 市場北通 三成商會 내로 결정되었다고 한다. 嶺南日報 1945.11.8. 〈慶北肥料組合創立〉.

13) 김내명은 1915년 4월 대구상업회의소 임원(역원) 개선에서 의원에 선출되었다. 당시의 기사를 통해 개선된 임원명단을 확일할 수 있다. "대구부 상업회의소에서 今般에 定款變更及經費賦課金徵收規定의 件을 도장관의 인가를 受하고 役議員을 개선하였는데 씨명은 左와 如하더라. 회두 朴基敦, 부회두 尹範燮, 常置委員 裵烱植, 崔德謙, 鄭喜模, 金鎭禹, 특별의원 李根雨, 梁留置, 의원은 李吉雨, 崔德裕, 李鍾泌, 李載煥, 崔英旭, 金暎俊, 金致玉, 洪雲楨, 孫東植, 朴敬雲, 許湜, 張炫周, 朱相雨, 金子賢, 金炳鍊 제씨오, 개선 의원은 金承勳, 金弘祖, 金榮五, 白亮休, 韓潤和, 金乃明, 李德佑, 金致旭, 白東煥, 裵相熹, 崔克鎔, 秋文汝, 李容壽, 鄭子敬, 南英玉 제씨라더라" 每日申報

종, 양약류 10종, 약재 각종, 녹용 각종을 다루는 약재 도산매상(都散賣商)이었고, 1913년 10월에 설립된 李聖一의 광흥호제화부는 각종 朝鮮鞋 및 개량화, 운동화, 양화 제조나 원료의 도산매를 취급했다. 일반은행업의 대구은행이 1913년 7월에 설립되었고, 1915년 8월 설립된 日新商店은 上中精米, 잡곡, 비료, 현물취급 기타 위탁판매업을 취급했다. 그 외의 상점들은 모두 직물상으로 분류할 수 있는 내용이었다. 1913년 2월에 설립된 李一根商店은 주단포목, 모직, 양속 기타 제직물 일식을 취급했고, 역시 1913년 2월에 설립된 許泳의 허영상점은 毛物, 婚具, 網紗 및 蚊帳, 福壽皮, 靑皮 제조와 도매를 영업내용으로 삼았다. 1914년 9월 설립된 池二洪商店 역시 주단, 저, 면사포목, 양속 松高織, 기타 제직물을 취급하는 상점이었고, 1915년 7월에 설립된 白龍九商店도 주단포목, 苧, 면사, 洋屬, 朝鮮鞋, 각종 기타 諸織物 일식을 취급했다.

1916년에서 1920년까지 설립된 상점 및 기업은 達西洋靴店(1916년 3월 설립, 이하 동), 嶺一堂乾材局(1916년 9월), 全洪官商店(1917년 2월), 東洋染織所(1917년 8월), 金永敏商店(1918년 2월), 金鍾烈乾材局(1918년 2월), 羅在洙商店(1918년 3월), 太弓商店(1918년 3월), 株式會社慶一銀行(1919년 10월), 慶北産業株式會社(1919년 2월), 德新商店(1920년 3월), 金邱堂(1920년 7월), 榮德商店(1921년)이었다. 달성양화점은 각종 양화를 제조하였고, 영일당건재국은 蔘茸, 唐草材의 직수입 특별 염가 도산매상이었다. 전홍관상점은 담양산업조

1915.4.28. 〈役員改正(大邱)〉. 1925년 12월 10일에는 大邱令市振興會의 부회장에 선임되었다. 당시 새롭게 선출된 회장 梁翼淳이 평의원장 崔克鎔, 총무 嚴柱祥, 黃虎淵, 간사 池義元, 金弘祖, 李圭鍊, 朴聖實, 安極善, 金正悟를 임명했다. 時代日報 1925.12.15. 〈大邱令市振興會 新幹部〉.

합 대구특약점으로 죽제품 일식을 취급했고, 아울러 면포, 裁縫製供部, 簇只, 綾摩眞梳, 竹物人造絲土絲扇子, 尾扇蚊帳藤物新舊雜貨 및 양말 각 종류를 취급했다. 동양염직소는 각종 직물 제조 정련, 표백 염색 일절, 각종 염료 세탁, 소다비누, 직물원사, 직기, 부속품 일식을 판매했다. 김영민상점은 朝鮮鞋, 각종 개량화, 운동화, 각종 피혁, 貿易都散賣商이었고, 김종열건재국은 건재 외 蔘茸 각종 양업을 전문으로 하는 상점이었다. 나재수상점은 주단포목, 모직, 양속 기타 제직물 일식을 취급했고, 태궁상점은 내외국 미곡, 제유 원료, 비료 각종, 만주특산물, 식염, 繩叭, 해산물을 취급했다. 일반은행업의 경일은행이 자본금 200만원에 설립되었고, 경북산업주식회사는 농구, 비료, 각종, 滿洲粟, 기타 내외국물산 무역과 위탁판매를 취급했다. 덕신상점은 조선장농 및 기타 木物을 제조해 판매했고, 금구당은 금은세공, 진품패물, 안경제조, 신구잡화, 보석 도산매상을 취급했다. 영덕상점은 蔘茸, 唐草材 각종 약종상 전문이었다.

1920년대 전반에는 德載藥房(1921년), 大邱洋襪製造所(1921년 1월), 德潤商店(1921년 1월), 許武烈精米所(1921년 3월), 朝日運送部(1921년 4월), 大邱布木商組合(1921년 8월)[14], 李漢五商店(1921년 9월), 靑邱洋靴店(1922년), 裴永憙製油所(1922년 10월)[15], 順天齒科醫院(1922년 11월), 大昌洋服店(1922년 3월), 大華商店(1922년

---

14) 대구포목상조합은 1928년 상업거래상 지불 기일을 매달 말일로 통일하기로 하고, 공휴일도 매달 음력 15일을 이용하기로 했다. 中外日報 1928.10.30. 〈支拂期日 統一 宣傳 大邱商人들이〉.

15) 당시의 제유소는 참기름이나 들기름 등을 제조해 판매하는 상점이었다. 東亞日報 1933.8.3. 〈赤手空拳이 行商으로 成功, 大邱製油所의 主人 元永喜氏 成功美談〉.

9월), 合資會社三益商店(1922년 9월), 大邱皮革商會(1923년 10월), 泰昌堂乾材局(1923년 3월), 朝陽無盡株式會社(1924년 2월)16), 日光商會(1924년 3월), 金潤鎬商店(1925년 2월), 大盛商會(1925년 6월)이 설립되었다. 덕재약방, 대구양말제조소, 허무열정미소, 조일운송부, 대구포목상조합, 청구양화점, 배영덕제유소, 순천치과의원, 대창양복점, 대구피혁상회, 조양무진, 태창당건재국은 대체로 영업내용을 상점명에서 짐작할 수 있다. 한편, 덕윤상점은 大邱特産製品, 欌籠白銅粧飾 각종 鎖金을 제조해 판매하였고, 이한오상점은 주단포목, 저포, 면사, 양속 기타 제직물 일식을 취급하였다. 합자회사 삼익상점은 해륙산물을 위탁판매하는 상점이었고, 일광상회는 구미잡화, 조선잡화, 와이셔츠, 모자의 도산매 상점이었다. 김윤호상점은 주단포목, 苧, 면사, 洋屬, 朝鮮鞋, 각종 기타 諸織物을 취급하는 상점이었고, 대성상회는 여행용 트렁크, 抱가방, 折가방, 학생鞄背囊, 의료품, サック, 洋馬具, ヅク具, 柳行李 바스켓, 札入, シス帶皮 기타 皮革杞柳製品 일식을 취급하는 가방 전문점이었다.

1926년부터 1928년까지의 설립된 상점은 英實洋服店(1926년 1월),

---

16) 조양무진주식회사는 10만원의 자본금(불입 2.5만원)으로 1924년 2월에 설립되었다. 설립 당시의 임원으로는 사장 徐丙朝 외에 許億(전무), 徐丙元, 徐相鉉(이상 상무), 徐相日, 徐昌圭, 徐柄柱(이상 이사), 徐相岳, 鄭鳳鎭, 徐炳和였다. 中村資良 편, 『朝鮮銀行會社澆綠』 1925년판, 東亞經濟時報社. 1938년 1월 31일 조양무진은 대구무진, 포항무진, 김천무진과 합병하여 1938년 2월 1일부터 경북무진주식회사(사장 서창규)로 개업하였다. 그때까지 조양무진은 지배인 柳基龍의 수완에 힘입어 '전조선적으로 순연한 조선사람 손으로 경영하는' 몇 안 되는 무진회사 중 하나였으며 상당히 우수한 영업성적을 보이고 있었다. 東亞日報 1938.1.18. 〈慶北無盡會社 十五日에 創立〉; 1938.2.4. 〈慶北四個無盡會社 完全히 合同 實現 朝陽無盡社屋서 開業〉.

三共肥料店(1926년 3월), 大邱고무商會(1926년 4월), 匿名組合允余商會(1926년 4월)였다. 영실양복점과 삼공비료점은 그 상점명에서 영업내용을 짐작할 수 있다. 대구고무상회는 각종 고무화 도매 전문상이었고, 익명조합 윤여상회는 해륙산물을 전문으로 위탁판매하는 상점이었다[17].

주지하듯 1910년대는 제1차 세계대전 호황기가 있었고 1920년대에는 전후공황(1920)과 지진공황(1923)으로 인한 불황기가 계속되고 있었다. 일본의 호황기나 불황기에 크게 영향을 받지 않고 흥망성쇠의 신진대사가 활발하게 이루어지고 있었음을 알 수 있다. 그 원인은 규모의 영세성으로 신설이 비교적 용이했고, 생활용품을 주로 취급하는

---

17) 迎日漁業組合은 1924년 8월 10일 임시총대회를 개최하고 조합장 및 조선인 이사의 선거, 그리고 공동판매소 경비 추가 예산 등을 처리하였다. 선거 결과 조합장은 福島伊平이었고 유임 조선인 이사에 윤여상회 상점주 朴允余가 당선되었다. 京城日報 1924.8.13. 〈漁業組合總代會〉. 1926년 1월 1일 신문에는 근하신년 광고란에 어업 및 운송업 박윤여의 주소지가 浦項 仲町으로 되어 있다. 朝鮮時報 1926.1.1. 〈광고, 謹賀新年, 浦項ノ部〉. 또한 박윤여는 1926년 11월에 이루어진 포항면협의원 선거에서 4등으로 당선되었다(일본인 포함). 中外日報 1926.11.23. 〈各地府協議員及重要面協議員選擧〉. 박윤여는 또한 경상북도 도의원(1927) 및 도평의원(1928)에 임명되었고, 1929년 4월 6일 포항 금융조합에서 개최된 '內鮮 合併 商工會' 창립총회에서 조선인 측 부회장에 당선되었다. 회장은 中谷竹三郎이었고, 일본인 측 부회장은 大內治郎이었다. 〈懸案の浦項商工會生る六日創立總會終る〉. 1929년 7월 25일의 제3회 경북 수산회 의원 선거에 출마해 치열한 선거전을 전개한 것을 보면, 박윤여는 포항 어업계의 중진으로 윤여상회는 포항에서 잡은 해산물을 대구에 판매하기 위한 일종의 대구 출장소였을 것으로 판단된다. 참고로 박윤여는 외인들이 장악한 상권을 회복하기 위해 조선인들이 중심이 되어 자본금 2만원의 大同組合을 창설할 때 그 발기인 중 한 사람으로 참가하기도 했다. 中央日報 1931.12.18. 〈浦項商人들이 大同組合을 發起 총자금이 이만원의 예산으로 朝鮮人商權 挽回策〉.

상점이 다수였으며, 지방이었기 때문에 일본의 경기를 크게 타지 않은 때문으로 해석된다.

(2) 지역적 분포

아래의 〈표 3〉에 나타난 상권별 특징을 정리하면 다음과 같다. 먼저 京町이다. 지금의 중구 종로에 해당한다. 경정에 위치한 주요 조선인 상점은 1정목과 2정목에 각각 5개의 상점이 있었다. 경정은 소개된 10곳 중 직물업 관련 상점이 총 7곳에 달하는 직물상 집중 상권이다. 상세 내역을 보면 주단포목, 면사, 苧布, 洋屬(서양직물), 기타 직물 일체를 취급하는 상점이 6곳(李漢五商店, 申元五商店, 李一根商店, 池二洪商店, 羅在洙商店, 大華商店), 신사복과 학생복을 제조하는 양복점이 1곳이었다(大昌洋服店). 그밖에 朝鮮鞋(조선 전통 신발)과 각종 개량화 및 운동화 그리고 각종 피혁 무역 도산매상 1곳(金永敏商店), 교과서나 신구서적 및 중화서적의 직수입 도산매상 1곳(在田堂書舖), 그리고 대구 특산 제품, 장롱 백동장식, 각종 鎖金(자물쇠) 제조 판매 1곳(德潤商店)이 위치해 있었다.

두 번째로 南城町이다. 지금의 중구 남성로로 소위 '약전골목'으로 불리는 곳이다. 약전골목에는 지금도 건재상과 한약방, 한의원이 즐비해 있다. 남성정에도 주요 조선인 상점이 10개 위치해 있었는데, 오늘날과 마찬가지로 소개된 10곳 중 약재 관련 상점이 9곳에 달하는 약재상 집중 상권이었다. 구체적으로 여행용 트렁크 및 각종 가방과 지갑을 판매하는 大盛商會를 제외하고는 亞一商會, 榮德商店, 池義元乾材局, 務益商會, 金鍾烈乾材局, 泰昌堂乾材局, 金弘祖乾材局, 嶺一堂乾材局, 德載藥房이 모두 蔘茸(인삼과 녹용), 唐草材

표 3. 1927년 현재 대구 한국인 회사·상점의 지역적 분포

지역		개수	상호
京町	1정목	5	德潤商店, 在田堂書鋪, 金永敏商店, 李漢五商店, 申元五商店
	2정목	5	李一根商店, 池二洪商店, 羅在洙商店, 大昌洋服店, 大華商店
南城町		10	大盛商會, 亞一商會, 榮德商店, 池義元乾材局, 務益商會, 金鍾烈乾材局, 泰昌堂乾材局, 金弘祖乾材局, 嶺一堂乾材局, 德載藥房
本町	1정목	8	廣興號製靴部, 許泳商店, 達西洋靴店, 日光商會, 順天齒科醫院, 株式會社 大邱銀行, 금은미술품제작소金邱堂, 新舊書鋪
	2정목	4	白龍九商店, 全洪官商店, 大邱布木商組合, 德新商店
西城町	1정목	3	英實洋服店, 慶北産業株式會社, 大邱皮革商會
	2정목	3	三共肥料店, 許武烈精米所, 朝陽無盡株式會社
市場町		5	尙信商店, 金潤鎬商店, 大邱고무商會, 株式會社 慶一銀行, 金聖在商店
新町		3	匿名組合 允余商會, 日新商店, 合資會社 三益商店
元町	2정목	1	朝日運送部
横町		1	裵永悳製油所
達城町		1	東洋染織所
東城町	3정목	1	靑邱洋靴店
明治町	2정목	1	大邱洋襪製造所
市場北通		1	太弓商店
합계		52	

등 각종 약재를 전문으로 취급하는 도산매상이었다. 그 중 일부는 양약을 수입해 판매하기도 했다.

세 번째로 本町이다. 본정 1정목과 2정목은 현재의 서문로1가와 서문로2가이다. 여기에는 소개된 조선인 상점 중 가장 많은 12개의

상점이 존재했던 '大邱로서는 가장 中心地帶'였다. 1정목에 8개, 2정목에 4개가 위치해 있었다. 본정은 특정 업종이 집중되어 나타나지 않으나 각종 근대물품들을 취급하는 상점들이 많았다. 구체적으로 1정목에는 최신식 유행 洋靴(구두, 達西洋靴店), 서양 잡화, 와이셔츠, 모자 도산매(日光商會), 網紗나 모기장, 靑皮(너구리의 털가죽)와 福壽皮 등의 제조 도매(許泳商店), 치과(順天齒科醫院), 은행(대구은행), 금은세공과 안경 제조(金邱堂), 교과서와 각종 신구서적과 문방구(新舊書舖), 각종 양말류(全洪官商店) 등이다. 특히 조선인들을 주요 고객으로 했던 정재학의 대구은행이 1913년 7월에 본정 1정목과 2정목 사이에 설립된 데에는 그만한 이유가 있었던 것이다. 그밖에 2정목에는 담양산업조합 대구특약점으로 죽제품 일식을 취급하던 全洪官商店, 조선혜와 각종 개량화 양화 제도 및 원료 도산매상이었던 廣興號製靴部, 조선장롱 및 기타 木物을 제조해 德新商店, 각종 직물을 취급하던 白龍九商店이 있었다. 마지막으로 대구포목상조합이 2정목에 위치해 있었다.

네 번째로 西城町이다. 서성정 1정목과 2정목은 현재의 서성로1가와 서성로2가이다. 여기에 소개된 주요 조선인 상점은 1정목과 2정목에 각각 3개씩 합계 6개 상점이 소개되었다. 서성정 1정목에는 각종 양복 제조업(英實洋服店), 농기구와 비료 그리고 滿洲粟 등의 무역 및 위탁판매(慶北産業株式會社), 구두와 가방의 원료가 되는 각종 피혁 제품 제조 판매(大邱皮革商會)를 취급하는 상점이 위치해 있었다. 서성정 2정목에는 각종 농기구와 비료 판매상(三共肥料店)과 정미와 곡물무역 및 석탄 신탄의 도산매상(許武烈精米所), 그리고 무진업회사(朝陽無盡株式會社)가 영업하고 있었다.

다섯 번째로 市場町이다. 시장정은 지금의 동산동으로 1922년 '성황당못'을 매립하여 현재의 대신동으로 이전할 때까지 서문시장이 있던 곳이다.[18] 달서천을 두고 明治町(현재의 계산동)과 마주보고 있던 지역이다. 구체적으로 대만총독부염의 특약점이기도 하면서 각종 소금(官鹽, 原鹽, 再製鹽)과 苦汁(간수)를 취급하던 尙信商店, 각종 국내외 직물을 취급하던 金潤鎬商店과 金聖在商店, 고무신 전문 도매상이었던 대구고무상회, 일반은행업의 慶一銀行 등이 주요 조선인 회사(은행) 및 상점으로 소개되었다. 1920년 4월에 창립총회를 거쳐 동년 5월 22일부터 개업한 경일은행이 시장정 한복판 사거리에 설립된 이유도 이전하기 전 舊 서문시장의 존재로 충분히 설명된다.[19]

여섯 번째로 新町이다. 신정은 지금의 서문시장과 계성중학교를 포함하는 지역, 그리고 국채보상로를 두고 서문시장과 마주하는 건너편 지역을 포함한 대신동이다. 다른 지역에 비해 비교적 넓다. 신정에는 3곳의 조선인 상점이 소개되었다. 그 중 允余商會와 三益商店 2곳이 해육산물의 위탁판매업 전문이었고, 日新商店은 정미와 잡곡 그리고 비료를 취급하는 상점이었다.

마지막으로 한 개의 상점만이 소개되어 기타 지역으로 분류될 수 있는 지역이다. 일본인 회사나 상점이 많았던 대구역 건너편 元町(지금의 북성로 일대)에는 철도운송과 기타 운반업을 영위했던 朝日運送部가 위치해 있었고, 橫町(지금의 서야동)에는 裵永悳製油所, 達

---

18) 서문시장의 이전에 대해서는 崔台鎬, 「서문시장터는 옛 대구의 중심지가 아닌 지?」, 『中岳志』 창간호, 嶺南文化同友會, 1991년, 60-68쪽을 참조할 것.

19) 한편, 설립허가일인 1920년 1월 7일이었다. 每日申報 1920.1.11. 〈慶一銀行新設〉. 張吉相과 張稷相 형제에 의해 설립된 자본금 200만 원의 은행이었다. 朝鮮總督府官報 1920.5.14. 〈상업등기〉 ; 東亞日報 1920.5.18. 〈慶一銀行開業期〉.

城町(현재의 달성동)에는 東洋染織所, 東城町(현재의 동성로)에는 靑邱洋靴店, 明治町(현재의 계산동)에는 대구양말제조소, 市場北通(현재의 시장북로)에는 국내외 미곡, 製油 원료, 비료, 만주특산물, 식염 등을 취급하는 서상일의 太弓商店이 있었다.[20]

이상을 정리하면 다음과 같다. 첫째, 주요 조선인 회사 및 상점들은 전통적 상권이었던 경정, 남성정, 본정, 서성정, 시장정 등 5개 지역이었다. 둘째, 신정은 3곳이 소개되어 있지만 新町이라는 이름, 회사 및 상점의 설립연도, 그리고 성황당못의 매립과 함께 서문시장이 이전한 후 주목받기 시작했다는 점으로 보아 비교적 새롭게 개발된 지역이었다.

3) 대구 한국인 회사 대표 및 상점주들의 이력

이하에서는 1927년 현재 『사전』에 소개된 대구의 주요 조선인 회사 및 상점의 대표 또는 상점주들의 출신과 이력을 업종별로 모아 검토해 보기로 한다.

(1) 직물 제조 및 판매: 11개

金聖在商店(2, 게재순서로 이하 같음)의 주인 김성재는 幼時부터 상계에 遊하여 상업 지식이 풍부한 인물이었다. 김성재상점 뿐만 아니라 이하에서 소개되는 상점들은 대부분 주단포목, 면사, 저포 등 각종 직물을 도매하는 포목상이었다. 1936년 현재 43세였던 김성재는 '(1936년 8월부터-인용자) 약 25년 전 그가 20세 미만 때부터 대구를

---

20) 서상일에 대해서는 김일수, 『서상일의 정치·경제 사상과 활동』, 선인, 2019년을 참조할 것. 태궁상점의 운영에 대해서는 제1장 2절.

중심한 부근 각 시장에 조그만 포목행상'을 다녀 '수년 동안의 그야말로 피나는 근검의 結晶으로 약 3백원의 자금을 얻어서 비로소 본정 2정목에 소규모의 점포 하나'를 내었다. 그것이 1914년경이었다. 이후 10여년 후에는 시장정으로 옮겼다가 4년 후에 다시 본정으로 돌아왔다. 1931년부터는 오랜 경험과 시세의 흐름을 따라 '단연 경영방법의 코-스를 바꾸어 소매상을 그만두고 당당한 綢緞布木의 도매상으로 활약'했다. 1936년 현재 매상고가 2백만원에 달하여 당대에 '斯業의 도매상이라면 중국인과 일본인밖에 없던 남조선 지방에 김씨의 도매 진출은 正히 조선인측 도매상의 효시'였다는 평가를 받았다.[21]

金潤鎬商店(6)의 주인 김윤호 역시 幼時부터 각 시장을 떠돌던 행상 출신으로 1925년 2월에 동 상점을 개업했다. 大華商店(17)의 주인 朴順華는 幼時부터 상업에 종사하여 포목상으로 1927년 현재 사업경력이 15년에 달했다. 羅在洙商店(22) 주인 나재수는 幼時부터 상업에 종사하였는데 1927년 현재 업계 경력이 16년에 달했다. 동 상점은 1918년 3월에 개업했다. 李一根商店(23) 주인 이일근은 일찍이 한학을 연구한 후 상계에 투신하였는데 당시 업계 경력 14년에 달했다. 동 상점은 1913년 2월에 개업하였다. 이일근은 1929년 12월 13일 大邱京町繁榮會가 조직되었을 때 그 회장을 맡기도 했다. 동 번영회는 서문시장이 1922년 대신동으로 이전한 뒤 '조선 제일의 설비가 된 후부터 차차 本町 2정목 거리가 번창해지고 京町통은 다소 적요한 느낌을 주는 상태'가 되자 경정의 유지들이 상세의 열세를 만회하고자 1929년 12월 13일 '德山町 公認大邱廉賣場'에서 조직한 조직이었다.[22] 李漢五商店(24) 주인 이한오는 幼時부터 상업에

21) 東亞日報 1936.8.8. 〈躍進 途上의 大邱 經濟界〉.

표 4. 동양염직소의 생산규모 추이

年別	생산수량	생산금액	機數	종업인원
	反	圓	臺	1人
1912	26	34	1	1
1914	744	985	3	6
1916	1,872	2,037	6	8
1918	3,673	6,957	10	15
1920	3,450	9,642	16	20
1922	5,925	8,529	16	20
1924	9,013	22,345	22	40
1926	15,447	38,013	40	80

출처: 每日申報 1927.3.17. 〈慶北産業界 功勞 만흔 恩人(5)〉.

종사하여 당시 경력 26년에 달했다. 에누리의 악습을 타파하기 위해
정찰판매주의를 실행했고, 본정 2정목에 지점(주무 金永守)을 설치
하기도 했다. 白龍九商店(27) 주인 백용구는 일찍이 한학 연구 후
직물판매업(포목상)에 투신하여 당시 12년의 경력을 가지고 있었다.
申元五商店(33) 주인 신원오는 幼時부터 상계에 투신하여 당시 경력
이 26년에 달했다. 1910년경에 동 상점을 개업하였다. 池二洪商店(43)
주인 지이홍은 '商校 出身으로' 1914년 5월까지 총독부 관리 및 조선
중앙철도회사 촉탁으로 있다가 1914년 9월부터 동 상점을 개업했다.
이후 대구포목상조합의 조합장과 상공회의소 평의원을 지내기도 했다.
그 후 지이홍 상점은 京町 일대에 있던 포목상들이 本町으로 몰려들

---

22) 당시 대구경정번영회의 임원을 보면 다음과 같다. 회장 이일근, 전무이사 李英
秀, 서기 禹昌亨, 金八守, 평의원 裴富根, 朴順華, 鄭樹鉉, 金善益, 許揚,
李武述, 鄭慈熙, 李先雨, 堺兼吉, 群芳閣, 고문 李華玉이었다. 〈大邱京町繁
榮會 지난 十三日에 組織〉.

때 本町 네거리 요충지에 자리를 잡았고, 1930년대 중반에는 장식과 진열방법 그리고 물품구색에 선구적이라는 평가를 받고 있었다.[23]

한편 각종 직물을 위탁판매하는 大邱布木商組合(13)의 조합장 金相元은 상업에 종사한지 업계 경력 15년에 달했고, 동 조합의 이사 徐基夏 역시 상업에 종사한 경험 20년에 달했다. 서기하는 대구부협 의원이기도 했다.

(2) 양말, 양복, 양화(구두) 및 전통 신발 제조 및 판매: 8개

大邱洋襪製造所(12) 주인 禹且學은 일찍이 한학을 연구한 후 양 말계에 종사하였다. 동 제조소는 1921년 1월에 설립하였고, 취급 제 품의 제작법을 교수하기 위하여 교수장을 설치하기도 했다. 1925년 11월 초 대구의 양말직공들이 일제히 동맹파업을 일으켰을 때 본정 에 있던 大昌工場이 임시로 폐업하자 수십 명의 직공들이 실업상태 에 빠진 적이 있었다. 비슷한 시기에 경성의 齋藤洋襪工場에서도 동맹파업이 일어나 직공들의 생계가 위험에 빠지자 대구양말직공조 합에서 慰安文과 同情金 16원을 경성으로 보냈는데 이때 '대구양말 소 공장주인 우차학'도 3원을 보냈다.[24] 1926년 당시 年産高가 5천 타(打)에 가액 10만원에 달했다.[25]

大昌洋服店(16)의 주인 李南朝는 幼時부터 상계에 투신하여 상 계에 대한 실제적 지식과 경험이 풍부했다. 동 양복점은 1922년 3월

---

23) 東亞日報 1936.8.8. 〈躍進 途上의 大邱 經濟界〉.

24) 시대일보 1925.12.25. 〈所持品을 典執하야 同情 대구양말직공으로부터 재등양 말파업직공에게〉.

25) 東亞日報 1926.11.13. 〈순회탐방 136, 日人은 旺盛 우리는 漸衰(6) 慘憺한 南方要衝〉.

에 개업하였다. 英實洋服(37)주인 오영실은 일찍이 일본에 건너가 양복재봉법을 10여 년 동안 연구한 후 東京洋服商工同業組合講習會에서 斯業을 실지로 연구한 기술자였다.

金永敏商店(3)은 朝鮮鞋, 즉 조선의 전통 신발과 각종 개량화 및 운동화를 제조하여 판매하는 상점이었다. 상점주 김영민은 幼時부터 상업에 종사하여 1927년 현재 경력이 13년에 달했다. 기술력이 좋아 지방인사의 주문이 많기도 했지만 경성에서도 주문이 있었다. 전통 신발을 다루던 경정 1정목 23번지의 상점과는 별도로 경정 1정목 18 번지에 별도의 洋靴部를 두어 개량화나 운동화 등을 취급했던 것으로 보인다. 기술본위와 신용본위를 표방하고 있어 기술자 출신이었을 것으로 추정된다. 達西洋靴店(9) 주인 林命俊은 幼時부터 양화업에 종사해 기술이 뛰어나 경향인사의 주문이 답지하는 대구 일류의 양화점이었다. 靑邱洋靴店(47) 주인 李貴根은 일찍이 학교 교육을 졸업한 후 본업에 종사한 경력이 8년에 달했다. 1922년부터 동 양화점을 개업하였다. 기술본위를 표방하고 있어서 기술자 출신이었을 것이다. 廣興號製靴部(52) 주인 李聖一은 다년 한학을 연구한 후 상업에 종사하여 사계 경력 10여 년에 달했다. 동 제화부의 지점은 같은 본정 1정목에 위치하고 있었는데 지점에서 신구잡화를 판매했다. 기술본위를 표방하고 있어 기술자 출신으로 추정된다. 한편, 大邱고무商會(11)는 각종 고무신 도매상이었는데, 상점주 金泰和는 幼時부터 상계에 투신하여 이 업계에 대한 실질적 지식과 경험 풍부했다.

(3) 한약 건재상 및 양약 판매업: 9개
金鍾烈乾材局(7)의 주인 김종렬은 1927년 현재 한약 乾材商 경력 19년에 달했는데, 동 상점은 1918년 2월에 개업했다. 金弘祖乾材局(8)의 주인 김홍조는 幼時부터 약업계에 투신하여 30여 년의 경력을 가지고 있었다. 업무 보좌인으로 禹道亨이 있었고, 대전 본정 2정목 28번지에 지점(지점장 金奉斗)을 설치했다. 德載藥房(20)의 주인 김종수는 농업에 종사하다 (1927년 현재 기준으로, 이하 같음) 약 10년 전부터 약업에 종사했고, 동 약방은 1921년에 설립되었다. 務益商會(25) 주인 梁翼淳은 幼時부터 한약 판매업에 종사하여 경력 40여 년으로 사계의 원로였다.[26] 양익순은 1921년 경성에서 藥種貿易株式會社(사장 權重顯)가 설립되었을 때 주주로 참여했고,[27] 1927년 현재 대구한약업조합의 조합장이면서 大邱令市振興會 회장을 맡고 있었다.[28] 亞一商會(34) 주인 金乃明은 20세부터 한약판매업에 종사하였고, 1927년 현재 대구한약업조합 副取締로 있으면서 대구약령시진흥회 부회장을 맡고 있었다. 榮德商店(36) 주인 金德來는 14세

---

26) 조선총독부관보에 의하면 1920년 12월에 무익상회 주인은 徐丙桓이었고 지배인은 양익순이었다. 1923년 3월 13일에 양익순이 해임되어 대리권이 소멸되었다는 기록도 있다. 1924년 12월 務益商會의 주인은 金仁河였는데 양익순을 지배인으로 선임했다. 지배인을 둔 영업소가 남성정 83번지라고 되어 있다. 본고에서 이용하는 『朝鮮人會社·大商店辭典』에서는 양익순이 상점주인으로 기록되어 있다. 1924년과 1927년 사이에 양익순이 무익상회를 인수한 것인지, 대리권을 인수하여 영업을 맡아하고 있었는지, 그도 아니면 기록이 잘못된 것인지 알 수 없다. 朝鮮總督府官報 1920.12.23. ; 1923.4.14. ; 1924.12.4. 〈商業及法人登記〉.

27) 『요록』 1921년판, 213쪽.

28) 大邱令市振興會는 1925년 12월 '一新하게 根本土臺를 確立하며 더욱 發展에 努力하고저' 총회를 개최하고 회장을 개선하고 회장이 간부를 선임하였다. 이때 신임 회장이 양익순이었다. 부회장은 金乃明, 평의원장 崔克鎔, 총무 嚴桂祥, 黃虎淵, 간사 池義元, 金弘祖, 李圭鍊, 朴聖實, 安極善, 金正悟였다. 시대일보 1925.12.15. 〈大邱令振興會 新幹部〉.

부터 한약 판매업에 종사하여 업계 경력이 42년에 달했다. 嶺一堂乾
材局(38) 주인 李庚宰는 幼時부터 약업에 종사하여 1927년 현재 한
약 판매업에서 45년의 경력을 가지고 있었다. 1916년 9월에 동 건재
국을 개업했다. 池義元乾材局(44) 주인 지의원은 18세 때부터 한약
판매업에 종사하여 업계 경력 41년에 달했다. 泰昌堂乾材局(49) 주
인 申泰文은 幼時부터 한약 판매업에 종사하여 사계 경력이 17년에
달했다.

(4) 은행 및 무진회사: 3개

慶一銀行(4)의 두취 장길상은 경북 최고의 부호이자 일류 실업가
로 전무 장직상은 당시 대구상업회의소 회두였다. 장길상 형제들은
1912년 小倉武之助를 중심으로 일본인들이 鮮南銀行이 설립될 때
주주로 참여했고, 1913년 정재학이 대구은행을 설립할 때도 역시 대
주주로 참여하였다. 이런 자본 투자의 경험을 토대로 장길상 형제는
1920년 4월 자본금 200만원의 경일은행을 설립했다.[29]

大邱銀行(14)의 두취 정재학은 1912년 7월 대구의 유력자 李一
雨, 이종면, 이병학, 장길상 등과 함께 대구은행을 발기하여 1913년
1월에 설립인가를 받아 5월에 창립, 7월부터 영업을 시작하였다. 자
본금은 50만원이었다. 정재학은 경상농공은행에도 대주주로 참여하
고 있었고, 선남상업은행과 경일은행에도 자본을 투자하여 금융자본
가가 되었다. 정재학은 1928년 경남은행과 합병하여 경상합동은행이
되었을 때 이병학에게 은행장을 내어주고 고문이 되었다가 1931년에

---

29) 장씨 집안의 자본투자에 대해서는 김일수, 「근대 100년 대구 거부실록 1 장길상가
(張吉相家)」, 『대구사회비평』 통권 제7호, 문예미학사, 2003년 2월, 162-166쪽.

다시 은행장으로 복귀하였다. 정재학은 조선총독부 중추원 참의, 대흥전기주식회사 감사역, 경북구제회 회장을 지낸 대구 경제계의 거물이었다.[30]

朝陽無盡株式會社(41)는 10만원의 자본금(불입 2.5만원)으로 1924년 2월에 설립되었다. 조양무진은 조선인 경영의 유일무이한 서민금융기관으로 설립 당시의 임원은 사장 徐丙朝 외에 許億(전무), 徐丙元, 徐相鉉(이상 상무), 徐相日, 徐昌圭, 徐柄柱(이상 이사), 徐相岳, 鄭鳳鎭, 徐炳和 등이었다. 徐丙元은 경북 실업계의 거물로 초대사장 서병조의 뒤를 이어 사장에 취임했다. 1938년 1월 31일 조양무진은 대구무진, 포항무진, 김천무진과 합병하여 1938년 2월 1일부터 경북무진주식회사(사장 서창규)로 개업하게 된다. 그때까지 조양무진은 지배인 柳基龍의 수완에 힘입어 '전 조선적으로 순연한 조선사람 손으로 경영하는' 몇 안 되는 무진회사 중 하나로 그 중에서도 상당히 우수한 성적으로 내고 있었다고 평가되고 있었다.[31]

(5) 정미업, 비료 및 농구 제조 판매: 5개

경북산업주식회사(1)의 사장 李愚震은 경성 보성전문학교 졸업한 뒤 상업계에 투신하였다.[32] 이우진이 경북산업의 사장에 취임한 것은 1926년 6월의 일로 그때까지 '大邱 우리사람 側 商事會社라고는 오직 하나인 자본금 70만원의 株式會社 大東社'가 경북산업으로 개칭하여 재발족하면서였다.[33] 이때 같이 취임한 임원은 전무 曹由煥,

30) 정재학에 대해서는 김일수, 「근대 100년 대구 거부실록 3 정재학가(鄭在學家)」, 『대구사회비평』 통권 제9호, 문예미학사, 2003년 6월, 173-185쪽.
31) 각주 11 참조.
32) 이하 별도의 각주가 없는 것은 『朝鮮人會社·大商店辭典』(1927)을 따른다.

취체역 정재학과 金永澤, 감사역 金顯敬과 尹太赫이었다. 종래 자본금 70만원은 결손 처리 후 18만원으로 감자했다.[34] 이우진이 대동사의 임원으로 등장하는 것은 1924년 전후일 것으로 추정된다.[35] 이우진은 1917년 4월 18일 善山地方金融組合의 감사에 취임하였는데 그때 주소가 선산군 선산면 莞田洞이었고, 1927년 3월 22일 선거에서 민선(善山郡) 경북도평의원으로 당선되어 4월 1일 임명되었음을 고려할 때,[36] 경북 선산군 출신임을 알 수 있다. 이우진은 1924년 2월에는 대구상업회의소 상무위원에 선임되었고,[37] 1925년 6월 6일에 창립된 대구신용조합의 이사 및 평의원에 선임되기도 했다.[38]

---

33) 大東社는 1920년 5월 大東貿易會社(50만원)와 鷄林農林會社(20만원)가 합병하여 신설된 회사였다. 1만 4천 주 중 정재학(800), 片東鉉(700), 李英勉(550), 崔浚, 李柄學, 李章雨, 李璨鎬(이상 500주) 등이 대주주였다. 이때 임원은 李宗勉(사장), 李殷雨(전무), 秦喜葵, 韓翼東, 裵相熹, 徐性可, 文尚宇(이상 취체역), 李快榮, 李相台, 洪雲禎(이상 감사역)이었다. 中村資良 편, 『朝鮮銀行會社要錄』 1921년판, 201쪽. 이하에서는 『요록』으로 약한다.

34) 東亞日報 1926.6.4. 〈大東社革新 慶北産業으로〉.

35) 『요록』 1923년판에는 임원명단에 없다가 1925년판에 감사로 등장하기 때문이다.

36) 每日申報 1927.4.3. 〈慶北道議 四月一日任命〉.

37) 당시 대구상업회의소의 회두는 河井朝雄이었고, 부회두는 若林誠助, 이병학, 상무위원에는 片倉製絲紡績株式會社 대구제사소 대표 古田忠衛, 中西彦三郎, 佐藤良平, 東洋企業株式會社 대표 加藤一郎, 그리고 이우진이었다. 『조선총독부관보』 제3447호, 1924.2.13. 〈商事〉.

38) 1925년 6월 6일 설립 당시의 조합 임원은 다음과 같다. 徐丙朝(조합장), 坂本俊資, 內山好亮(이상 상담역), 이우진, 松木曾一郎, 佐瀨直衛(이상 이사), 張稷相, 李相岳, 이우진, 大塚健次郎, 坂本俊資, 立木要三, 松木曾一郎, 內山好亮, 佐瀨直衛, 崔浣, 徐相日, 森淸吉(이상 평의원), 金澤健雄, 池二洪(이상 감사역)이었다. 동 조합은 설립 직후 6월 25일 현재 320여 명의 가맹조합원이 있었고 총자본금은 10만원(1구 50원으로 2천 구, 제1회 불입액은 5원)이었다. 朝鮮新聞 1925.6.25. 〈大邱信用組合 22日から事務開始〉.

三共肥料店(29) 주무는 尹福基, 梁圭植, 徐東辰 3인이었다. 3인의 대표 윤복기는 대구농학교를 졸업하고 실업계에 종사한 지 15년에 달했다. 1926년부터 다른 주무 2명과 공동으로 사업을 경영하기 시작했다.

許武烈精米所(50) 주인 허무열은 幼時부터 농업에 종사하다가 1921년 3월부터 동 정미소를 개업했다. 日新商店(39)역시 정미업과 곡물 위탁판매업을 영위했는데, 상점주 金文在는 12세 때부터 상업에 종사한 인물이었다. 처음에는 시장을 순회하는 행상이었고, 곡물업에 착수한 것이 20년이 되었다. 동 상점을 개업한 것은 1915년 8월이었다. 太弓商店(48)은 청년계의 주목받는 인사였던 徐相日에 의해 1914년 설립되었다. 태궁상점은 초기에 곡물 및 숯을 취급했으나 뒤에 참기름 등의 製油 원료, 각종 비료, 만주특산물, 식염 등으로 취급 품목을 늘였다. 가게도 남문 부근에서 시장정으로 옮겼다. 서상일은 태궁상점을 매개로 한 상업활동을 통해 자본가로서의 자질을 키워나갔다. 서상일은 1924년 조양무진이 설립될 때에 이사로 참가하였고, 대구곡물신탁과 대구운송에도 자본을 투자하고 경영에 참여하였다.[39)

(6) 운송 및 위탁판매업: 4개

匿名組合 允余商會(35) 대표 朴允余는 1924년 8월 迎日漁業組合의 이사에 당선되었다. 1926년 1월 1일 신문에는 근하신년 광고란에 어업 및 운송업 박윤여의 주소지가 浦項 仲町으로 되어 있었고,

---

39) 김일수, 『서상일의 정치·경제 사상과 활동』, 선인, 2019년, 57쪽 ; 60-65쪽 ; 156-157쪽.

동년 11월에 이루어진 포항면협의원 선거에서 4등으로 당선되었다. 박윤여는 또한 경상북도 도의원(1927) 및 도평의원(1928)에 임명되었고, 1929년 4월 6일 포항금융조합에서 개최된 '內鮮 合倂 商工會' 창립총회에서 조선인 측 부회장에 당선되었다. 1929년 7월 25일의 제3회 경북수산회 의원 선거에 출마해 치열한 선거전을 전개한 것을 보면, 박윤여는 포항 어업계의 중진으로 윤여상회는 포항에서 잡은 해산물을 대구에 판매하기 위한 일종의 대구 출장소였을 것으로 판단된다. 참고로 박윤여는 외인들이 장악한 상권을 회복하기 위해 조선인들이 중심이 되어 자본금 2만원의 大同組合을 창설할 때 그 발기인 중 한 사람으로 참가하기도 했다.[40) 윤여상회의 전무 김재섭은 일본 도쿄 와세다대학에서 수학 후 실업계에 종사한 지 10년에 달했다.

合資會社 三益商店(30)의 대표 朴魯益은 일찍이 고등보통학교에서 수업한 후 상업에 종사하여 경력이 22년에 달했다. 1922년에 삼익상점을 개업했고, 1927년 현재 해륙산물위탁조합장을 맡고 있었다. 全洪官商店(46) 주인 전홍관은 幼時부터 상업에 종사하여 사계 경력이 22년에 달했다. 朝日運送部(42) 주인 崔在壽는 일찍이 보통학교 졸업 후 상계에 투신하여 업계 경력이 13년에 달했다. 1921년 4월에 동 운송부를 개업했다.

(7) 제조업: 4개

금은미술품제작소 金邱堂(5)의 주인 金寅浩와 李成根은 금은미술계에 종사한지 22년(1927년 현재)으로 금구당은 7년 전인 1920년경 시작했다. 기술제일주의를 표방하고 있어서 기술자 출신이었을 것

---

40) 각주 12 참조.

으로 추정된다. 1930년 5월 14일자 中外日報에 '鍍金비녀로 純金을 詐換' 기사에 금은미술상 금구당에 관한 기사가 있어 이후에도 계속 영업이 이루어지고 있었음을 확인할 수 있다.[41)]

大盛商會(10)의 주인 張哲煥은 幼時부터 旅行具 제조에 주력하였고, 경성에서 張豊商店을 경영한 적이 있었다. 동 상회의 제품은 직공 일동의 부업적 제품으로 제조되어 박리다매로 판매되어 경향인사의 주문이 많았다.

德新商店(18)은 조선 장농 및 기타 木物을 제조해 판매했다. 상점주 金在根은 15세 때부터 상업에 종사하여 업계 경력이 22년에 달했다. 최초 자본금은 20원에 불과했으나 1927년 당시에 1만원 이상에 달했다. 기술본위를 표방하여 기술자 출신으로 추정된다.

德潤商店(19)은 대구 특산품과 장농 백동장식, 그리고 각종 鎖金을 제조해 판매했다. 상점주 尹德潤은 보통학교 졸업 후 본업에 종사하여 15년의 경험을 쌓았다. 1921년 1월에 동 상점을 개업하였다. 기술이 탁월하다는 평가를 받았고, 기술본위를 표방하여 기술자 출신으로 추정된다.

(8) 기타: 피혁업(2개), 유류상(2개), 서적 판매업 및 잡화(4개)

大邱皮革商會(15)의 두 주인 李相武와 孫東植 두 사람은 1923년 10월에 동업으로 동 상회를 시작했다. 동 상회의 제혁부 공장은 達城郡 城北面 山格洞에 위치하고 있었다. 許泳商店(51) 주인 허영은 관계에 10년 근무한 뒤 1913년 2월부터 상업에 종사했다. 동 상점은 청피와 복수피 제조의 원조로 조선 유일무이한 피혁상이었다. 동점의

---

41) 中外日報 1930.5.14. 〈鍍金비녀로 純金을 詐換〉.

제피공장은 達城郡 靑城面 下洞에 위치했다.

裵永悳製油所(26) 주인 배영덕은 일찍이 경성제일고등보통학교 졸업 후 다년간 실업계 종사했다. 동 제유소는 1922년 개업했고, 안동 읍내에 지점을 설치했다. 당시 경북 유일의 대제유소였다. 배영덕은 1930년 9월 '將來 大邱 어떻게나 될까'를 둘러싼 좌담회에 참석했을 때 商信社製油工場主로 소개되어 있어서 배영덕제유소가 商信社 製油工場으로 개편된 것으로 보인다.[42] 실제로 상신사제유공장은 '年産高 二萬圓에 達하는 工場이니 大正十二年十月에 創設'한 것으로 되어 있어 그 개편 시기는 1923년 10월이었을 것으로 판단된 다.[43] 大邱商信社는 합자회사로 1922년 10월 1일 배영덕에 의해 자 본금 1만원으로 설립되었고, 동산 부동산 등의 매매 임대차 및 그 중개, 금전 대부 및 대차 중개 등을 영업목적으로 했다.[44] 1933년 동 아일보 대구지국 10주년 기념호에 축하 메시지를 게재하기도 했다.[45] 尙信商店(28) 주인 姜致雲은 7세 때부터 상업에 종사 업계 경력이 29년에 달했다. 상신상점을 개업한 것은 1910년경이었다. 1947년에는 경상북도석유판매주식회사의 사장에 취임하여 1950년 현재까지 계 속 경영하고 있었다.[46]

順天齒科醫院(31) 원장 李相喆은 日本東京齒科醫學校 졸업 후 1922년 개업했다. 新舊書舖(32) 주인 朴承源은 다년간 한학을 연구

---

42) 東亞日報 1930.9.3. 〈主要 都市 巡廻 座談 第三 大邱篇〉.
43) 東亞日報 1926.11.13. 〈순회탐방 136, 日人은 旺盛 우리는 漸衰(6) 慘憺한 南方要衝〉.
44) 『요록』 1923년판, 50쪽.
45) 東亞日報 1933.8.3. 〈前途祝福 實業家 裵永悳氏〉.
46) 『대한민국인사록』, 3쪽. 한국사데이터베이스의 한국근현대인물자료.

하다가 1909년경에 동 서포를 개업하였다. 在田堂書舖(45) 주인 金璸鴻은 幼時부터 본업에 종사하여 斯業에 대한 지식과 경험이 풍부한 원로였다.[47] 日光商會(40) 주인은 朴晚成과 金龍東이었다. 박만성은 대구농업학교 졸업 후 상계에 투신했고, 1924년 3월에 동 상회를 개업했다.

2 마치며

이상의 내용을 간단히 요약하면서 글을 마친다. 1920과 1923년의 상공인명록을 통해 볼 때 대구 상업의 공간적 분포는 민족적 분리가 명확해 보인다. 일본인 상점·기업은 최대 밀집지역인 원정(북성로)을 비롯해서 금정과 행정(태평로), 동성정(동성로), 대화정(대안동), 촌상정(향촌동), 동본정(교동), 동문정(동문동), 동운정(동인동), 영정(용덕동)에 분포하고 있었다. 이 중에서 원정, 금정, 행정, 동성정, 동본정, 동운정, 영정 등은 경부선의 부설과 대구역의 등장과 함께 일본인이 대거 거주하기 시작한 곳이다. 주로 대구읍성을 중심으로 북쪽과 동쪽에 위치하고 있어 경부선 부설 이전에는 그다지 주목받지 못했던 지역들이다. 이들 지역을 중심으로 일본인이 상세를 키웠음을

---

47) 김기홍은 1876년 태어나 1941년 까지 살았다. 재전당서포의 발행인으로 오랫동안 대구 출판업계를 이끌었다.
최호석, 「대구 재전당서포의 출판활동 연구 – 재전당서포의 출판인과 간행서적을 중심으로 –」『어문연구』 34(4), 2006년 12월, 236~239쪽.
재전당서포가 출판한 서적들의 특징에 대해서는 위의 논문과 박용찬, 「근대계몽기 재전당서포와 광문사의 출판과 그 특징 연구」, 『영남학』 61. 2017년 6월 147~182쪽 참조.

알 수 있으며, 이를 토대로 대화정이나 촌상정 등 읍성 내로 상세를 확대시켜 갔음을 알 수 있다. 반면, 조선인 상점·기업은 본정(서문로)을 중심으로 남성정(남성로), 시장정(동산동), 시장북통(시장북로), 수정(竪町, 인교동), 달성정(달성동), 명치정(계산동)에 다수 분포하고 있었음이 확인된다. 이들 지역은 주로 대구읍성의 서쪽과 남쪽에 위치하고 있어 전통적으로 조선인 상점이 다수 분포되어 있던 곳임을 알 수 있다. 결론적으로 1920년대 대구 상업의 공간적 분포는 대구읍성을 중심으로 남서쪽에는 한국인 상점과 기업이, 북동쪽에는 일본인 상점과 기업이 위치하고 있었다. 이러한 인식을 토대로 『사전』(1927) 대구편에 게재되어 있는 52개 조선인 회사와 대상점을 설립 시기, 지역별 분포, 업종별 회사 대표 및 상점주의 이력으로 나누어 검토한 결과는 다음과 같다.

첫째, 52개 회사·상점의 설립연도별 숫자를 파악해 보면, 1910년 이전이 8개, 1911~1915년까지 8개, 1916~1920년까지 13개, 1921~1925년까지 19개, 1926년에 설립된 것이 4개였다. 시기적으로 1910년대 전반에 8개가 설립된 것에 대해 1910년대 후반에는 13개 상점이 설립되어 1910년대에만 총 21개가 설립되었다. 1920년대에는 1926년까지 설립된 상점이 23개로 1910년대를 능가한다. 1910년대는 제1차 세계대전 호황기가 있었고 1920년대에는 전후공황(1920)과 지진공황(1923)으로 인한 불황기가 계속되고 있었음에도 일본의 호황기나 불황기에 크게 영향을 받지 않고 흥망성쇠의 신진대사가 활발하게 이루어지고 있었음을 알 수 있다. 그 원인은 규모의 영세성으로 신설이 비교적 용이했고, 생활용품을 주로 취급하는 상점이 다수였으며, 지방이었기 때문에 일본의 경기를 크게 타지 않은 때문으로 해석된다.

둘째, 지역별 분포를 통해 살펴본 결과에 의하면, 대구상공인명록을 통해 얻은 결론과 상통하는 결과를 얻었다. 주요 조선인 회사 및 상점들은 전통적 상권이었던 경정, 남성정, 본정, 서성정, 시장정 등 5개 지역이었다는 점, 신정은 그 다음으로 많은 3곳이 소개되어 있지만 新町이라는 이름이나 회사 및 상점의 설립연도가 비교적 최근이라는 점, 그리고 서문시장의 이전과 함께 매립되고 개발된 지역이라는 점 등을 알 수 있다. 그 중에서도 대구역 앞의 일본인 상권인 元町(오늘날의 북성로)에 대해 本町(오늘날의 서문로)이 1922년 서문시장의 이전과 함께 조선인 상권의 중심지로 부상했음을 알 수 있었다.

셋째, 업종별로 회사 대표 및 상점주를 살펴본 결과, 幼時부터 행상 출신 상인들이 많았고, 한학 공부를 마친 후에 상업계에 투신한 경우도 있었다. 총독부 관리나 철도회사 경험을 가진 이가 포목상으로 개업한 경우도 있었다. 동양염직소의 추인호 같은 경우는 일본에서 중학교를 졸업하고 염직업을 다년간 연구한 후 회사를 설립한 사례이다. 기술이 필요한 양말, 양복, 양화점의 경우에는 역시 어렸을 때부터 오랫동안 기술을 연마해 상점을 개업한 경우가 많았다. 한약 건재상이나 양약 판매업을 주로 하는 상점의 경우 역시 幼時부터 약업계에 투신하여 오랜 경력을 지닌 이들이 대부분이었다. 은행이나 무진회사의 경우는 대자본이 필요한 경우로 장길상, 정재학, 서병조 등 유력 자산가들이 중심이 되어 설립한 은행 회사였다. 그밖에 비교적 새로운 기술을 요하는 공장의 대표들은 상대적으로 학력이 높았는데, 경성 보성전문학교, 대구농학교, 달성학교, 경성 제일고등보통학교 등을 졸업한 이들이 많았다. 일본동경치과의학교를 졸업하고 개업한 이상철의 경우도 있었다.

표 5. 1927년 현재 대구 한국인 회사·상점 대표의 경력

게재 순서	상호	사장/주인	전무/주무	인물경력
1	慶北産業 株式會社	李愚震	曺由煥	사장 이우진 경성 보성전문 학교 졸업. 현재 대구상업 회의소 상무의원
2	金聖在 商店	金聖在		주인 김성재 幼時부터 상계에 遊하여 상업 지식이 풍부
3	金永敏 商店	金永敏		주인 김영민 幼時부터 상업에 종사 경력이 13년
4	株式會社 慶一銀行	張吉相	張稷相	두취 장길상 경북 일류의 실업가, 전무 장직상 대구 상업회의소 회두(현)
5	金邱堂	金寅浩 李成根		주인 두 사람은 금은미술계에 종사한지 22년(1927년 현재). 이 사업은 7년 전부터 시작
6	金潤鎬 商店	金潤鎬		주인 김윤호는 幼時부터 각 시장을 돌며 행상. 이 사업은 2년 전부터 시작
7	金鍾烈 乾材局	金鍾烈		주인 김종렬의 이 업계 경력이 19년. 이 사업은 9년 전부터 시작
8	金弘祖 乾材局	金弘祖		주인 김홍조는 幼時부터 약업계에 투신, 30여 년에 달함. 업무 보좌인으로 禹道亨, 대전 본정 2정목 28번지에 지점 설치(지점장은 金奉斗)
9	達西洋 靴店	林命俊		주인 임명준은 幼時부터 양화업에 종사
10	大盛商會	張哲煥	張德煥	대표 장절환은 幼時부터 여행具 제조에 주력. 경성에서 張豊商店 경영

게재순서	상호	사장/주인	전무/주무	인물경력
11	大邱고무商會	金泰和	金學俊 愼國珍	주인 김태화는 幼時부터 상계에 투신. 이 업계에 대한 실질적 지식과 경험 풍부
12	大邱洋襪製造所	禹且學		주인 우차학은 일찍이 한학을 연구한 후 양말업계에 종사. 이 사업은 6년 전부터 시작. 전기 제품의 제작법을 교수하기 위하여 교수장을 설치
13	大邱布木商組合	조합장 金相元	이사 徐基夏	조합장 김상원은 상업에 종사, 이 업계 경력 15년. 이사 서기하 역시 상업에 종사 경험 20년. 서기하는 대구부협의원
14	株式會社 大邱銀行	鄭在學	李相麟	두취 정재학은 조선총독부 중추원 참의, 대흥전기주식회사 감사역, 경북구제회 회장. 안동, 왜관, 경주, 포항에 지점 설치
15	大邱皮革商會	李相武 孫東植		이상무, 손동식 두 사람은 14년 전에 동업으로 이 사업을 시작. 동 상회의 제혁부 공장은 達城郡 城北面 山格洞에 위치
16	大昌洋服店	李南朝		주인 이남조는 幼時부터 상계에 투신하여 상계에 대한 실제적 지식과 경험이 풍부. 이 사업을 5년 전부터 시작
17	大華商店	朴順華		주인 박순화는 幼時부터 상업에 종사. 이 분야 사업 경력이 15년
18	德新商店	金在根		주인 김재근은 15세 때부터 상업에 종사. 이 업계 경력이 22년. 최초 자본금 20원에 불과했으나 오늘날은 1만원 이상

게재순서	상호	사장/주인	전무/주무	인물경력
19	德潤商店	尹德潤		주인 윤덕윤은 보통학교 졸업 후 이 업계에 종사, 15년의 경험. 기술이 탁월
20	德載藥房	金宗洙		주인 김종수는 농업에 종사하다 약 10년 전부터 약업에 종사. 이 사업은 6년 전부터 시작
21	東洋染織所	秋仁鎬		주인 추인호는 일본에서 중학교 졸업 후 염직업 다년간 연구. 10년 전부터 이 사업 개시
22	羅在洙商店	羅在洙		주인 나재수는 幼時부터 상업에 종사, 斯界 경력 16년. 이 사업은 9년 전부터 시작
23	李一根商店	李一根		주인 이일근은 일찍이 한학을 연구한 후 상계에 투신, 사계 경영 14년
24	李漢五商店	李漢五	金璣榮	주인 이한오는 幼時부터 상업에 종사 경력 26년. 에누리의 악습을 타파하기 위해 정찰판매주의 실행. 본정 2정목에 지점 설치(주무 金永守)
25	務益商會	梁翼淳	梁相鶴	주인 양익순은 幼時부터 본업에 종사, 경력 40여 년으로 사계의 원로. 현재 대구한약업조합의 조합장, 대구약령시진흥회 회장
26	裵永惠製油所	裵永惠		주인 배영덕은 일찍이 경성제일고등보통학교 졸업 후 다년 실업계 종사. 본업은 5년 전에 개시. 안동읍내에 지점 설치. 경북 유일의 대제유소

게재 순서	상호	사장/주인	전무/주무	인물경력
27	白龍九 商店	白龍九		주인 백용구는 일찍이 한학 연구 후 斯業에 투신 후 12 년의 경력
28	尙信商店	姜致雲	崔良岳	주인 강치운은 7세 때부터 상업에 종사 사업계의 경력 29년. 본업에 착수한 것은 16년 전
29	三共肥 料店	주무 3인의 대표 尹福基	梁圭植 徐東辰	주모 대표 윤복기는 일찍 이 대구농학교를 졸업하고 실업계에 종사한 지 15년. 작년부터 주무 2명과 공동 으로 사업 경영
30	合資會社 三益商店	朴魯益		대표 박노익은 일찍이 고등 보통학교에서 수업한 후 상 업에 종사, 경력이 22년. 본 업은 5년 전 개시. 해륙산 물위탁조합장
31	順天齒科 醫院	원장 李相喆	조수 李基敦	원장 이상철은 일본동경치 과의학교 졸업 후 5년 전에 사업을 개시
32	新舊書舖	朴承源		주인 박승원은 다년간 한 학을 연구하다가 본업을 17년 전부터 개시
33	申元五 商店	申元五		주인 신원오는 幼時부터 상계에 투신, 경력이 26년. 16년 전에 본업을 개시.
34	亞一商會	金乃明	金禎洙	주인 김내명은 20세부터 본 업에 종사. 대구한약업조합 부취체, 대구약령시진흥회 부회장
35	匿名組合 允余商會	朴允余	金在燮	전무 김재섭은 일본 도쿄 와세다대학에서 수학 후 실 업계에 종사한 지 10년

게재순서	상호	사장/주인		전무/주무		인물경력
36	榮德商店		金德來		金榮五	주인 김덕래는 14세부터 본업에 종사 사계에게 42년 경력
37	英實洋服店		吳英實			주인 오영실은 일찍이 일본에 건너가 양복재봉법을 10여 년 동안 연구한 후 東京洋服商工同業組合講習會에서 斯業을 실제로 연구한 기술자
38	嶺一堂乾材局		李庚宰			주인 이경재는 幼時부터 약업에 종사, 사계에서 45년 경력. 11년 전부터 본업 개시
39	日新商店		金文在			주인 김문재는 12세 때부터 상업에 종사. 처음에는 시장을 순회하는 행상. 곡물업 착수는 20년 동안이고 본업에 착수한 것은 12년 전
40	日光商會		朴晩成 金龍東			주인 박만성은 대구농업학교 졸업 후 상계에 투신한 지 오래. 3년 전부터 본업 개시
41	朝陽無盡株式會社	徐丙元		許億		사장 서병원은 경북 실업계의 한 사람. 조양무진은 조선인 경영의 유일무이한 서민금융기관
42	朝日運送部		崔在壽			주인 최재수는 일찍이 보통학교 졸업 후 상계에 투신. 사계의 경력 13년. 6년 전부터 본업 개시
43	池二洪商店		池二洪			주인 지이홍은 1914년 5월까지 관리 생활을 하다가 13년 전 9월부터 본업 개시
44	池義元乾材局		池義元			주인 지의원은 18세 때부터 본업에 종사, 사계의 경력 41년

게재순서	상호	사장/주인	전무/주무	인물경력
45	在田堂書舖	金瑊鴻	徐章煥	주인 김기홍은 幼時부터 본업에 종사, 사업에 대한 지식과 경험이 풍부한 원로
46	全洪官商店	全洪官		주인 전홍관은 幼時부터 상업에 종사하여 사계 경력 22년
47	靑邱洋靴店	李貴根		주인 이귀근은 일찍이 학교 교육을 졸업한 후 본업에 종사한지 8년 경력. 5년 전부터 본업 개시
48	太弓商店	徐相日		주인 서상일은 우리 청년계에서 촉망받는 인사로 청년 사업계를 위해 공헌한 바 적지 않은 신진 청년
49	泰昌堂乾材局	申泰文		주인 신태문은 幼時부터 약업에 종사, 사계 경력 17년
50	許武烈精米所	許武烈		주인 허무열은 幼時부터 농업에 종사하다가 6년 전 3월부터 본업 개시
51	許泳商店	許泳		주인 허영은 관계에 10년 근무한 뒤 14년 전부터 상업에 종사. 동점은 청피와 복수피 제조의 원조로 조선 유일무이한 피혁상. 동점의 제피공장은 達城郡 靑城面 下洞에 위치. 주무는 尹光植
52	廣興號製靴部	李聖一	金承完	주인 이성일은 다년 한학을 연구한 후 상업에 종사, 사계 경력 10여 년. 동 제화부의 지점은 같은 본정 1정목에 위치하고 지점에서 신구 잡화를 판매.

▌참고문헌

金日洙, 「日帝下 大邱地域 資本家層의 存在形態에 관한 硏究」, 『국사
　　　관논총』 94, 2000년 12월.

김일수, 『서상일의 정치·경제 사상과 활동』, 선인, 2019년.

김인수, 「'한일병합' 이전 대구의 일본인 거류민단과 식민도시화」, 『한국학
　　　논집』 제59집 2015, 257~281쪽.

김일수, 「근대 100년 대구 거부실록 1 장길상가(張吉相家)」, 『대구사회비
　　　평』 통권 제7호, 문예미학사, 2003년 2월.

김일수, 「근대 100년 대구 거부실록 3 정재학가(鄭在學家)」, 『대구사회비평』
　　　통권 제9호, 문예미학사, 2003년 6월.

박용찬, 「근대계몽기 재전당서포와 광문사의 출판과 그 특징 연구」, 『영남
　　　학』 61. 2017년 6월 147~182쪽 참조.

兪春東, 「『朝鮮人會社·大商店辭典』에 수록된 1920 년대 조선의 출판사
　　　와 인쇄소의 실태」, 『어문연구』 47(2), 2019년, 103-123쪽.

최호석, 「대구 재전당서포의 출판활동 연구-재전당서포의 출판인과 간행
　　　서적을 중심으로-」 『어문연구』 34(4), 2006년 12월, 236~239쪽.

崔台鎬, 「서문시장터는 옛 대구의 중심지가 아닌지?」, 『中岳志』 창간호,
　　　嶺南文化同友會, 1991년.

佐瀬直衛 편, 『最近大邱要覽』, 대구상업회의소, 1920년, 〈대구상공인명록〉.

吉田由巳 편, 『大邱案內』, 대구상업회의소, 1923년, 〈대구상공인명록〉.

張在洽 편, 『朝鮮人會社·大商店辭典』, 1927년.

中村資良 편, 『朝鮮銀行會社組合要錄』 각 연도판, 東亞經濟時報社.

每日申報, 東亞日報, 시대일보, 中外日報 등 신문류

朝鮮總督府官報

부산 시공간의 다층성과 로컬리티
- 부산 산동네의 형성과 재현을 중심으로

문재원

1 산만디[1]를 달리는 만디버스

밟을수록 솟아오르는 길이 있다/ 높이 솟은 그 길을 따라 마음까지 잃어버릴 때쯤 손에 잡힐 듯 다가오는 푸른 수평선 산복도로/ 거기에 수더분한 내 집이 있다/ 눈물겨운 피난살이 오르막길 범냇골에서 성북 고개를 넘어 범일, 좌천, 수정동을 지나 한숨 돌리는 곳, 초량 조그만 산동네/ 나는 거기에 산다/ 길은 언제나 내 집 앞에서 떠난다/ 망양로 는 연화동, 영주동, 보수동을 끌어안지 못하고/ 바다와 등 돌리며 대신 동으로 빠져나갈 때/ 수많은 골목을 거느리고도 큰길에 지워지지만/ 언제나 그 몸이 따뜻했고/ 솟아오를수록 길은 푸른 바다와 가까워졌다 // (강영환, 〈망양로〉)

"부산의 어제와 오늘이 만나는 곳" 지난 반세기 동안 도심 주변으로 밀려난 곳이어서 개발의 손길이 닿지 않아, 천혜의 자연환경이 유지될 수 있었던 역설의 공간. 그래서 '산복 도로의 산동네들과 천마산 아래의 동네들은 바다가 출렁이는 모습과 그 위로 부서지는 배와 파

---

* 부산대학교 한국민족문화연구소 교수
1) '산마루'의 부산 사투리

만디버스 노선도

① 부산역
② 영도대교
③ 흰여울문화마을
④ 송도해수욕장
⑤ 송도구름산책로
⑥ 감천문화마을
⑦ 아미문화학습관
⑧ 누리바라기 전망대
⑨ 국제시장
⑩ 용두산공원
⑪ 보수동책방골목
⑫ 동아대 석당박물관
⑬ 닭발골행복가
⑭ 금수현의 음악살롱
⑮ 산리마을회관
⑯ 민주공원
⑰ 이바구공작소
⑱ 유치환의 우체통

그림 1. 2016.07.13.~2018.01.15. ㈜태영버스   **그림 2.** 만디버스 노선도

도를 볼 수 있고[해돋이길], 망양로는 부산항을 내려다볼 수 있으며 부산의 대표적인 드라이브 코스로 꼽히기도 한다.' 굽이굽이 연결된 '산만디'를 달리는 버스는 현재 부산을 알리는 대표적인 관광 상품이 되었다.

현재 부산의 대표 브랜드가 되어버린 부산 산동네는 일제 강점기부터 현재까지, 100여년의 시간이 중첩되어 있다. 일제 강점기부터 근근이 이어져 온 생활의 터전이면서, 한편으로 외부인들에게는 이국적 풍경지가 되고 있는 이중성의 공간으로 배치되면서 부산 로컬리티의 문화적 경관을 유포하고 있다. 이러한 맥락은 현재에도 여전히 이어지고 있는 가운데, 산동네를 둘러싼 다양한 주체들의 기억, 경관, 문화의 재구성작업이 활발하게 진행하면서 로컬리티를 구축/탈구축하고 있다. 특히 오늘날 도심재생에서 새롭게 탄생되는 부산의 산동네는 전지구적인 것과 지역적인 것이 경합하는 이중적인 긴장의 관계를 보여준다.

2000년 이후 부산의 산동네가 지역 안팎에서 주목의 대상이 된 데에는 몇 가지의 이유를 추정해 볼 수 있다. 1) 근대에서 탈근대로의 패러다임의 전환은 동일성의 공간에 대한 비판적 성찰을 이끌었다. 이와 함께 탈근대담론, 포스트식민담론 등의 학술적 담론은 근대유산과 한국전쟁의 상흔이 부산의 치부가 되면서 타자화되었던 공간에 대한 인식의 전환을 유도했고, 이에 근대의 부산공간이 새로운 기억과 기념의 공간으로 부상하게 되었다. 2) 지역정책적인 면에서 산업화시기 이후부터 지속화된 부산 공간재편으로 도심팽창과 도심공동화는 원도심 개발의 필요성을 제기했다. 3) 영화 등 대중매체에 부산의 산동네가 영화적 배경으로 등장해 대중의 호응을 얻었고, 지자체 이후 지역의 브랜드를 고민하는 지역의 고부가가치의 상품 역할을 톡톡히 했다. 4) 외부적인 문제뿐만 아니라 주민 내부의 목소리가 가시화되는 계기들이 마련되었다. 여기에는 공통적으로 로컬리티의 문제가 내재되어 있다. 탈근대적 인식의 패러다임에서 지역의 부상, 국민국가의 지역배치, 지역 내부의 지역성 제고, 시장화된 지역 등 지역성의 문제를 바탕으로 산복도로에 대한 사유와 실천들이 조작되고 있는 점을 발견할 수 있다.2)

본 글에서는 로컬리티를 현상으로 드러난 지역의 실체라기보다 내가 살고 있는 장소를 둘러싸고 벌어지는 여러 주체와 시선장치가 발생시키는 담론적 고안물로 전제한다. 다시말해, 로컬리티(locality)는 특정 로컬에 대한 담론의 효과라는 것이다. 이것은 로컬리티가 일차적으로 물리적 공간을 기반으로 하고 있지만, 그보다도 더 중요한 것은 공간을 둘러싸고 벌어지는 여러 주체와 시선장치가 로컬리티를 생산해 낸다는 것이다. 왜냐하면 로컬리티가 특정 공간, 장소, 지역을 그대로 직시하는 것이 아니라, 그 공간, 장소, 지역이 내포/함의하는

---

2) 문재원, 「산복도로에 대한 동상이몽」, 『담론201』 17-3, 2013, 8쪽.

가치의 문제이며, 이러한 가치는 물리적 공간을 기반으로 하면서 여러 주체들의 선택과 배제의 각축장 안에서 구성되기 때문이다. 로컬리티는 선험적인 고정체로 우리에게 다가오는 것이 아니라, 특정한 역사적 맥락에 따라 유동적이다.

이러한 로컬리티를 형성하는데 기억과 재현은 중요한 기제가 된다. 이때 기억은 과거의 경험적 사건을 무차별적으로 회상하는 것에 한정된 것이 아니라 다양한 기억들을 가진 주체들의 끊임없는 기억 투쟁을 통해 선별된 것이다. 이렇게 선별된 기억 장치들은 특정 장소의 재현으로 이어지며, 이러한 기억과 재현을 통해 특정 장소는 '말해지고 드러나게' 된다. 현재 도심재생사업의 한복판에 있는 부산의 산복도로는 여러 시선들이 개입되면서 또 다른 변형의 과정 중에 있다. 그러므로 이 과정에서 작용하는 선택과 배제의 배치는 원래적인 것이 아니라 특정 시기에 발생된 주체, 대상, 시선들이 교차되면서 벌어진 담론투쟁이다. 이러한 담론투쟁을 통해 구성되는 로컬리티에서 발화 '위치'가 중요한 것은 이 때문이다. 로컬리티의 형상에서 중요한 것은 '원본'의 문제가 아니라 로컬리티 구성의 '진정성'이라고 한다면, 특정 로컬을 둘러싸고 벌어지는 제반 담론의 주체가 누구냐, 즉 발화 위치에 따라 로컬리티는 형상이 달라질 수 있기 때문이다. 그러므로 부산 산동네는 물리적인 지형을 넘어 개항 이후부터 형성된 제국/식민, 원주민/이주민, 주체/타자, 안/밖 등의 역사적, 사회문화적 관계들이 중층적으로 얽혀 로컬리티를 구성하고 있다.

2 산동네형성과 (재)구축

1) 산동네 형성

근현대사 안에서 빈곤의 아이콘이었고, 동일성의 근대적 공간 안에서 언제나 외부화 되었던 산동네가 오늘날 왜 부산의 대표 선수로 부상했을까? 일제강점기, 한국전쟁, 1970~80년대 이후 부산 산업구조의 변화, 도시의 팽창 등으로 부산의 도시공간은 재편되고, 시청사 이전(1998)을 전후해 행정, 금융, 상업 등 도심기능이 상대적으로 쇠퇴하였다. 이 과정에서 원도심의 산동네는 더욱 슬럼화되었다. 국민국가 안에서 언제나 타자의 기호였던 산동네가, 현재 '기적', '부활', '재생'의 수식어를 동반하면서 재장소화되고 있다. 최근에는 이 공간이 부산을 상징하는 대표적 경관으로 외부에서 찾는 '명소'가 되었다. 부산시에서 산복도로 르네상스 사업(2010~2019)[3]을 시작하면서 산동네를 주목하는 이유를 다음과 같이 밝히고 있다.

> 첫째, 산동네는 일제시대 식민지 노동자들의 거주지, 해방 후 귀환동포의 정착, 6.25전쟁 피난민의 정착, 경제 개발기 부산으로 몰려든 서민층의 무허가 정착지 등 부산 역사가 녹아있는 역사적 자원이다. 둘째, 난개발과 압축 성장으로 인해 부산에서 가장 낙후된 지역으로 인식되고 있는 동시에 가장 오래된 산복도로라는 역사성을 지닌 전국 유일의 역사자산으로 그 가치를 복원한다면 이 시대 최고의 풍경은 아닐지라도, 부산만이 가진 '유일한(only one)' 풍경을 창출할 수 있다.

---

3) 부산시의 〈산복도로 르네상스〉 사업은 원도심 산복도로 일원 거주 지역(중, 서, 동, 사하, 사상구, 54개동 634천명 부산 전체의 17. 6%. 2010기준)의 역사문화 경관 등 지역자원을 활용하는 주민 참여형 마을 종합재생 프로젝트로서 부산광역시가 2020년까지 10년간 1,500억원을 투입하는 역점사업이다.

셋째, 산복도로는 생활문화의 저장고이자 부산의 정체성 회복 및 발현의 산실 역할을 담당한다. 아울러 부산의 서민적 애환이 담겨있는 서민 생활문화의 저장고이자 일상생활의 문화가 녹아있는 장소적 특성이 압축적인 공간이다.[4]

일반적으로 부산의 독특한 경관이 된 원도심 일대의 산동네 재현은 한국전쟁담론과 인접화되어 있다. 역사적으로 이곳은 부산으로 몰려든 피란민들의 주거공간이었으며, 현재 핫 플레이스가 되어 있는 초량 이바구 길, 감천문화마을 등 산복도로 재현공간은 한국전쟁과 긴밀하게 연결시켜 놓고 있다.

그러나 산동네의 형성은 일제강점기, 한국전쟁, 60~70년대의 산업화 등과 연결되면서 구축/재구축의 과정을 겪어왔다. 먼저, '일본인들이 구성하고 추진해 온 식민도시 건설과정'[5]에서 출발하고 있는 과정을 살펴보자. 일제 강점기 상공업 확장, 매축공사, 도청 이전 등으로 부산 원도심(현재 동·중구) 주변은 인구가 급격하게 늘어났다. 이때 일자리를 찾아 도시로 몰려든 노동자들은 인근의 산 위로 올라가 토막민촌을 형성하였다. 이처럼 조선인 세궁민의 거주지인 산동네는 산업공간의 이동과 주거공간[6]의 위계적 배열을 통해 구축되었으며[7], 가시화된 경관은 제국/식민, 지배/피지배, 부/빈 등의 민족, 자본의 경

4) 『산복도로 르네상스 마스트플랜』, 부산광역시, 2011, 18쪽.
5) 오미일, 「식민도시 부산의 주거공간배치와 산동네의 시공간성」, 문재원 엮음, 『부산시공간의 형성과 다층성』, 소명, 2013, 118쪽.
6) 일본전관거류지의 서쪽 조선인 거주지(부평정과 대신정 일대)를 점탈하여 1907년 무렵 신시가를 건설하자, 원래 이곳에서 거주하던 조선인들이 곡정이나 대신정 산지로 구축되면서 형성되었다.(오미일, 위의 논문, 118~141쪽)
7) 부산광역시, 『부산발전 50년 이야기』, 2013, 300쪽.

계가 작동하면서 일제 강점기 부산의 로컬리티를 구축해 나갔다. 산동네의 풍경에 대한 당시의 기록들을 보면, '토민들의 빈궁한 생활상과 민족/계급적으로 이원화된 장소성을 확인할 수 있다.

> 계획을 세우지 않고 산비탈에 마음대로 불규칙하게 지은 토막과 빠락(바라크) 사이로 꼬불꼬불하고 험악한 길이 거미줄 모양으로 엉키어 여름철이나 비가 계속 오면 교통은 차단되고 도로는 진흙으로 흙바다을 이루어 다니는 사람들이 미끄러지기 일쑤였다
>
> (『동아일보』, 1934.03.31)

> 무릇 첫 여행자가 이 항구에 내려서 맨 처음 놀라는 것은 市街 위의 山비탈에 疊疊히 지어 올린 가옥일 것이다. 이 土民의 部落으로 산 전체가 거대한 아파트를 형성하고 있는 광경 때문에 밤이면 그 등불과 하늘의 별을 구별하기조차 어렵다. 그러므로 토민의 經濟的 沒落이 더욱 쫓여가고 이 山이 더 높을 두 條件만 具備하면 이 부락은 實로 世界 有數의 摩天樓를 이루게 될 것쯤은 우리가 容易히 推想할 수 있다.
>
> (유치환, 「너무나 낭만적인 부산」, 『신동아』 56호, 1936.06)

둘째, 해방 이후 유입된 귀환동포들이나 한국전쟁기 피난민 수용소나 공공건물에 수용되지 못한 피난민들은 일터에서 가까운 시가지의 개천 가, 빈터, 산비탈에 판잣집을 지었다. 판잣집은 국제시장을 중심으로 한 용두산, 복병산, 대청동, 부두를 배경으로 한 영주동, 초량동, 수정동, 영도 바닷가 주변과 보수천을 중심으로 보수공원과 충무동 등에 집중하였다. 이곳은 정부나 부산시 소유지가 대부분이었고, 일부는 지대를 지불하기도 하였다. 심한 경우에는 원주민들이 이곳에다 판잣집을 짓고 세를 받기도 하였다. 부산의 해방 전 인구가 27만 명에

그림 3. 1960년대 초반 초량동 산복도로 주변 판자촌 (출처: 부산 동구청)　　**그림 4.** 1963년 영주~초량 산복도로 (출처: 부산 중구청)

달하던 것이 전쟁직후 100만 명을 넘어섰다. 부산시는 이들을 수용할 수 있는 공간적 한계에 봉착했다. 전쟁이 끝난 후 고향으로 돌아가는 피난민들은 이 공간의 인구를 감소시키는 요인이 되기도 했지만, 그리 큰 실효는 거두지 못했다. 복귀 피난민들의 빈자리를 채우는 또 다른 이주민들이 있었기 때문이다. 이들은 1952년 흉년과 풍수해 등의 자연 재해로 농촌에서 몰락한 유랑민도 있었고, 경남 각 지역에 수용되었던 피난민들이 다시 부산으로 유입되었다.

셋째, 1962년 정부의 제 1차 경제개발 5개년 계획을 시작으로 많은 노동자들이 다시 이곳으로 몰려들었고, 또다시 이들은 고무, 목재, 철강 등의 공업지대와 가까운 영주동, 대신동, 좌천동, 문현동, 범일동의 산동네에 주거지를 마련하였다.[8] 이들은 또한 인근의 남포동, 자갈치시장, 국제시장, 부산항 등 단기적인 고용과도 연관을 지니고 있었다.

이처럼 산동네는 부산의 특정 역사적 시기와 맞물려 내/외부에서

---

8) 공윤경, 「부산 산동네의 도시 경관과 산동네에 관한 고찰」, 『한국도시지리학회지』 3-2, 2010, 129-134쪽.

몰려든 사람들에 의해 형성된 공간이다. 이들이 산동네로 몰려드는 이유는 시기는 달랐지만, 공통적으로 생존의 문제였다. 민족차별 식민지 공간 안에서도 일자리를 찾아 도시로 몰려든 노동자들이 산 위로 올라갔고, 한국전쟁 당시 피란민들이 산 위에 생활터전을 마련했고, 경제 개발기 노·농민들은 또다시 일자리를 찾아 도심으로 나와 일터와 가까운 인근 산위에 주거공간을 마련하였다. 이러한 생활패턴들이 반복되면서 산동네의 시공간은 아래 도심의 시공간과 유리와 연결을 반복하며 산동네의 로컬리티를 형성해 왔다.

2) 도시공간의 확장과 분할: 산복도로 1호의 탄생

1960-70년대 부산의 산복도로는 도시 공간 변화에 따른 기반시설 공사가 진행되는 과정 안에서 만들어졌다. 한국전쟁 이후 5차에 걸친 불량주택 개선사업은 동광동, 보수천 주변, 해안가 등지에서 먼저 철

그림 5. 부산일보(1962.09.04.)

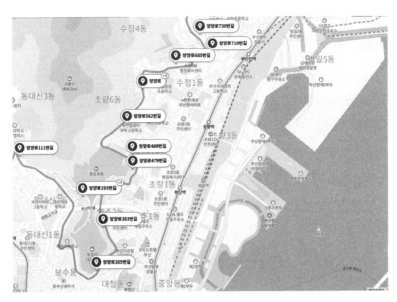

그림 6. 부산의 대표적 산복도로 망양로(현재)

거를 시작했고, 1954년에는 초량, 영도, 부산진까지 확대하였다. 무허
가 주거 철거에 대하여 계절의 영향도 고려되어 계획이 보류되기도
하였고, 적절한 선에서 타협을 보기도 하였다. 또한 선거철만 되면
유예되기도 했다.[9]

　그러다가 60년대 이후 주택사업이 본격화되는데 1967년 고지대 개
발 5개년계획(1967~1971)을 수립하여 8,607동의 불량건물을 철거하
고, 10,428세대의 주민을 이주시키고, 이 자리에 3,150세대를 수용하
는 아파트 건립 사업을 발표하였다. 항구에서 보이는 중구 보수동,
영주동, 동구 초량동, 수정동, 좌천동 부산진구 범일동 범천동 등이

---

9) 강무길, 『부산지역 정책이주지 형성과 주거변화 특성』, 부경대 박사논문, 2009,
　　48쪽.

대상 지역이었다. 이 사업은 시범지구였던 중구 영주동 지구부터 시작됐다.

이 과정에서 영주~초량 구간 "항도의 명물"(부산일보, 1964.11.18) 산복도로 1호가 탄생하였다. 1962년 3월 착공해서 1964년 10월 20일 개통한 산복도로는 중구 대청동 메리놀병원에서 동구 초량동 입구까지의 1.8㎞ 구간으로 개통되었다. 이후 1969년 12월 초량 - 수정동 간의 산복도로가 준공되었다. 이렇게 출발한 수정동 일대의 산복도로는 그 이후 옆으로 옆으로 이어지면서 35㎞의 도로를 완성했다.

이후 산복도로 건설의 개황은 다음과 같다.

이 경로 안에 있는 망양로는 부산의 대표적인 산복도로로 서구 동대신동에서 시작하여 중구 보수동, 영주동, 동구 초량동, 수정동, 좌천동, 범일동 등 총 길이 10여 ㎞에 이른다. 이 도로의 개통으로 산동네 주민의 상당수를 구성하는 일용직 노동자나 서비스업 종사자들의 일터가 도시 전역으로 넓혀지고 생활시간의 구성도 종전과 상당히 달라지는 등 일상생활에 변화를 가져왔다. 이 도로는 안과 밖을 연결시켜 '외지의 새로운 물자와 갖가지 풍문들이 그 길을 타고 밀려오기도'

표 1. 부산직할시, 『직할시 30년』, 1993.

사업명	연장 (m)	폭 (m)	사업비 (천원)	착공 / 준공
초량산복도로 신설공사 (금수사 - 메리놀병원)	1,820	8	19,416	62.03 / 64.10
수정동 산복도로 신설공사	500	8	50,000	67.01 / 67.12
망양로 신설공사 (경남고교 - 영주 2동)	1,597	12	-	70.11 / 71.03
아미-남부인동 산복도로 축조	2,693	12	163,781	70.10 / 71.03
영주시민아파트 진입로 축조	280	6	96,781	76.07 / 77.01
개금아파트 진입로 축조	860	20	239,000	77.01 / 77.11

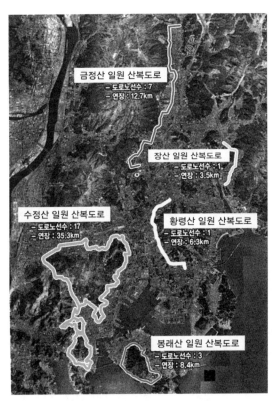

했지만, 한편, 산동네를 다시 위/아래, 원(遠)/근(近)으로 나누며 포섭과 배제의 장치를 작동시켜 위계성을 재생산하기도 했다.

이런 점에서 산복도로는 '소통과 단절'의 이중성을 안고 있다. 그러므로 철거와 길(산복도로)이라는 도시계획(개발)은 기존의 식민지 노동자, 귀환동포, 피난민들의 삶의 시공간을 해체하고 새로운 도시 탄생의 기획을 이식시킨 셈이다. 다시 말해, 일제강점기, 한국전쟁으로 부산에 유입된 인구가 산동네의 물리적 사회적 경관을 축

그림 7. 부산의 산복도로 지도: 5개 구간의 산복도로
(출처: 부산시, 2010. 『산복도로르네상스 마스트플랜』)

적했다면, 1960년대 경제개발기 산동네 사람들에 대한 강제철거와 산복도로의 건설은 이 공간을 해체하고 재구성했다.

이후, 산동네를 가르는 부산의 산복도로는 원도심 주변의 수정산 일원, 영도의 봉래산 일원, 남구의 황령산 일원, 금정구의 금정산 일원, 해운대의 장산 일원 등 다섯 지구 등에 개통되었다.

3 반복되는 추방, 무대화되는 일상

1) 반복되는 불량주택 개선의 명분으로

"도심 불량주거지를 개선하고 새로운 도시구조를 만든다"는 명분은 해방 전후 현재까지 산동네 일관된 공간재현의 논리이다. 먼저, 도시미관의 이유로 조선인들의 토막에 대한 철거와 격리는 식민지 공간에서도 공론화되었다. 조선 사람들이 시가의 번화한 거리로부터 쫓겨나 산비탈에 게딱지 가튼 집을 짓고 사는 가련한 현상은 여러 외국 사람들에게 말할 수 없는 치욕이라고 생각했다.

> 일제강점기 細民지구는 부산항에서 눈에 잘 띄는 영주정, 토성정, 초장정, 대신정, 보수정, 수정정, 좌천정, 영선정, 범일정, 녹정 뒤편으로 불량주택이 대략 4천 5백호를 헤아리기에 이르렀다. 本月 初頭池上 정무총감의 巡禮에 즈음하여 醜薄함이 너무 심하여 이러한 종류의 주택이 散在하는 實況을 지적당하고 도시의 面目上 사회시설의 見地로부터도, 공중위생 또는 풍기 공안상으로도, 도시산업의 진전이라고 하는 방면으로부터도 이들 散在한 불량주택은 적당한 一地區를 한정하여 集束 整理를 실행하는 것에 대해 商議 會頭가 처음으로 府內 자산가 여러 사람의 이해있는 義擧, 發奮을 희망했다.(오미일, 앞의 논문에서 재인용)

산동네 판잣집의 철거와 격리는 해방 이후에도 시행되었다. 부산시나 정부는 도시미관, 위생문제, 교통난 등의 이유를 들어 판잣집 철거를 제기했다. 철거 문제는 1950년 11월부터 확인되고 있다. 부산시는 한국전쟁 직후부터 꾸준히 용두산, 복병산, 부평동, 보수천 부근 등의 판잣집 철거를 추진했고, 여기에 반발한 피난민들은 정부나 부산시에 진정서를 제출하거나 직접 찾아가 철거를 반대하였다. 철거와 건립이

그림 8. 1968년 영주아파트 건립공사(출처: 부산 중구청)

그림 9. 현재 남아있는 부산시민아파트

반복되기는 했지만 그 수는 큰 변화가 없었고, 1953년을 기준으로 도로변과 하천변에 2만 2천 호, 산마루에 1만여 호가 있었다고 한다.[10]

1953년 '부산역전 대화재' 사건을 빌미로, 부산시는 도시환경 개선 및 미관 회복이라는 명분으로 시내 전역의 판잣집을 강제철거하고 공공주택을 건설하여 원도심 주변의 산동네 주민들을 도시 외곽으로 강제 이주시켜 나갔다. 그러나 강제 철거된 주민들은 도시 기반시설이 없는 변두리 구릉지 지역에 새로운 판잣집을 세우거나 외곽지역에 불법으로 임시거처를 마련하는 등의 악순환으로 오히려 불량주거지를 도시외곽으로 확산시키는 결과를 초래하였다.

이에 시 당국이 철거민 및 무주택 난민수용을 위해 공공주택건립(1954~1963)사업을 펼치면서 도시 내의 불량주택 주민을 시 외곽 및 타 지역으로 이전시켜 주택을 건설해 주는 정책이 시작되었다.[11] 그 후에도 불량주택에 대한 철거이주 정책이 지속되었으며, 정책이주지 정착사업이 1964년~1970년까지 1만5천여 호에 이르는 대규모로 이루어지기 시작하였다.[12] 이때, 영주, 초량, 수정 등지의 산동네 주민들이 현재의 서동, 반송 등으로 대거 이주를 하였다. 이때 '재개발

---

10) 김성태, 「실향민 정착지로서의 부산 구릉지 주거 경관」, 서울대 석사논문, 2015, 60쪽.

11) 이 당시의 공공주택은 후생주택, 난민주택, 자조주택, 시법자조주택, 간이구호주택 등으로 불리면서 총 4,207동이 건축되어 정책이주 되었으며, 이주지는 청학동, 동상동, 수정동, 전포동, 양정동, 연산동, 민락동, 온천동 등이었다. 이들 이주지역은 당시로서는 도시 개발이 이루어지지 않은 외곽 지역이었다.(부산직할시, 『직할시 20년사』, 1983)

12) 여기에서 처음으로 '정책이주지'라는 용어가 사용되었고 일반적으로 부산의 정책이주는 이 시기를 지칭하고 있다.

지구'로 선정된 산동네에 도로가 개설되고, 아파트가 들어섰다. 현재 부산시의 '최고령 아파트' 영주 아파트(37개 동)가 건립된 것이 이 시기(1968년)이다.

이 가운데 1967년 고지대 개발 5개년계획(1967~1971)을 수립하여 8,607동의 불량건물을 철거하고, 10,428세대의 주민을 이주시키고, 이 자리에 3,150세대를 수용하는 아파트 건립 사업을 발표하였다. 항구에서 보이는 중구 보수동, 영주동, 동구 초량동, 수정동, 좌천동 부산진구 범일동 범천동 등이 대상 지역이었다. 이 사업은 시범지구였던 중구 영주동 지구부터 시작됐다. 당시의 풍경은 이렇게 기록되고 있다.[13]

"구봉산의 푸른 숲은 당시 피란민들의 판잣집 마련을 위해 마구 베어져 얼마 안가 벌거숭이가 되어버렸다. 피란민들은 갈수록 늘어 하루가 다르게 판잣집은 산꼭대기를 향하기만 했다. 이에 부산시는 이곳 주민들을 강제 이주시키고, 5만 4천여 평 토지구획정리사업을 시작했다. 이곳에 서민 아파트를 건립, 그때까지도 이주를 않고 버티고 있던 철거민 9백여 가구를 수용했다. 1966년 '토지구획정리사업'으로 영주동의 판자촌은 시민아파트로 전면 재개발되었다."

이러한 부산시의 주택개발 정책은 도심 불량주거지를 개선하고 새로운 도시구조를 만든다는 명분으로 1970년 말(1981)까지 시행되었다.

---

13) 『동아일보』, 1997.01.05.

표 2.

시공 년도	시공청	명칭	위치	동수	세대수	세대별 규모(㎡)	착공 및 준공	층수
1968	부산 직할시	영주 아파트	영주2동 1공구	7	168	37.48	1960.04 ~ 1968.12	4
			영주2동 2공구	7	168	37.48	1968.09 ~ 1969.01	4
			영주2동 3공구	8	192	37.48	1968.07 ~ 1969.01	4
			영주2동 4공구	8	192	37.48	1968.08 ~ 1969.01	4
			영주2동 5공구	7	168	37.48	1968.08 ~ 1969.11	4
1970	주택건설 사업소	영주시민 아파트	영주2동 산 1번지	4	208	36.96	1974.04 ~ 1970.11	4

부산직할시, 『직할시 30년』, 1993.

2) 전면화되는 관광, 후면화되는 일상

한편, 2020년 부산의 대표적인 재생사업인 산복도로 르네상스 사업이 마무리되었다. 부산시는 "생활기반시설, 공동이용시설 등 시설 확충과 주민 거점시설 설치를 통한 마을 활력 회복, 공동체 경제활동 기반 마련이란 최소한의 투자"라는 기치를 걸고 출발했다. '산복도로 공간재생과 지역자활을 통한 생태문화소통의 공동체 형성'이라는 목표 아래 1) 생태, 교통, 경관에 중점을 둔 공간재생, 2) 생활환경, 공공복지, 커뮤니티 비즈니스에 중점을 둔 생활재생, 3) 지역문화, 주민문화, 관광에 중점을 둔 문화재생의 유형을 설정했다. 특히 종전의 개발사업과 가장 큰 차이가 '개발을 최소화하며, 주민과의 소통'에 역점을 둔 창조도시 프로젝트임을 강조했다. 이 지점에서 "산복도로의 내일은 주민 삶을 개선하는데 다시 초점을 맞추고 행정구역이 아닌 생활

그림 10. 산동네 주거의 혼존 양상

권 중심으로 구획하는 것이 필요하다"[14])는 제안은 의미있게 다가온다. 르네상스 사업의 공과를 따지는 일은 제쳐두고, 분명한 사실은 르네상스 사업 전후의 확연한 차이는 가림막이 쳐 있었던 산동네가 전면화 되었다는 점이다.

1960~70년대 근대화 시기 산동네는 '불량주택개선'의 통치공간이었다. 부산 시민아파트 역사가 이곳에서 시작되었으며, 도로 개통으로 산 아래와 위를 연결하고, 이웃한 산동네를 연결하면서 소통의 공간이 생산되었다. 그러나 한편으로 산동네 주민들 안에서 아파트에 입주할 수 있는 사람과 다시 거처에서 내몰리는 사람들의 위계를 만들어 내고, 또다시 추월할 수 없는 아랫동네와 격차를 만들어 아래/위를 분리시키는 기능을 했다.

그래서 도시의 후면으로 밀려나 비가시화의 영역에 있었던 이곳이 2000년 이후 점차 가시화되면서 현재 '부산을 알려면 산복도로 버스를 타보라' 고 할 정도로 부산의 대표적 브랜드가 되었다. 이에 부산

---

14) 김희재 외, 『산복도로의 어제와 오늘』, 미디어줌, 2019.

을 배경으로 하는 영화나 드라마, 대중매체들은 앞 다투어 산동네를 카메라에 담았다. 특히 외지인들에게 부산의 대표적 브랜드로 나설 수 있었던 요인은 '부산만이 지닌 유일한 풍경'으로서 장소성 때문이다. '유일한 풍경'은 외지인들에게는 이색적인 호기심을 유발하는 장소적 자산이 될 수 있고, 지자체에서는 다른 지역과의 차별을 이끌어내는 정체성의 지표가 될 수 있었다. 이 유일함의 내용을 채우는 것은 앞에서 밝혔듯이, 식민지, 한국전쟁, 산업화시기의 흔적을 고스란히 안고 응축된 100년의 산동네 주민들의 시공간임은 말할 것도 없다.

그러나 이 유일함은 소비의 회로 안에서 활발하게 재생산되는데, 이때 산동네 특정 과거의 시공간이나 경험 등이 선택적으로 편취되면서 추억과 향수의 프레임을 만들어낸다.

2000년 이후 산동네는 부산의 '히트 상품' '아시아 도시재생 모델' 등등의 수식어와 함께 신자유주의의 최전선에 있는가 하면, 한편으로는 '가장 부산다움'을 표방하면서 '추억과 향수'의 이미지로 소비되고 있다. 가령, 부산을 배경으로 한 상업영화 중에서 최대 관객을 모은 영화 〈친구〉의 주 무대가 원도심 일대의 산동네이다. '소독차, 이소룡, 비디오, 롤러스케이트장, 목폴라, 팝송 마이웨이'의 추억의 기호들을 앞세운 영화 〈친구〉는 추억이라는 장르와 변방의 지역이 만나면서 향수는 더욱 강하게 번지는 효과를 생산하였다. 특히 '친구'의 인물들이 달리는 자갈치 시장 골목, 보수동 골목, 용두산공원, 문현동 곱창 골목 등등 부산의 장소들은 '피보다 진한 우정'이라는 정서와 결합하면서 부산-사나이-형제애의 계열체들을 확산하였다.

낙후된 지방의 변두리 동네는 '우정과 의리'라는 부산 남자들의 정서와 결합될 때 이곳은 현대사회가 파편화시킨 남성의 원형이 보존된 장소로 추억되고, 향수된다.[15] 상업영화에 재현된 부산의 산복도

그림 11. 친구   그림 12. 친구2   그림 13. 부산   그림 14. 범죄와의 전쟁

로에는 언제나 친구들의 우정, 첫사랑, 가족들이 흔적으로 남겨져 있
다. 이것들은 '사시미' 칼과 총탄에 스러져 가는 이 공간의 '섬광처럼
빛나는' 흔적이면서 기원에 대한 환상과 연결된다. 이러한 영화적 장
치는 〈사랑〉(곽경택. 2007), 〈사생결단〉(최호. 2006), 〈부산〉(박지원.
2009) 〈범죄와의 전쟁〉(윤종빈. 2011) 등에서 관습적으로 등장한다.
    이러한 추억의 형식은 단순히 과거로 되돌아가려는 과거회귀적인
문화태도를 드러내는 것이 아니라 더 철저하게 포스트모던 현상을
반영하고 있다.[16] 프레드릭 제임슨이 말하는 '역사적 향수주의'는 대
중들이 자신이 살았던 시대로부터 오히려 단절하기 위해서, 말하자
면 과거를 철저하게 부인하고 비판적 거리를 소멸시키기 위한 개인
화된 욕망에서 비롯된다. 스크린에 그려진 〈친구〉의 그때 그 시절에
대한 동일화는 그 시공간과 최대한 거리가 발생했을 때 가능한 것이

---

15) 한편, 반복된 깡패영화가 반복될수록 부산의 공간은 '범죄도시'의 이미지로 덮
    여갔다. 이는 미디어의 상징폭력에 의한 자명성과 오인의 효과였다. 여기에
    대한 자세한 논의는 (문재원, 영화로 만나는 도시의 풍경", 부산대 한국민족문
    화연구소. 『대중문화, 지역을 디자인하다』, 소명, 2013, 17-21쪽)
16) 이동연, 『문화자본의시대』, 문화과학사, 2010, 93쪽

고, 스크린 밖의 사람들은 스크린 안을 퇴행적인 시공간으로 위치시킨다. 변방의 변방, 누추한 산동네는 이러한 지점을 보여주는 데 적합했다.

또한 물리적, 심리적 거리가 충분히 확보된 수도권에서 이 추억의 기호들에 더 열광했던 데는 이러한 원리가 작동했다. 이처럼 역사적 향수주의는 과거와 현재, 이곳과 저곳의 동일화 혹은 저곳에 대한 인정을 통해 형성되는 듯하나 오히려 이곳과 저곳을 분리하는 근대적 시선에 의한 것임을 알 수 있다. 근대 국민국가에서 탄생한 지방에 대한 이중적 시선은 지방(고향)을 낙후되어 있으면서도 순수한 시원이 자리잡고 있는 공간으로 탄생시킨다. 부산의 산동네는 지금, 여기에서 초월한 위치의 주체에 의해 발견된 '가난하지만 원래의 고향'이라는 이미지가 대중들에게 유포되고 있다. 이러한 환상장치 안에서 전치와 오인이 반복되는 동안 '상상된 풍경'이 지금, 여기를 재구성하고 있다.

현재의 '산복도로 소풍' '이바구길' '감천문화마을' 등 산동네 재현에 등장하는 것은 정형화된 한국전쟁 피란민들의 애환이다. '띄어쓰기가 잘못된 판잣집', 무정형의 골목과 가파른 계단, 물동이가 길게 늘어선 줄 등이 곳곳에 전시되면서 피난살이 고단함이 '순수와 폭력'이 교차하는 '역사적 향수'로 재현된다. 최근 '개항가도(開港街道)'의 관광경로와 함께 식민지 기억도 선택적으로 소환되고 있다. 이러한 공간 재현은 공통된 맥락을 가지고 있는데, 식민지, 한국전쟁의 기억을 소환하면서 민족, 국가 공간 안으로 수렴시킨다는 점이며, 이때 이 공간은 동일화의 통치로 질서화 될 수 있다. 다시, 이러한 동일화 공간은 신자유주의적 경제 질서 안에서 '판매할 수 있는' 유일함으로 전치될 수 있다. 이 과정에서 지금 여기의 산동네 주민들의 일상은 다시 후면화되고 있다.

❹ 산동네 재현의 목록: 강영환의 〈산복도로〉를 중심으로[17)]

2000년대이후 영화, 문학, 미술 등 문화예술 작품에서 부산의 산동네는 '가장 부산다움'을 드러내며 재현되고 있다. 앞에서 살폈지만, 이러한 재현의 방식에 공통적으로 등장하는 '그때 저곳'을 견지한 시선이다. 그때의 저곳이 강조되면 될수록 지금 여기의 현재성이 후면화되는 아이러니가 발생한다. 로컬리티 담론 안에서 과거의 역사적 시공간이 무의미한 것은 아니지만, 산동네의 로컬리티는 그때 저곳에 대한 역사적 향수가 아닌, 지금 여기의 삶과 상호 소통하면서 구성된다는 점을 간과해서는 안된다. 이러한 점을 염두에 두고 4장에서는 시인 강영환의 『산복도로』[18)]에 재현된 산동네 로컬리티를 고찰해 보고자 한다.

〈산복도로〉 1~100의 연작은 '끈끈한 사람냄새가 묻어나는 곳을 떠날 수 없어 지켜온 40여년의 삶터'에 대한 시인의 진술이다. 아래의 인용은 산동네에 대한 시인의 시선을 엿볼 수 있다.

---

17) 강영환은 1977년에 시 「공중의 꽃」으로 『동아일보』 신춘문예에 입선하고, 이어 1979년에 『현대문학』에서 시 추천 완료를 받으며 문단 활동을 시작했다. 1980년에는 「남해」로 『동아일보』 신춘문예 시조 부문에 당선되기도 했다. 그리고 1983년에 첫 시집 『칼잠』을 발간한 이후, 활발한 창작 활동을 지속하고 있다. 긴 시작(詩作) 속에서 시인이 끈질기게 천착해온 것이 있으니, 바다와 산복도로, 지리산이라는 공간이다. 그 공간들은 강영환 시인의 시 속에서 생(生)의 바탕이 되는 장소, 시인과 이웃의 삶이 공존하는 장소, 자연과 인간 존재를 사유하게 하는 장소 등으로 의미화 되며, 시인이 구축한 시세계의 핵으로 자리를 지키고 있다.(우은진, 「장소에 대한 애착과 사유로 빚어낸 시 - 강영환론」, 『작가와사회』 봄, 2016)

18) 산복도로 시집은 100편의 연작으로 구성되어 있다. 본 글에서는 『산복도로』(책펴냄열린시, 2009)를 텍스트로 삼는다.

그림 15. 산동네(초량~수정)의 현재   그림 16. 과거(1970년대)

　　평지가 모자라는 부산은 산허리까지 판잣집들이 지어져 동네가 만
들어졌다. '산동네' 혹은 '달동네'라 했지만, 나는 '하늘동네'라 명명했
고, 동네를 가로지르는 길을 내고 망양로라 불렀지만 이웃들은 그냥
'산복도로'라 했다. (『산복도로』 서문)

　시인은 중심부의 시선이 규정하는 달동네, 산동네가 아닌, 당사자
성의 '하늘동네'를 선택하고, 관광객의 시선이 탄생시킨 망양로(부산
항 앞바다를 조망하는 길: 望洋路)가 아닌, 이곳에 사는 이웃들이 명
명하는 산복도로를 호명한다. 그러므로 산동네에 대한 시인의 재현목
록 우선 순위는 '이웃의 삶'에 있음을 밝히고 있다.[19]
　우선, 시인의 눈에 제일 먼저 포착되는 이웃들의 공간은 '띄어쓰기

---

19) "내가 살고 있는 초량동 산복도로가 있는 곳은 부산을 있게 한 원동력 중 하나
　　다. 이전에 그곳에 살았던 서민들은 부두 노동자이거나 부산역에서 혹은 국제시
　　장에서 날품팔이를 하며 생계를 꾸려가는 도시 서민들이 대부분이었다. 강한
　　휴머니즘을 느끼게 해 주는 그곳에서 나는 그들의 이웃이었고 나는 그들과
　　함께 살며 그들의 애환을 관찰자적 시점으로 바라보았던 것이다. 나는 결코
　　그들이 될 수 없이 그냥 바라다 볼 뿐이었다. 그렇지만 바라다보는 시점 자체가
　　그들 곁이며, 그들은 나를 거부하지 않았고 나 또한 그들 곁에서 그들의 삶에
　　젖었다. 앞으로도 그 관계는 끝나지 않을 것이다."

가 잘못된' 판잣집이다. 이들이 놓여있는 곳은 산 5번지, 시영아파트, 국민주택, 판잣집, 무허가 등 변두리 소외된 장소이다. '가려도 남는 남루에 절망하는 비'(〈새〉- 산복도로 14)가 쏟아지는 이곳은 한마디로 '막장'[20](〈막장〉- 산복도로 37)같은 삶과 대면하는 자리다. '집 지을 빈 터가 없어 쫓겨 나와 '무허가'(〈흔들리는 무허가〉- 산복도로 80) 판잣집, 그래서 이곳은 '누구 한사람 관심 기울이지 않는' 외진 곳이고, '밤마다 슬픔을 토해내는' 사람들이 '풀어진 휴지처럼'(〈혼자 노는 바람〉- 산복도로 65) 모여 있는 곳이기도 하다.

> 산복도로 옆 판잣집들은 띄어쓰기가 잘못된 작문이다.
> 기운없이 서 내려간 산문이 되지 못한 운문이다.
> 맥 빠진 리듬으로 어깨 결리며 서있는 낡은 단어들은
> 의미를 잃은 채 누구 한사람 관심 기울이지 않았다
> 원고 청탁서 없이 마구 갈겨 쓴 후미진 곳의 집들은
> 눈물이 되지 못한 울음으로 남아서 밤이면
> 꺼이꺼이 목에 걸린 슬픔을 토하고 낮이면
> 머리카락 빠진 버짐처럼 이웃이 떠나서 남긴 빈터에
> 낡은 살림살이를 모아 가까스로 하늘을 가린 집
> 산복도로 부근에 모여 사는 집들은 서러워도
> 눈물 나지 않는 운문
> 다 쓰지 못한 미완의 원고다
> 　　　　　　　　　　　　　　　　(〈판잣집〉- 산복도로 34)

판잣집 안에서 밤마다 꺼이꺼이 슬픔을 토해내는 이웃들은, "고깃배 타는 신랑을 물끝으로 보낸 뒤 식당일로 밤늦게 귀가하는 기

---

20) 인생을 갈 때까지 간 사람 또는 그러한 행위를 꾸며주는 말.

장댁, 아랫동네에서 사업하다 부도 만난 박씨/ 항운노조 간부를 들먹이다 힘에 겨워 스스로 생을 포기한 이씨가 남긴 어린 두 아이, 쫓겨온 발자욱이 얼룩으로 남아있는 미포댁/ 다리 저는 연탄가게 아저씨/ 집나간 며느리 기다리는 할머니/ 뜨거운 햇볕 아래 가판대 생선장수 등등이다. 그런데 시인이 포착한 장소는 끝내 울음을 토해내지 못한 미완의 원고만으로 완성되지 않는다. 이 지점이야말로 외부의 고착된, 내부의 단절된 시선을 열고 장소애를 확인하는 자리가 된다.

> 풀 꺾인 잡초 우거진 언덕에다
> 집을 지었다 오래오래
> 허물었다가 세우고 다시 허물며
> 쓰다버린 골판지와 천막을 이어 붙였다
> 바람 앞에 산산이 무너져 내릴지라도
> 비에 젖지 않고 이슬에 젖지 않는
> 돌아앉았어도 넉넉한 집을 이뤘다
> 바람은 억센 팔뚝을 드러내며 가끔
> 부끄러운 기초를 흔들었다
> 굵은 모래와 자갈로 황폐한 뿌리들
> 이웃들은 아침계단을 오른다
> 그때 보아라 언덕 위에서
> 금빛 지느러미를 번뜩이며 살아나는
> 크고 작은 아늑한 집들 그러나
> 자주 자주 흔들리는 눈물
>
> 〈〈무허가〉 - 산복도로 19〉

위의 시에는 하강과 상승의 이미지가 교차되고 있다. 이러한 시적 상상력은 내리막 길과 오르막 길을 오가는 산복도로 사람들의 일상을 근간으로 하는 데서 비롯된다. 50여 년 동안 이 골목을 오르내린 시인의 경험적 자질 또한 이러한 시적 상상력의 근원으로 작용한다고 볼 수 있다. 숨을 몰아쉬며 오르내리는 비탈길에서 만나는 사람들은 '어젯밤' 밤새 '꺼이꺼이 목에 걸린 슬픔을 토했던' 이웃들이다. 밤새 슬픔을 토하고 난 이들은 '바람 앞에 산산이 무너져 내린' 집을 다시 '비에 젖지 않고 이슬에 젖지 않는/ 금빛 지느러미를 번뜩이며 살아나는' 집으로 세워 나간다. 〈무허가〉에서 허물고/세우고, 밤/아침, 황폐한 뿌리/금빛 지느러미의 대비는 하강과 상승의 이미지와 연결되면서 산동네 사람들의 일상을 전달하고 있다.

시인은 이들의 삶을 어느 하나로 단정하거나 낭만화하지 않는다. '아늑한 집'을 지었지만, 그곳은 행복한 낙원만이 기다리는 유토피아(u-topia: 어디에도 없는)가 아니라, 여전히 '자주 자주 흔들리는 눈물'로 밤을 지새는 일상의 아이러니를 전달하고 있다. 이러한 아이러니는 '선거철만 되면 새로 포장되는 골목길'과 그 틈새에서 '밟힐수록 꼿꼿하게 일어서는 질경이'(〈질경이〉 - 산복도로 99), '골목 계단의 개똥이 피워내는 민들레'(〈꽃향 속으로〉 - 산복도로 64) '오르막이 숨가쁜 가파른 산복도로 끝에서 아침햇살이 출렁이는 양동이'(〈아침 햇살〉 - 산복도로 69)처럼 산동네의 지형, 자연 손때 묻은 세간 등등의 비유를 통해 반복적으로 전달한다.

이러한 미시적 공간의 포착은 산동네 골목, 집집, 심지어 걸라진 시멘트바닥 마저

그림 17. 168계단

내 삶의 일부가 되어버린 장소애착이 아니면 발견하기 어려운 지점이다. 장소애착감은 장소와 내가 갖는 관계이며, 이 관계는 주관성과 객관성이 상호 침투하면서 생성된다. '내가 살아온 흔적이 있어서', '내 삶의 근거가 되기 때문에', '이웃사람 때문에....' 삶의 거미줄같은 장소의 그림자들이 현재의 불편한 주거환경을 넘어설 수 있게 한다.

한편, '구름처럼 모여있는 눈 선한 사람들이'(〈구부러진 골목〉-산복도로 76) 터가 모자라 바람 속에 집을 세우고(〈언덕에 선 집〉-산복도로 96) 흔들리는 무허가(〈흔들리는 무허가〉-산복도로 80) 주민이 된 이력을 찾아가는 자리에서 한국전쟁 피란에서 1960년대 경제 개발기 추방의 역사까지 크고 작은 사건들을 마주하게 된다. 한국전쟁이라는 집단적 기억의 장소로 산동네를 호출하는가 하면, '항도의 명물', 부산의 새로운 랜드마크가 될 산복도로의 이면의 추방과 폭력의 기억도 호출한다.

> 때로 노래는 빛이 되었다
> 통금 넘어 사랑을 나누는 때가 되면 꼭
> 목 쉰 '타향살이'가 비탈을 올랐다
> 비틀거리는 노래는 숨도 차지 않는지
> 발뒤축으로 맞추는 장단에 골목길 옆
> 이 집 저 집 붉은 등을 켰다
> (중략)
> 오르막 길 불빛 속으로
> 타향살이에 이골이 난 아버지
> 어릴 적 그 모습으로 늙어버린 내가
> 노래도 없이 숨죽인 채
> 좁은 길 불빛을 헤엄쳐 갔다
>
> 〈그리운 노래〉-산복도로 58)

술에 취한 아버지가 노래를 부르며 산동네 비탈길을 오르고, 골목 골목을 지나고, 노래 소리에 집집마다 불이 켜지는 장면이 오버랩되는 시이다. 피란민을 짐작하게 하는 아버지의 '타향살이'는 고향에 대한 그리움의 메타포이다. 고향에 대한 그리움은 아버지뿐만 아니라, 골목 안의 집들을 깨우고, '노래가 그친 후에도 작은 창에 불빛으로 남아' 사람들의 마음을 흔들고 있다. 그러나 그보다도 그 '타향살이'가 아버지의 아들인 '나'에게 대물림되었음을 보여주면서, 피란민의 애환이 여전히 진행 중인 산동네의 풍경을 전달하고 있다.

한편, 재생과 동시에 추방의 서사를 안고 있는 산복도로를 바라보는 시인은 산동네 주민들에게 산허리를 가로질러 길을 낸다는 것은 '가슴'에 길을 내는 일이라고 한다.

> 새 길이 지나갈 집 벽에 넘치는 숫자는
> 눈이 가닿는 순간 붉은 길이 되었다 외면해도
> 갈겨 쓴 획이 눈을 찌르고
> 떠난 사람이 남긴 발자국에 눈물이 뱄다
> 집이 아픈가보다 아무래도 골병이 들어
> 앓아 누웠나보다 문을 모두 떼어 놓았는데도
> 그 집에는 비바람조차 드나들지 않았다
> 돌아갈 날을 기다리는 집에는
> 누가 갖다버렸는지 언제부터
> 늙은 장롱 한 쌍이 들어앉아 비스듬히
> 어깨 기대 누워 있다 노부부처럼
> 시간이 멈춰 서서 졸고 있는 그 집은
> 가슴에다 길은 내고 이웃보다 먼저
> 돌아오지 못할 붉은 길 끝에 가 있었다
> (〈가슴에 길을 내고〉-산복도로 88〉)

개발의 명분으로 산동네에 들어서는 산복도로, 아파트 등이 세워지는 산동네를 주목하면서 '버려지는 개' '버려지는 장롱' '버려지는 화분' 등 타동사 '버려진다'를 병치시키고 있다. '세우는' 주체와 '버려지는' 대상의 대비를 통해 산동네의 새로운 변곡점의 시공간 풍경을 전달하고 있다. 이러한 추방의 공간 안에 산동네 주민들의 '눈물' '버짐' '삭아 내린 발꿈치' '가뭄' '침수' '막장'의 시간을 기입하고 있다. 이 시간들은 산복도로의 속도를 지연시키면서, '유채색에 꼭 숨어 있는 무채색 마을'(〈산 5번지〉 - 산복도로 9)을 발견하고, '아스팔트가 묻어 버린 젖은 발자국'(〈젖은 발자국〉 - 산복도로 5)을 찾아내는 일이다.

근대 공간을 탄생시킨 것이 시각적 원리라면, 구체적 장소의 발견은 촉각의 원리[21])가 작동한다. 이때 촉각은 단순한 만짐을 뜻하는 것이 아니라 인간과 세계가 근원적으로 섞일 수 있는 접속을 의미한다.[22]) 이러한 감각적 토대 안에서 장소는 대상화되지 않고, 장소의 '주름'을 마주할 수 있다. 이 장소에서 마주하는 산동네의 '무허가'는 취약성에 기반한 특이성(singularity)의 공간을 만들어낸다. '굵은 모래와 황폐한 뿌리'가 이들의 삶을 흔들지만, 그래서 자주 자주 흔들리지만, '금빛 지느러미 번뜩이며 살아나는 아늑한 집'을 상상하고, 공간의 변경된 경로를 상상한다. '관절염 같은 지붕'(〈언덕에 선 집〉 - 산복도로 96)으로 늘어선 '무허가 골목에 지린내를 피우고 지나는' 개똥 자리에 핀 민들레가 진득하게/ 샛노란 봄을 뿌리며 들어앉아/ 동네 향을 바꾸고 있었다/ 다가 올 누군가를 기다리고 서서

(〈꽃향 속으로〉 - 산복도로 64)

---

21) 촉각은 접촉감각이며, 접촉은 대상의 표면으로의 진입로를 만들어주며 대상의 구성성분에 의존한다.(E.그로츠, 임옥희 역, 『뫼비우스 띠로서의 몸』, 여이연, 2001, 212쪽)

22) 나카무라 유지로, 양일모·고동호 역, 『공통감각론』, 민음사, 2003, 67쪽.

글로벌이 재발견한 로컬은 놀라울 정도의 유연성을 발휘하여 이를 상품화하고 글로벌화의 조건으로 재구성하는 유연화 전략을 구사하였다. 이때 로컬은 생산이나 소비, 유통 등의 과정을 담당함으로써 기존의 글로벌 체제를 긍정하고 강화하기 위한 주체로 호명(interpellation)된다. 이러한 회로 안에서 로컬의 기능은 제한적이고 수동일 수밖에 없다. 현재 부산 관광지 1번지로 무대화되고 있는 부산 산동네의 시간은 이러한 수동적 공간으로 포섭될 가능성이 농후하다. 그러나 주체화의 과정이 탈주체화 - 재주체화의 운동적 과정을 수반하듯이, 로컬은 글로벌화 기제를 수반하는 수동적인 위치에만 고정되지 않으며, 복합적이고 다중적인 스케일에 접속되면서 끊임없이 재구성된다는 점을 놓칠 수 없다.

이러한 맥락 안에서 산동네 공간과 주체 관계를 주목한다면, 부산의 산동네가 유니크한 로컬리즘을 넘어서는 내적 동력 공간을 마련할 수 있는 가능성을 타진할 수 있다. 그러한 동력은 '쪽방 셋방살이 그늘이 깊어져도' '이웃과 이웃의 어깨에 부딪혀/ 끈끈한 체온 속으로 실어 나르는' 공동체의 환대와 연대으로부터 찾고 있다.23) 시인이 산동네를 재현하는 눈물, 버짐, 한숨, 구토, 한파, 흔들림의 시어들 사이에 이웃, 사랑, 충만함 등의 시어들을 배치하고 있는 것은 이와 같은 맥락이다.

> 초량 산복도로 길옆에 망초꽃이 피었다
> 우리나라 각지 들이나 길가에
> 저절로 피는 망초꽃이 나와 이웃하여

---

23) 이런 점에서 최근 산동네에서 구성되고 있는 내부 공동체에 대한 현장조사 관찰 작업이 요청된다.

빈손으로 태어나도 꽃을 피울 줄 아는 민망초
길경이와 이웃하여 보내는 작은 눈짓을
내게도 보내어 준다
오늘날 우리에게 사랑한다는 의미는
무엇일까
우리나라 각지 망초꽃이 핀다
산복도로
길옆에 나와 이웃하여
작은 사랑이 핀다

(〈망초꽃 사랑〉)

5 부산 근현대사 박물관, 산복도로의 서사

부산의 산동네 삶은, 일제 강점기의 민족적 차별, 해방과 한국전쟁의 혼란, 경제개발기의 강제철거와 집단 이주 등을 포함하고 있고, 그 역사는 산동네를 구성하는 가로, 골목, 집, 계단, 옥상주차장 등 산동네 경관에 투영되어 산동네 주민들의 굴곡진 인생의 서사를 드러낸다. 산위로, 위로 올라가며 지은 탓에 나의 옥상이 이웃의 주차장이 되기도 하고, 이웃의 옥상의 우리집 마당이 되기도 하면서, 올라간 집만큼 길게 이어진 계단은 아찔하게 가파르다. 좁은 골목은 미로처럼 촘촘하게 뻗어 나가면서 이웃과 이웃을 연결하고 있다. 산동네 급경사와 계단, 그리고 실핏줄처럼 퍼져 있는 골목은 위/아래로 산복도로와 연결되어 있다.

그러므로 "부산은 산복도로다" 라는 문장은 부산의 지형을 말하는 것이 아니다. 부산 근현대 100년의 생활사를 압축하고 있다. 특히 원도심 일대의 산복도로는 단순한 교통수단을 넘어 일제강점기 부두 노동자들에서, 한국전쟁기 피란민, 1960~70년대 산업화시기 도시노동자들의 일상사를 품고 있는 공간이다. 이처럼 부산의 독특한 사회·지리적 경관인 산동네는 역사적, 지역적, 생활사적 가치를 지니는 장소이다. 그러므로 '표상된 공간'으로서의 산동네에 대한 비판적인 고찰은 부산 정체성 재구성과 '생성'(becoming)의 로컬리티로 연결되는 작업이다.

그러므로 산동네의 장소성은 근현대사 안에서 고단하게 들앉은 우리네 삶이 곰삭아 주름꽃을 피워낸 자리에서 확인할 수 있다. 노화된 산복도로의 재생은 보톡스를 맞고, 피부이식을 하고 그렇게 새로 태어난 '미녀의 탄생'이 아니라, 주름의 시간을 응시하면서 그 미세한 지문의 결을 거슬러 가는 족적으로 다가올 일이다. 다시 찾고 싶은 산동네와 내가 살고 싶은 산동네가 어디에서 만날 수 있는지 찬찬히 따져 묻는 일. 산복도로의 지난한 일상의 기억들을 현재화하는 작업이야말로 산복도로 재생에 올라야 할 첫 번째 목록이다.

▌참고문헌

강영한, 『산복도로』, 책펴냄열린시, 2009.
강무길, 『부산지역 정책이주지 형성과 주거변화 특성』, 부경대 박사논문, 2009.
공윤경, 「부산 산동네의 도시 경관과 산동네에 관한 고찰」, 『한국도시지리학회지』 3-2, 2010.
김성태, 「실향민 정착지로서의 부산 구릉지 주거 경관」, 서울대 석사논문, 2015.

김희재 외, 『산복도로의 어제와 오늘』, 미디어줌, 2019.

문재원, 「산복도로에 대한 동상이몽」, 『담론201』 17-3, 2013.

문재원, 영화로 만나는 도시의 풍경", 부산대 한국민족문화연구소 『대중문화, 지역을 디자인하다』, 소명, 2013.

부산광역시, 『부산발전 50년 이야기』, 2013.

부산직할시, 『직할시 20년사』, 1983.

부산직할시, 『직할시 30년』, 1993.

오미일, 「식민도시 부산의 주거공간배치와 산동네의 시공간성」, 『부산시공간의 형성과 다층성』, 소명, 2013.

우은진, 「장소에 대한 애착과 사유로 빚어낸 시- 강영환론」, 『작가와사회』 봄, 2016.

이동연, 『문화자본의시대』, 문화과학사, 2010.

나카무라 유지로, 양일모·고동호 역, 『공통감각론』, 민음사, 2003.

E. 그로츠, 임옥희 역, 『뫼비우스 띠로서의 몸』, 여이연, 2001.

『산복도로 르네상스 마스트플랜』, 부산광역시, 2011.

『동아일보』, 『부산일보』, 『신동아』

일본 교토와 대구·경북의 경계를 넘어 일했던 사람

- 재일 조선인1세 조용굉씨의 생애사

야스다 마사시 安田昌史

1 머리말

본 연구에서는 일본 교토의 직물산업인 니시징오리 산업(西陣織産業)에 종사하면서 일본과 한국의 경계를 넘은 재일 조선인 1세 조용굉(趙勇宏)씨의 사례에 주목한다. 대구·경북지역은 일제강점기에 수많은 재일조선인을 배출한 지역중의 하나이다[1]. 본 연구에서 주인공이 될 조용굉씨도 한일병합 다음해인 1911년에 경상북도 상주군에서 출생했고 일본으로 건너갔다가 다시 한국으로 돌아와 2000년에 서울에서 별세한 인물이다. 아울러 그는 교토의 재일조선인 사회

---

* 계명대학교 일본학과 교수

1) 모리타 요시오(森田芳夫), 「전후에 있어서의 재일조선인의 인구 현상(戰後における在日朝鮮人の人口現象)」(『朝鮮学報』第47輯(1968年5月)게재 논문), 『숫자가 말하는 재일한국·조선인의 역사(数字が語る在日韓国·朝鮮人の歴史)』수록, (明石書店1996), 100, 146-147쪽. 모리타는 일본 법무성 「在留外国人統計」를 인용하여, 1964년 시점에서 재일조선인중 경상북도 출신자가 25.2%이며 경상남도(38.3%)의 다음에 많았다고 지적한 바 있다.

에서 니시징오리 산업의 직물 공장을 경영해서 크게 성공했던 인물로서 잘 알려져있다. 본 연구에서 조용굉씨 생애를 통해서 1945년 이전과 1945년 이후의 대구·경북 및 일본 교토의 산업과 관련된 재일조선인의 노동이나 활동, 행동 및 그 뒤에 있던 생각들을 논하고자 한다.

원래, 일기나 자서전 등 개인의 기록이라는 것은 개인이 자기 인식을 통해서 작성한 것이기 때문에 그것만으로 사회 전체를 일반화시킬 수가 없다. 또, 일기나 자서전 같은 개인기록이나 인터뷰에서 얻은 자료 등 사람의 기억을 바탕으로 한 역사 구술의 공통점으로 사실과 어긋남이 있을 수도 있다는 점이다. 그러나 본 연구에서 그런 자료를 통해 분석을 하면 개인이 사회나 역사를 어떻게 인식을 했는가를 이해하는데 도움이 될 것이라고 생각해서 본 연구에서 그것들을 중요한 자료로써 사용한다.

1) 선행연구의 검토

여기서는 교토의 재일조선인 특히 교토의 섬유산업인 니시징오리 산업과 재일조선인에 관한 선행연구를 정리한다. 1945년 이전은 '대일본제국 신민(大日本国臣民)'의 일원으로 재일조선인도 사회정책 대상이 되었기 때문에 조선인에 관한 통계자료는 비교적 풍부하다. 이런 자료를 사용한 연구를 통해 1945년 이전 교토에 거주했던 재일조선인의 경제·사회적인 상황이 밝혀졌다[2]. 선행연구에서는 1910년

---

2) 예를 들면 하명생(河明生), 『한인 일본 이민 사회 경제사 전전편(韓人日本移民社会経済史 戦前篇)』, (明石書店 1996), 다카노 아키오(高野昭雄), 『근대 도시의 형성과 재일조선인(近代都市の形成と在日朝鮮人)』, (人文書院 2009)

한일합방 이전부터 조선인이 유학생이나 노동자로서 니시징오리를 비롯한 교토의 섬유산업에 종사해왔다는 것이 입증된 통계자료를 바탕으로 1930년대에는 니시징오리 산업에서 많은 조선인 노동자나 경영자가 존재했다는 것이 논의되었다.

다음은 1945년 이후 교토의 섬유산업과 재일조선인에 관한 연구를 정리한다. 1945년 이후의 재일조선인에 관한 행정적인 자료는 1945년 이전 만큼 풍부하지 않아 통계의 수치에도 오차가 꽤 있다. 교토 재일조선인의 노동이나 경제활동에 관한 연구도 이러한 통계자료의 부족으로 인해 1945년 이후에 관한 연구는 1945년 이전 만큼 많지 않다. 하지만 2000년대에 들어 실증적인 연구가 발표되어 주목을 받기 시작했다.

경영학 분야에서 한재향(韓載香)이 1945년 이후 재일조선인 경영자나 기업이 어떠한 경위로 교토의 섬유산업에 참여해 성장한 것인가를 논한 바 있다. 그는 조선인이 섬유산업에 참여한 과정에서 조선인의 민간적 커뮤니티가 어떻게 기능하여 조선인의 기업에 영향을 주었는지를 고찰하였다3). 리수임(李洙任)은 구술사(oral-history)를 이용하여 니시징오리 산업에 종사한 재일조선인의 민족성(ethnicity)과 그들의 노동관에 대해 고찰하고자 하였다. 구체적으로는 니시징오리 산업에 종사한 재일조선인1세 2명에게 인터뷰조사를 해 그들의 고향에서의 생활이나 일본으로 건너가게 된 이유, 노동의 형태, 독립하게 된 경위, 취업할 때의 일본인과 조선인의 민족관계, 그리고 그들

등이 있다.
3) 한재향(韓載香), 『「재일기업」의 산업 경제사 그 사회적 기반과 다이너미즘(「在日企業」の産業経済史 その社会的基盤とダイナミズム)』, (名古屋大学出版会 2010), 70-103쪽.

이 니시징오리 산업에서 종사하면서 가지게 된 노동관을 상세하게 분석하였다4).

이처럼 1945년 이후 교토의 섬유산업에 종사한 재일조선인에 관한 연구는 서서히 이루어지고 있지만 선행연구에서 재일조선인의 노동이나 경제활동을 봤을 때 그들이 활동하는 공간을 일본 특히 '교토'라는 도시에 한정해서 분석하려고 하는 경향이 있다. 그렇지만 실제로 교토 뿐만 아니라 일본 국내 다른 도시나 심지어 일본과 한국 국경을 넘어 활약한 재일조선인도 존재하였다.

그래서 본고에서는 일본과 한국의 국경을 넘어 일했던 재일조선인을 분석하기 위해 한 재일조선인1세 조용굉씨 사례를 집중적으로 고찰하고자 한다. 전술한 것처럼 조용굉씨는 교토의 재일조선인 사회에서 산업으로 크게 성공했던 사람으로 알려져 있다. 그는 1928년 처음 일본에 건너가서 니시징오리 공장 일에 종사하면서 자금을 저축했다. 1930년대에는 조선으로 다시 돌아와 대구에서 양말 공장 경영을 했다. 그 후 그는 다시 일본으로 건너가 같은 직물공장에서 근무하던 중 1945년 일본이 패전을 맞이하였다. 게다가 1945년 이후에 조용굉씨는 니시징오리 산업 이외에도 교토의 조선인을 대표하는 민족조직이나 조합 설립 운동에 참가했고, 또 다른 산업(부동산 산업, 염색산업)에 진출하였다. 특히 1960년대에 그는 경북지역을 중심으로 한국인 여성들에게 염색 기술을 지도하면서 한국에서 일본 전통 염색제품의 한 종류인 시보리 염색을 제조하였다. 일본의 기술을 한국 사람들에게 가르친 활동이 주목할 만하다.

---

4) 리수임(李洙任), 「京都西陣と朝鮮人移民」, 李洙任編, 『在日コリアンの経済活動 - 移住労働者, 起業家の過去・現在・未来』, (不二出版 2012), 36-60쪽, 및 「京都の伝統産業に携わった朝鮮人移民の労働観」, 같은 책, 61-80쪽.

본 연구에서 조용굉씨가 경북과 교토를 왕복하면서 행했던 사업이나 그의 생각을 분석하는 것으로, 한 재일조선인이 고향인 대구나 상주를 비롯한 경북지역을 어떻게 인식했을까 하는 것과 그가 어떠한 행동을 했는지를 파악할 수 있을 것이다. 또, 앞으로 수많은 재일조선인을 배출한 대구·경북에 관한 지역 연구에 크게 기여할 수 있을 것이라고 예상된다.

2) 자료소개

　조용굉씨의 생애사를 분석하는 데에 있어서 주요 자료로써 손자 CS씨가 그의 할아버지에 대해 쓴 졸업논문「시대의 선구자 조용굉씨의 발자취(時代の先驅者　趙勇宏氏の步み)」(오사카가쿠인대학교(大阪学院大学) 1987년)를 사용한다. 이 자료 자체는 2011년 필자가 다른 연구자를 통해서 손에 넣었다. 그 후 다른 교토의 염색 산업에 종사했던 재일조선인을 조사하는 와중에 CS씨의 아버지, 조용굉씨 아들인 CT씨(1942년생)를 알게 되어 2013년 9월, 2014년 4월 5월, 2016년 4월에 CT씨(1942년생)에게 인터뷰 조사를 실시했다.

　그 자료들을 조용굉씨 측이 남긴 그의 관한 자료로써 사용하겠지만 그것만으로는 그의 인생 전체를 분석하기에는 부족하다. 그 부족함을 보완하기 위해 당시 재일조선인이 남긴 자료나 재일조선인의 활동을 기록한 행정 자료, 일본 및 한국에서 발행된 신문 기사를 이용한다. 또 필자는 조용굉씨 가족 이외에도 같은 시기에 재일 조선인의 경제활동이나 노동 및 조직을 자세하게 아는 관계자들에게도 인터뷰를 실시했다. 그것도 당시 교토의 재일조선인 사회나 니시징오리 산업을 이해하는 자료는 물론 조용굉씨의 생각이나 활동을 분석하는 자료로 사용한다.

본 연구에서는 이상의 자료를 통해서 제일조선인 1세인 조용꾕씨의 생애와 그가 했던 활동을 논한다. 더욱이 그의 고향인 경북이나 1945이후에 한국에 대해 가지게 된 인식과 행동들을 분석하며 그의 아들이나 손자가 조용꾕씨 행동을 어떻게 평가를 하였는가도 검토하고자 한다.

2 전전(1945년) 니시징오리와 재일조선인

1) 니시징오리 산업 개요

니시징오리(西陣織)는 교토의 니시징(西陣)지역 에서 만들어진 직물이며, 니시징오리 산업(西陣織産業)은 니시징오리를 제조하는 산업이다. 5세기경부터 이 직물생산이 시작되었으리라 생각되지만, 15세기 무로마치(室町) 시대 이르러 「니시징오리(西陣織)」로서 크게 발전했다. 또, 에도시대(江戸時代)에 들어 서민문화인 조닌 문화(町人文化)가 대두하자 니시징오리는 교토의 부유한 조인(町人)의 지지를 모으며 더욱더 발전했다.

명치유신 이후 1872년에 프랑스로 직인을 파견해서 자카드(Jacquard)직기를 도입하고, 1875년에 일본 국산 자카드를 개발하며 각 공정을 분업화(그림 1 참조)시켜서, 제품의 대량생산 시대를 열었다. 1910년대부터 1930년대는 니시징오리의 대중화가 진행됨과 동시에, 전통적인 직물기술의 고도화와 동시에 디자인의 세련화와 니시징오리 제품 가격의 고급화도 행해진 시기였다.

2차 세계대전 때, 고급사치제품을 생산하는 니시징오리 산업은 휴

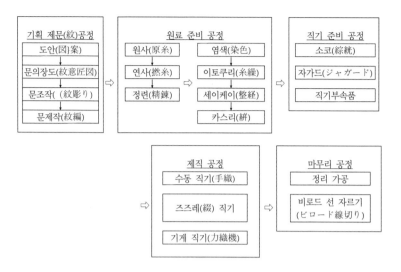

그림 1. 니시징오리 산업분업공정

기(休機)나 휴업으로 인해 괴멸적인 피해를 입어 1945년 일본 패전
당시는 소수의 경영자가 간간히 생산을 하는 상황이었다. 그래도
1950년후반부터 시작되는 일본의 고도 경제 성장기 안정화된 생활이
나 소비 수준의 향상, 고급 기모노 제품의 수요 증대로 인해 니시징오
리 산업은 부활했다5).

　1960년대까지 니시징오리 산업은 호황을 누렸지만 같은 시기에 일
본의 복장(服裝)문화가 일어나며 기모노에 대한 수요가 상대적으로
저하하게 되었다. 게다가 1973년에 1차 석유 파동으로 인해 생산에
필요한 원재료나 연료가 급등하며 이은 거품 경제 붕괴나 소비 불경

5) 니시징오리모노 공업조합(西陣織物工業組合), 『조합사 - 니시징오리몬 공업
조합 20년의 발자취, (소화26년~소화46년)(組合史-西陣織物工業組合二十年
の歩み(昭和二十六年~昭和四十六年)』, (西陣織物工業組合 1972), 21-22쪽.

으로 인해 니시징오리 산업의 생산량은 급감되었다. 니시징오리 산업의 제품 출하액은 피크시였던 1983년과 비교하면 2000년에는 18.7%까지 감소하게 되었다[6].

2) 교토의 섬유산업에 종사했던 조선인

여기서는 1945년 이전의 니시징오리와 조선인과의 관계를 정리하고자 한다. 니시징오리와 조선인과의 관계에 관한 가장 오래된 사례는 1908년의 신문기사에서 확인할 수 있다. 다카노 아키오(高野昭雄)에 의하면 니시징오리에 종사했던 조선인의 초창기 사례는 염직학교(染織学校)에서 유학을 했던 조선인 학생들이었다고 한다.『오사카아사히신문 교토부록(大阪朝日新聞京都附錄)』기사 중에서 「염직학교 재학생 계8명(청국인2, 한국인6)」[7]이며 한일 병합 직전이었던 1908년에 조선인이 염직학교에 유학했던 학생으로서 처음으로 등장한다. 이 학생들이 현재 단계로 확인 가능한 니시징오리산업에 관여한 가장 이른 조선인 사례로 간주되어 있다[8].

또, 1910년9월 1일의 『오사카아사히신문 교토부록』에서는 「교토

6) 교토시 전통산업 활성화 검토 위원회(京都市伝統産業活性化檢討委員会), 『전통산업의 미래를 개척하기 위해 - 교토시 전통산업 활성화 검토 위원회 제언(伝統産業の未来を切り拓くために—京都市伝統産業活性化檢討委員会提言)』, (京都市産業観光局商工部伝統産業課 2005), 9쪽.

7) 『오사카아사히신문 교토부록(大阪朝日新聞京都附錄)』, 1908년 8월 6일, 「청한유학생과 성적(清韓留学生と成績)」.

8) 다카노 아키오(高野昭雄), 「교토의 전통산업, 니시징오리에 종사한 조선인노동자(1)(京都の伝統産業, 西陣織に従事した朝鮮人労働者(1))」, 『고리언 코뮤니티 연구(コリアンコミュニティ研究)』, vol.3(こりあんコミュニティ研究会, 2012), 74-75쪽.

거주 조선인」이라는 제목으로 「조선인중 교토에 재중하는 자…(중략)…
가미초자마치서(上長者町署)내에서는 직물업 고용인 3명이 있어 학
생 10명은 염직학교, 세이와중학(淸和中学), 도시샤(同志社) 등의
보통 중학정도에서 배우는 자」[9]로 기록 되어있다. 이 기사에서 한일
병합 이전 교토의 직물공장에서 고용인으로서 조선인 3명이 근무하
고 있었다는 것이 확인된다[10]. 이처럼 1910년의 한일병합 전후부터 유
학생으로서 니시징오리에 종사하는 조선인이 존재했다.

　1914년부터 1918년까지의 1차세계의 호경기를 계기로 일본내지에
서 공장노동자에 대한 수요가 증가하며 인구의 도시 집중이 일어났
다. 그 당시 노동자 부족은 심각하여 이때부터 일본 공장에 종사하는
조선인이 늘어나게 되었다. 일본 신문지 『大阪朝日新聞本社版』는
「요즈음 내지 각 공장의 남녀 노동자의 부족은 여전하며 이 상태가
계속되면 일본 내지에서는 직공(職工)을 얻을 수 없다고 하는 시기가
도래할 것이라는 것은 이전부터 예상되었지만 지금 이 시기가 도래
하며 작금은 조선인의 직공 노동자 수입이 행해지게 된다」[11]고 하며
일본인의 노동력부족을 보완하기 위해 조선인이 공장 노동력으로 사
용되었다는 상황을 묘사하기도 했다.

　1920년에 실시된 『국세조사』에 따르면 교토시에 거주하는 조선인
713명 중 섬유산업 종사자가 393명(55%)를 차지하며 그 중 242명이

---

9) 『오사카아사히신문교토부록』, 1910년 9월 1일, 「교토거주 조선인(京都在住の
　 朝鮮人)」.
10) 다카노 아키오, 같은 책, 74-75쪽.
11) 『오사카아사히신문 본사판(大阪朝日新聞本社版)』, 1917년 6월 5일, 「유입한
　 조선 노동자 내지 공업계의 새로운 현상 조선인 여자는 생각보다 호평(流れ込
　 む朝鮮労働者 内地工業界の新しい現象 朝鮮女は以ての他の好評)」.

남성이었다12). 1922년에는 교토시에서의 조선인 증가를 감안하여 「삼천의 선인(鮮人) 노동자 실업에서 악화 경찰 측은 중대시」13)라는 제목의 기사가 등장했다. 이 기사에서는 교토부 경찰 본부가 조선인의 증가와 그들의 실업 상태를 우려했다는 것을 이해할 수 있다.

1920년에 실시된 『국세조사』에 따르면 교토시에 거주하는 조선인 713명 중 섬유산업 종사자가 393명(55%)를 차지하며 그 중 242명이 남성이었다14). 1922년에는 교토시에서의 조선인 증가를 감안하여 「삼천의 선인(鮮人) 노동자 실업에서 악화 경찰 측은 중대시」15)라는 제목의 기사가 등장했다. 이 기사에서는 교토부 경찰 본부가 조선인의 증가와 그들의 실업 상태를 우려했다는 것을 이해할 수 있다.

이러한 조선인의 증가의 배경으로는 그들 고향의 빈곤 문제가 컸다. 1935년에 실시 된 조사이지만 당시 교토시내 조선인 노동 조사자 8,145명 중 일본 「내지(內地)」로 도항한 이유로 「조선에서의 생활 어려움(生活困難)」 34.1%, 「구직을 위한 이주(出稼ぎ)」 31.2%, 「돈벌이(金儲け)」 14.1%이며 경제적 이유로 일본으로 도항한 조선인이 약 80%정도를 차지했다16). 이와 같이 그들의 고향에서 빈곤때문에 일본

---

12) 내각 통계국(內閣統計局), 『대정9년 국세조사보고 부현의 부 제2권 교토부 (大正九年 国勢調査報告 府縣の部 第二卷 京都府)』, (內閣統計局 1923), 193-195쪽.

13) 『오사카아사히신문 교토부록』, 1922년 4월 3일, 「삼천의 선인 노동자 실업으로 인해 악화 경찰측은 중대시(三千の鮮人労働者 失業から悪化 警察側では重大視)」.

14) 내각 통계국(內閣統計局), 『대정9년 국세조사보고 부현의 부 제2권 교토부(大正九年 国勢調査報告 府縣の部 第二卷 京都府)』, (內閣統計局, 1923), 193-195쪽.

15) 『오사카아사히신문 교토부록』, 1922년 4월 3일, 「삼천의 선인 노동자 실업으로 인해 악화 경찰측은 중대시(三千の鮮人労働者 失業から悪化 警察側では重大視)」.

16) 교토시 사회과(京都市社会課), 『시내거주 조선출신자에 관한 조사(市内在住

으로 도항하여 교토에서 살게 된 조선인이 상당히 많았다고 예상된다.

니시징오리를 비롯한 교토의 섬유산업에서의 조선인 증가에 대해 행정 당국인 교토시는 어떠한 인식을 가졌을까. 이하는 교토시 사회과(社会課)가 실시한 『시내 거주 조선 출신자에 관한 조사(市内在住朝鮮出身者に関する調査)』에서 분석한 설명이다.

> 이러한 현상은 본 시의 염직공업 규모가 다 매우 영세하며 따라서 가장 저렴한 노동력으로서만 다른 대행업과 대항할 수 있고 게다가 조선 출신자 동포 노동은 이러한 업자의 희망을 실현시키는 자로서 환영하게 되었다고 해야한다. …(중략)…본 시에 있어서의 특수 산업인 중소 염직업자 -노동력의 저렴성에 의존해야 대 공업 틈새에 개재할 수 있는- 최근에 크게 이런 조선 출신 동포를 수요하게 되었다[17]

위 설명과 같이 교토시 사화과는 우선 교토의 섬유산업의 각 공장의 규모는 영세하며 경영자도 그 산업에 종사하는 노동력으로서 저렴한 노동자를 요구하고 있다고 언급한다. 아울러 경영자의 요구를 실현시킬 수 있는 노동자로서 조선인이 수용되었다고 지적했다. 이 자료를 통해서 교토의 섬유산업 전체에서 조선인 노동자가 어디까지나 「저임금 노동력」으로서 보탬이 되었다는 당시의 상황을 상상할 수가 있다. 이처럼 1930년대 니시징오리 산업에서는 상당수의 조선인 노동자가 취업했다.

朝鮮出身者に関する調査)』, 第41号, (京都市社会課, 1937年), 朴慶植編, 『在日朝鮮人関係資料集成』, 第3卷, (三一書房 1976)所收, 1147-1148쪽.

17) 교토시 사회과, 같은 책, 1184-1215쪽.

3 조용굉씨와 1945년 이전의 생활

여기에서는 주인공인 조용굉씨의 생애를 고찰하고자 한다. 구체적으로는 일본 식민지하였던 1945년 이전 그의 생활에 주목하며 그의 고향에서 어떠한 생활을 했는지 그리고 어떻게 일본으로 건너가게 되었는지를 분석한다. 아울러 일본 교토로 가서 어떠한 경위로 니시 징오리산업에서 취업하게 되었는지 및 니시징오리에 관한 기술을 어떻게 획득했는지를 고찰한다.

1) 경북 상주에서의 생활

본 연구의 주인공인 조용굉씨는 한일병합 다음해인 1911년에 경상북도 상주군 화동면(化東面)에서 다섯 형제 중 셋째로 태어났다. 부모님은 소작농으로 일하며 당시의 가족들의 생활은 매우 가난했다고 한다. CS씨 기록에서는 이하처럼 기술한다.

> 소작 농민이었던 부모에게 남자아이가 5명이나 있어서 생활은 보리밥도 못 먹는 상황이며 소작인이기 때문에 수확도 거의 없어서 봄에 풀을 많이 베어 와서 그것을 죽으로 해서 먹었다. 5, 6살 무렵에는 주로 작목을 제거하게 하며 집의 심부름만 하고 지내고 부모님의 푸념만 들었다[18]

이 자료에서는 소유하는 토지가 없고 소작농으로 경작하는 부부에게 아이들이 5명이나 있었고, 매우 가난한 고향 경북 상주군에서의 생활과 가정환경이 그려져 있다. 또 가족들이 만족스럽게 쌀을 먹을

---

18) CS씨 졸업논문, 『시대의 선구자 조용굉씨의 발자취(時代の先駆者 趙勇宏氏の歩み)』, (大阪学院大学卒業論文, 1987), 6-7쪽.

수 없고 봄에 야생초를 수확하여 죽을 만들고 먹었다는 식생활을 묘사하고 있다. 이런 가난한 생활로 인해 조용꾕씨도 5살 때 산에서 잡목을 제거하는 일이나 가정의 심부름을 하면서 지냈던 일들이 기록되었다.

그들의 가난한 생활의 배경에는 일본의 식민지 지배로 인한 영향이 아주 컸다. 특히 1910년부터 1918년에 걸쳐 조선총독부가 한 토지조사 사업에서는 토지 소유권을 명확히 하는 과정에서 수많은 조선인 농민들이 자기 경작지를 잃고, 생활이 궁핍해졌다. 1919년에 일어난 3.1운동까지 토지조사 사업이 조선인의 생활에 심대한 영향을 미쳤다.

3.1운동 이후 제2단계로 1920년부터 1937년까지 조선에서 행해졌던 산미증식계획(産米增殖計画)이 농촌의 빈곤의 원인이 되었다고 생각된다[19]. 이 계획은 식민지 조선에서 일본 내지로 고급 쌀을 보내는 것이며 품종 개량·경작법 개선·토지 개량 등으로 인해 조선 쌀의 증산과 품질향상을 목표로 한 정책이었다[20]. 그러나 조선인 농민들에게는 많은 금액의 자금을 요하는 정책이었기 때문에 그들의 생활은 오히려 악화 되었다. 농업만으로는 충분한 수입을 얻을 수 없게 된 농민들은 결국에는 자기 고향을 떠났고, 그 중에는 일본으로 도항하여 취업하려고 한 사람도 있었다[21].

19) 니시노 타츠키치(西野辰吉), 「재일조선인의 역사(在日朝鮮人の歴史)」, 『부락(部落)』, 12월호(119호), (部落問題研究所, 1959), 12쪽.
20) 중앙조선협회 편(中央朝鮮協会編), 『조선산미의 증식계획(朝鮮産米の増殖計画)』, (中央朝鮮協会, 1926), 1-53쪽.
21) 미즈노나오키·문경수(水野直樹·文京洙), 『在日朝鮮人 歴史と現在』, (岩波書店, 2015), 23쪽.

조용굉씨는 집의 식비를 줄이기 위해 1919년부터 1920년경 그가 9살 때 무렵에 고향을 떠나 일단 대구로 가서 사탕을 판매하는 일을 시작한 적이 있다. 그런데 조용굉씨를 걱정한 삼촌이 그를 고향 상주로 데려온 바람에 대구에서 사탕을 판매하는 일은 단기간에 끝나게 되었다. 그리고 그는 그 삼촌 소개로 상주의 일본인 경영 무연탄 채굴 공장에서 가사도우미로 근무하게 되었다. 월급은 당시 3엔 정도였고, 조용굉씨는 그 경영자 집에서 종사하면서 일본어를 배웠다. 그 경영자 부부에게는 아이가 없었기 때문에 조용굉씨를 자기들 아이처럼 대했다.[22].

당시 상주군 내에서는 무연탄을 구하는 많은 일본인들이 존재하였다. 일제강점기 경북 상주를 연구한 이타가키 류타(板垣竜太)에 의하면 상주군의 광공 경영자 중 일본인은 두드러진 존재로서 인식되어 있었다고 한다[23]. 더욱이 조용굉씨가 출생한 상주군 화동면에서도 1906년부터 1910년까지 석탄의 일종인 흑탄(黑炭) 광산 경영권을 소유하는 일본인 4명이 확인된다[24]. 조용굉씨를 고용한 일본인 경영자는 그 4명 중 1명일 수도 있다. 1923년 3월 그를 고용한 일본인 경영자는 집안 사정때문에 상주를 떠나 도쿄로 가게 되었다. 조용굉씨를 잘 대해줬던 일본인 경영자는 그에게 도쿄로 같이 가자고 하였으나 그는 「앞으로 공부해야만 잘 살 수 있을 것이다」라는 삼촌의 말을 듣고 경영자의 권유를 거절하였다[25].

---

22) CS씨, 같은 자료, 7-8쪽.

23) 이타가키 류타(板垣竜太), 『조선 근대의 역사민족지 경북상주의 식민지경험(朝鮮近代の歴史民族誌 慶北尚州の植民地経験)』, (明石書店, 2008), 126-128쪽.

24) 이타가키 류타, 같은 책, 127쪽. 출전은 「경북요람(慶北要覧)」, 『대구신문(大邱新聞)』, 1381号付録, 1910년 10월, 9-10쪽.

삼촌 설득으로 조용굉씨는 같은 해 4월 당시 상주에 있었던 「사립학교」[26] 2학년에 편입하게 되었다. 그가 12살 때였다. 처음에는 그는 학교 수업을 따라갈 수 없어서 성적은 좋지 않았다. 그러나 같은 해 9월1일에 간토 대지진(関東大震災)이 발생하였으며 수많은 조선인이 일본에서 학살을 당했다는 소식을 들었다. 그를 잘 대해준 경영자 가족들은 행방불명이 되었다. 만약 그가 경영자와 같이 도쿄에 갔으면 죽었을지도 모른다는 생각이 들며 그 재앙을 계기로 그는 자기 운명, 그리고 신이 「너는 아직 죽어서는 안 된다」라고 하는 것처럼 느끼게 되었다고 한다. 그는 2학기부터 열심히 노력해서 학교에서 좋은 성적을 거두게 되었다. 그의 「남보다 잘 살기 위해서 노력하면 잘할 수 있다」라는 철학은 그 때가 시작점이었다고 한다[27]. 그 경험이 훗날 그가 교토로 가서 니시징오리 산업에 참여할 때 큰 도움이 되었다고 생각된다.

1925년 그가 4학년이 되었을 때 보통학교에 입학하게 되었다. 집의 식비를 줄이기 위해 1년간 학교 교사 집에서 가사 도우미로 근무하면서 통학했다. 5학년부터는 학교 농장을 경작하며 여름에는 누에를 키우면서 생활비와 교육비를 벌며 학교에 다녔다. 보통학교를 졸업한 후 1926년 가을 조용굉씨는 15살 때 가족 추천으로 충청북도 괴산군 속리산 출신인 여성과 결혼 하게 되었다[28].

조용굉씨는 결혼 후 고등보통학교에 진학하려고 했으나 학력 부족으로 도저히 합격 못 할것이라고 생각하며 진학을 포기하고 취업하

---

25) CS씨, 같은 자료, 8-9쪽.
26) 자료에서 「사립 학교」라고 적혀있는데, 「서당」이라고 추측된다.
27) CS씨, 같은 자료, 11-14쪽.
28) CS씨, 같은 자료, 15-16쪽.

기로 했다. 같은 시기 그는 상주에서 일본으로 건너가서 일하고 있는 사람이 있었고 어느정도 성공하였다는 소식을 막연하게 들었다. 조용 굉씨도 그 상주 사람처럼 일본으로 가기로 결심했다고 한다. 1928년 5월 17살이었던 그는 부인을 상주에 남겨두고 학생시절에 모은 자금으로 배 표를 구매해서 전 재산 5엔을 들고 일본으로 건너갔다[29].

2) 교토에서의 노동과 경험

일본으로 도착한 조용굉씨에게 일본인들의 조선인에 대한 태도는 상당히 차가운것으로 느껴졌다고 한다. 일단 그는 고향 상주에서 자주 들었던 「교토(京都)」라는 도시 이름을 상기하고 경영자 집에서 집안일을 도와주는 가사 도우미로 근무하면서 배웠던 일본어를 더듬더듬 말해가면서 교토까지 겨우 도착했다. 교토에는 니시징오리라는 직물 산업이 있었고 그는 그 산업에 주목하여 당시 무라사키노(紫野)에 있었던 「K오리교점(K織業店)」에서 입주해서 근무하게 되었다[30]. 조용굉씨 아들 KT씨에 의하면 K오리교점은 같은 고향 출신 조선인 T씨를 통해서 알게 되었다고 한다[31]. 맨 처음은 1년간 공장과 경영자 집을 오가며 가사 도우미를 하면서 직기(織機)작업도 해서 니시징오리에 관한 기술을 배웠다. 다른 일본인 견습생과 같은 급료와 대우를 받으며 첫 월급은 50전(錢)이었다고 한다[32].

여기서 주목할 만한 것이 조용굉씨가 경영자 집에서 거주하면서

---

29) CS씨, 같은 자료, 16-19쪽.

30) CS씨, 같은 자료, 21쪽.

31) CT씨 인터뷰(2013년 9월에 실시).

32) CS씨, 같은 자료, 21-22쪽.

근무하며 적은 급료를 얻었다는 점이다. 보통 이러한 경영자집에서 입주하면서 도제, 견습생으로서 종사하는 노동 형태는 「뎃지보코(丁稚奉公)」라고 불리며, 일본 상가 등에서 고용살이 하는 유소년 아이들을 가리키는 말이다. 문옥표(文玉杓)에 의하면 에도시대에 가장 많았으며, 메이지 시대 이후에는 근대적 사용인으로 전환되어 점차 소멸되었다고 하지만33) 니시징오리 산업에는 1900년대에 들어서도 여전히 뎃지보코는 남아있었던 모양이다.

일본인 노동자의 사례지만 일본인 노동자 고바야시(小林)씨는 1916년 니시징오리 직공 아들로 태어났고 소학교3학년(8살) 때부터 10년간 경영자 집에서 살면서 근무하는 뎃지보코를 했다34). 조선인 노동자면서 1926년에 출생했고 1928년에 일본으로 건너간 현순임(玄順任)씨도 니시징오리 산업에서 종사하게 되는 계기로 그녀의 언니가 8살 때 경영자 집으로 뎃지보코로 갔던 적이 있다. 그녀의 경우는 급료도 없이 경영자 집에서 살면서 근무하고 니시징오리에 관한 기술을 습득하게 되었다35). 조용굉씨 경험도 니시징오리 산업에서 종사하게 된 초기단계는 니시징오리 경영자집에서 일정기간 뎃지보코를 하면서 노동을 하며 니시징오리에 관한 기초적인 기술을 배웠다는 점은 다른 사례와 비교해서도 드물지 않았다고 볼 수 있다.

뎃지보코 기간을 마친 조용굉씨는 살기 위해 니시징오리를 열심히 짰다고 한다. 니시징오리 산업은 좋은 옷감을 짜면 짤수록 수입도 올

---

33) 문옥표(文玉杓), 『교토 니시진오리(西陣織)의 문화사 - 일본 전통공예 직물업의 세계』, (일조각, 2016), 327쪽.
34) 나카타니 히사시(中谷寿志), 「小林夫妻の西陣織人生」, 『日本の染織: 西陣織. 世界に誇る美術織物』, 第11卷, (泰流社, 1976), 83-86쪽.
35) 리수임, 같은 책, 47쪽.

라간다고 생각한 그는 열심히 노력해 옷감을 짰다. 그렇게 했더니 다른 노동자보다 10%이상 많게 짤 수 있었다. 그러자 1년이 지나고 3년째 되던 해에 그는 월급30엔을 벌게 되었다. 그가 학생시절 배웠던 「남보다 잘 살기 위해서 노력하면 잘 할 수 있다」라는 철학이 니시징오리 산업에 종사하는데 큰 도움이 된 셈이다. 그러나 조용굉씨는 고향 상주에 사는 부모님과 부인을 위해 자기 생활비 이외에는 낭비하지 않고 모든 번 돈을 상주의 생가에 보냈고, 그가 송금한 돈 덕분에 그의 부모님의 생활고는 어느 정도 해결되었다고 한다[36].

1930년 2월 조용굉씨는 상주에 살고 있던 자기 부인을 교토까지 불러서 교토에서 같이 살게 되었다. 부인은 그가 아는 연사(撚糸) 공장에 종사하게 되며 둘은 맞벌이 부부가 되었다. 그 때부터 상주에서 사는 부모님 이외에는 송금할 필요가 없게 되었고, 조용굉씨 부부에게는 돈이 남게 되었다. 1945년 이전의 조용굉씨에게는 니시징오리 산업에 미련은 그다지 없고 그 일을 계속할 생각은 없어 보인다. 1931년 그는 모은 돈을 자금으로 하여 도쿄에서 양말을 자동으로 제조하는 기계를 구입해, 대구에서 양말공장을 시작하기로 했다. 부부는 대구로 돌아와서 양말을 제조하는 일을 하였으나 일주일 기계를 돌린 것만으로 자금이 없어져서 결국 조용굉씨는 양말 제조기를 다른 사람에게 팔고 말았다[37].

그가 일본으로 건너가고 같은 해 9월 만주사변이 발발하였다. 전쟁이 커지면서 그는 기계만 있다면 재료 공급을 받아 물건을 생산해서 돈을 벌 수 있었을 거라고 생각하였으나 그것은 뒷북을 치는 것과

---

36) CS씨, 같은 자료, 22-23쪽.
37) CS씨, 같은 자료, 23-24쪽.

마찬가지라고 후회했다. 졸업논문에서는 손자 CS씨는 할아버지 조용굉씨 행동을 「발명하려고 하는 것은 다른 사람보다 우월하지만 그것보다 그의 참을 성이 없는 성격 때문에 그는 부호가 될 수 없는 원인이라」고 평가를 내렸다[38].

1932년 조용굉씨는 부인을 대동하며 다시 일본으로 건너갔다. 니시징오리를 짜는 기술을 인정받아 그는 다시 퇴직한 K오리교점에서 근무하고 부인은 보험회사에서 영업을 했다고 한다[39]. 조용굉씨 부부가 일본으로 다시 도항했지만 주택난으로 집을 구하기 어려웠다. 그때 교토고등잠업학교(京都高等蚕業学校 현 교토공예섬유대학교(京都工芸繊維大学))에서 학교 의사로서 근무하는 일본인이 그의 보증을 서줘서 부부는 주택을 구할 수 있게 되었다. 조용굉씨는 그때 받았던 은혜를 몇배로 돌려주기 위해, 앞으로 100가족 이상을 차별없이 생활하게 하자고 하는 이념을 마음에 새겼다고 한다[40].

그의 이념을 실천하려고 하는 사이에 1930년 후반부터 중일전쟁이 치열해지면서, 1941년 이후에는 태평양전쟁이 발발해 조용굉씨 부부의 생활도 어려워졌다. 조용굉씨는 전쟁으로 인해 수요가 적어지고 휴업 상태였던 니시징오리 산업에서 노동자로서 간간히 종사하면서도 교토시 주변에서 배설물 회수업도 동시에 하며 그 어려운 시기를 참아냈다고 한다[41]. 다카노 아키오(高野昭雄)에 의하면 1920년대 후반부터 1930년대에 걸쳐 교토시 중심부에서 배설물을 회수하는 일에 종사하며 그 배설물을 교토시 주변부 농가에 팔았던 조선인이 많았다

---

38) CS씨, 같은 자료, 24-25쪽.
39) CS씨, 같은 자료, 27쪽.
40) CS씨, 같은 자료, 27-28쪽.
41) CS씨, 같은 자료, 27-28쪽.

고 한다. 특히 교토시 북부지역에서는 농가들이 조선인이 회수한 배설물을 비료로 이용하고 전통 야채인 교야사이(京野菜, 교토 야채라는 뜻)의 일종인 스구키나(スグキナ, 酸茎菜)를 재배했다[42]. 어떻게 보면 조선인도 니시징오리를 비롯한 의생활만이 아니라 교토의 채소 재배 같은 일본인의 식생활을 지탱하였다고 생각할 수도 있다. 조용굉씨도 그런 일본인의 음식주 생활을 지탱했던 조선인 중 한 명이었다.

4 1945년 이후의 생활

3장에서는 고향 상주에서 조용굉 씨가 지내온 생활이나 일본으로 건너가게 된 경위 및 1945년 이전 니시징오리 산업에서 노동자로서 일했던 노동의 경험을 고찰해왔다. 여기서는 1945년 일본 패전 이후 조용굉씨의 니시징오리 산업에서의 노동이나 경영활동과 그가 니시징오리산업 이외에 했던 활동을 분석하고 노동자뿐더러 그의 경영자 측면도 검토하고자 한다.

1) 니시징에서 황금시대와 철수

본 연구 2장 니시징오리 산업 개요부분에서 설명했듯이 1945년 일본 패전 당시에 이 산업은 소수의 경영자가 간간히 생산을 하는 상태

---

42) 다카노 아키오(高野昭雄), 『근대 도시의 형성과 재일조선인(近代都市の形成と在日朝鮮人)』, (人文書院, 2009), 206-216쪽. 출전은 『오사카아사히신문 교토판(大阪朝日新聞京都版)』, 1929년 8월 29일, 「협박 폭행 타인의 해고를 말씨앗으로(脅迫暴行 他人の解雇を種に)」, 『교토히노데신문(京都日出新聞)』, 1934년 8월 9일 석간, 「배설물 회수 인부의 난투(肥汲人夫の乱闘)」 등.

였다. 그러나 1950년 후반부터 시작되는 일본의 고도 경제 성장기 안정화된 생활이나 소비 수준의 향상, 고급 기모노 제품의 수요 증대로 인해 니시징오리 산업은 부활했다고 설명했다. 1945년부터 1950년대까지의 이 시기가 소위 전후의 니시징오리 산업의 황금시대라고 말할 수 있는 정도며 주로 경영자가 크게 성공을 한 시기이기도 한다. 조용꾕씨도 그 니시징오리의 황금시대를 누렸던 재일조선인 경영자였다.

패전 직후인 1946년 2월 조용꾕씨는 그때까지 모은 돈과 K오리교점에서 습득한 기술을 바탕으로 「H오리교점(H織業店)」43)을 설립하였다. 당시 니시징오리 산업의 호경기가 계속되어 교토시의 니시징 지역에는 새로운 공장이 생기기 시작했다. 그런데 당시 일본의 에너지 사정은 불안정하며 전력 부족으로 인한 정전도 많았고 하루 종일 기계를 가동하기 어려운 상황이 계속되었다. 1950년 교토 신문(京都新聞)에서도 교토부가 중심으로 니시징오리 산업의 전력 절약운동을 추진하기 시작하였다는 것이 보도된 것과 같이 패전 직후부터 1950년대 중반까지 이 산업에서 전력 부족 문제가 계속 제기되었다44).

이 전력 부족 상황을 해결하기 위해 조용꾕씨는 교토부 북부 단고지방(丹後地方)에서 석유발동기를 구입해 그것을 이용하여 벨트로 움직이는 니시징오리 직기를 고안하였다고 한다. 그리고 그는 다른 니시징오리 공장 경영자를 자기 공장으로 초대해 고안한 석유 발동기로 움직이는 니시징오리 직기를 견학하게 시켰다45). 그때 조용꾕씨는 일본인, 조선인 구별 없이 자기 공장으로 초대했다고 아들CT씨는

---

43) H오리교점 의 「H」는 조용꾕씨가 일본에서 사용했던 성.
44) 『교토 신문(京都新聞)』, 1950년 12월 14일, 「군더더기를 없애고 전력 부족을 극복하자(ムタ排し 電力不足乗切り)」.
45) CS씨, 같은 자료, 30-32쪽.

말한다[46]. 조용꿩씨는 니시징오리 산업에 대두되었던 전력 불안정이라는 문제를 반대로 상업 기회로 생각하며 전력에 의존하지 않는 석유 동력의 니시징오리 직기를 개발한 셈이다.

1950년에 조용꿩씨는 H오리교점의 이익을 이용하여 K상사를 설립하며 그는 K상사의 대표이사로 취임하게 되었다. 그는 H오리교점 부지 일부분을 이용하며 니시징오메시(西陣御召[47]), 화장대 커버(鏡台掛), 테이블 커버(テーブル掛), 커튼 등을 제조하며 도매상도 하게 되었다고 한다[48]. 이때부터 조용꿩씨 사업은 니시징오리 제품의 제조 이외에도 니시징오리 옷감을 이용한 다른 직물 제품의 제조 및 유통업자 성격도 띠기 시작하였다.

1959년10월 조용꿩씨는 H오리교점에서 「차바네오리(茶羽織り)」[49]를 개발하여 판매하였다. 그러자 이 차바네오리가 인기를 얻어 폭발적으로 팔려나갔다[50]. CS씨 기록에 의하면 H오리교점의 차바네오리는 생산 원가의 3배 가격으로 거래되었다고 한다. H오리교점이 소유한 니시징오리 직기도 52대에서 100대로 생산 규모를 확대해도 그 생산이 수요에 따라가지 못해 단고 지방에서 위탁 생산을 하게 될 정도였다. 절정기에는 H오리교점의 직기 대수가 200대를 넘어 공장 노동자가 사는 주택도 준비하였다. H오리교점 공장 주위는 H오리교점의 「H」 및 조용꿩씨의 일본 성 「H」을 붙여서 「H거리」라고 불리기도 하

---

46) CT씨 인터뷰(2014년 5월에 실시).
47) 오메시 치리멘(御召縮緬)이라고도 한다. 전체적으로 파도를 친 기모노 옷감.
48) CS씨, 같은 자료, 34쪽.
49) 가디건과 비슷한 길이 짧은 겉옷. 방한복을 겸한 기모노 겉옷으로 주루 가정이나 여관에서 착용되었다.
50) CS씨, 같은 자료, 55쪽.

였다고 한다[51].

1960년에 들어서도 조용굉씨가 개발한 차바네오리는 계속 팔렸다. 그때 도매업자가 H오리교점의 차바네오리를 취급하고 싶다고 요청했다. 조용굉씨는 그 업자를 제대로 조사하지 않고 상품을 현금 말고 수표로 판매하였다. 그러나 그 업자는 같은 해에 도산 하였고, H오리교점도 1억엔 이상 부도 수표를 받아서 큰 피해를 입었다고 한다[52]. 한 때 나는 새도 떨어뜨릴 정도였던 H오리교점의 차바네오리 사업의 추세도 땅에 떨어지고 말았다는 것이다. H오리교점의 이익이 있었던 시기에 조용굉씨는 토지를 구입해 거기서 공동주택을 건축했다. 또, 같은 시기에 교토시내에서 염색 공장 「H 염공」을 건축하며 그 때 차바네오리 사업에서 입었던 피해를 줄이며 이익을 확보한 것이 CS씨 자료에서 자세하게 묘사되어있다[53].

아들 CT씨에 의하면 1950년대 후반부터 조용굉씨 가족은 차바네오리의 제조사업을 하면서도 「니시징오리 산업에 장래성이 없다」고 일찍 판단해서 다른 산업으로의 탈출을 모색하였다고 한다. 그때 CT씨가 토지 구매나 공동주택 건축 등 부동산 사업에 관한 조언을 조용굉씨에게 하였고[54] CT씨가 H 염공의 사장을 맡게 되었다[55].

2) 조선인을 대표하는 조직 만들기

1945년의 일본 패전 직후 조용굉씨는 니시징오리 산업에서 경영자

---

51) CS씨, 같은 자료, 56쪽. 및 관계자 인터뷰(2015년 11월 23일 실시).

52) CS씨, 같은 자료, 56-57쪽.

53) CS씨, 같은 자료, 57-58쪽.

54) CT씨 인터뷰(2014년 5월에 실시).

55) CS씨, 같은 자료, 58쪽.

로서 활동하면서 당시 교토에 사는 조선인을 대표하는 조직 설립에도 적극적으로 관여하였다. 1945년 10월 15일 도쿄 히비야 코가이도(日比谷公会堂)에서 「재일본조선인연맹(在日本朝鮮人連盟: 朝連(조련))」이 결성되며 같은 날에 교토에도 마루야마 온가쿠도(円山音楽堂)에서 「조련 교토부 본부 (朝連京都府本部)」의 결성 기념 대회가 열렸다. 1946년 4월 조선인연맹 산하 조직으로 「조선인 니시징 직물 공업 협동 조합(朝鮮人西陣織物工業協同組合: 약 조선인 직물 조합)」이 결성되었다56). 1948년 5월13일 교토부 상공과에 제출된 「협동조합설립 인가 신청서(協同組合設立認可申請書)」를 보면 조용굉씨는 창립기의 이사 중 한 명을 맡고 있었다는 것을 확인할 수 있다. 또 같은 자료 출자자 인수구 명세서에는 그가 이 조합의 설립에 관해서 출자금 16구좌를 냈다는 것이 기록되어 있다57). 그 16구좌라는 출자금 수는 최대17개 출자한 경영자에 이어 많았다. 조합에 설립에 대해서 조용굉씨는 조선인은 조선인끼리 서로 도와줄 수 있는 기반이 있어야 한다고 생각했다58).

이와 같이1945년 직후는 일본 전국에서 우파 좌파 관계없이 재일 조선인이 조선인 연맹 운동에 합류하였고 그 산하 조직에도 참여했던 시기였다. 조용굉씨도 그 시기 조선인 연맹 산하 조직이였던 니시징 직물 공업 협동 조합 설립에 관여하였다는 것이 분명하다. 이 조직 이외에도 1948년 교토시 니시징지역에 사는 조선인을 위한 민족 교

---

56) 김태성(金泰成), 『도시샤와 코리아와의 교류 전전을 중심으로(同志社とコリアとの交流 - 戦前を中心に-)』, (同朋社, 2014), 187쪽.

57) 교토부 상공과(京都府商工課), 『상공조합(商工組合)』, 9-2 부책 번호(昭22-0015-010), 「상공협동조합 설립인가에 대해(商工協同組合設立認可に就て)」.

58) CS씨, 같은 자료, 32쪽.

육 기관 「니시징 소학교(西陣小学校)」[59] 설립에도 재무부장으로 관여했다고 한다[60].

그런데 서서히 조용굉씨 마음은 니시징 직물 공업 협동 조합을 떠나게 되었다. 1950년에 발발된 한국전쟁이 그 계기이며 조용굉씨는 관여했던 조직이나 학교에서 철수하였다고 한다. CS씨 기록에서는 이하처럼 기술한다.

> 이상은 결정할 때까지는 1945년에 활동을 시작한 공산주의자들이 (조용굉씨의) 재산을 빼앗으려고 괴롭힘을 했다는 것이었다. 그(조용굉씨)는 공산주의자를 세계에서 제일 싫어한다[61].

CS씨 기록에서는 공산주의자에 의한 어떠한 괴롭힘이 있었는지 분명하지 않지만 1950년 6월에 발발한 한국전쟁을 맞이하여 조선인 직물조합 내에서 사상적인 문제나 정치적인 대립이 발생하였다고 상상할 수 있다. 맨 처음에는 조선인끼리 서로 보조하는 것을 목표한 조직이었는데 점점 정치 대립이 심해지자 그것을 싫어해서 조합에서 탈퇴한 조선인 경영자가 조용굉씨 이외에도 있었을 것이라고 예상된다.

조용굉씨는 1950년 10월 반공주의를 지지하는 재일조선인 경영자를 모집해서 「소고 기작 직물 협동조합(相互着尺織物協同組合)」을

---

59) 1950년에 폐교. 마츠시 타요시히로(松下佳弘), 「교토에 있어섯의 조선인 학교 폐쇄기(1948~1950)의 상황 - 교토부/교토부에 의한 폐쇄조치와 공립학교에의 전향의 시점에서(京都における朝鮮人学校閉鎖期(1948~1950)の状況 - 府・市による閉鎖措置と公立学校への転向の視点から)」, 『世界人権問題研究センター研究紀要』, (13), (世界人権問題研究センター, 2010), 265-298쪽.
60) CS씨, 같은 자료, 32-33쪽.
61) CS씨, 같은 자료, 33쪽.

결성하여 그가 조합 이사를 맡았다고 한다[62]. 1959년 니시징오리 산업의 종합적인 조합인 「니시징오리모노 공업 조합(西陣織物工業組合)」의 명단 『니시징 연감(西陣年鑑)』을 참조하면 조용굉씨가 소고 기작 직물 협동조합의 이사를 맡고 있었다는 것이 확인된다[63].

이처럼 조용굉씨는 1945년 패전 직후 좌파나 우파 관계없이 재일 조선인과 같이 재일본조선인연맹 밑에서 조선인을 대표하는 조직이나 교육기관 만들기 활동에 참여하였다. 그러나 1950년의 한국전쟁 발발로 인한 조직 내에서 정치적 대립이 심각해지면서 조용굉씨는 좌파 운동가의 활동에 반감을 품게 되었다. 그는 조선인 직물 조합을 탈퇴하고 반 공산주의적인 재일조선인 경영자를 모집하여 새롭게 동업자들의 조합을 결성하였다[64].

3) 전후 한국사회에 대한 공헌

1961년 한국에서 군사 쿠데타로 정권을 장악한 박정희는 자금도 기술도 경험도 없었던 상황에서 근대화 정책을 목표로 해서 선진국 및 국제 기간에 지원을 요청했다. 1965년의 한일 국교 정상화를 계기로 재일 조선인 기업가들에 의한 한국에 대한 투자가 본격화되었

---

62) CS씨, 같은 자료, 34쪽.
63) 니시징오리모노 공업 조합 (西陣織物工業組合), 『니시징 연감(西陣年鑑)』, (西陣織物工業組合, 1959), 319-320쪽.
64) 그 시기 니시징오리 산업에 있었던 동업자 조합에 대해서는 졸고에서 자세하게 분석했다. 야스다 마사시(安田昌史), 「니시징오리 산업에 있어서의 재일조선인의 동업자 조합에 관한 고찰 1945년~1959년을 사례로(西陣織産業における在日朝鮮人の同業者組合に関する考察 -1945年~1959年を事例に」, 『국제학 논총』, 제29집, (계명대학교 국제학연구소, 2019), 97-135쪽.

다[65]. 조용굉씨는 그 전부터 한국 경제 부흥과 한국에서의 사업에 대해 관심을 가지고 있었다.

박정희 정권 수립 직후인 1961년 12월 당시 한국정부의 「조국 방문단」으로서 일본에서 「조국」을 위해 경제 활동을 하고 있는 재일조선인 16명이 한국을 방문하였다. 조용굉씨도 그 중 1명으로 조국 방문단에 참석하였다[66]. 서울에 도착해 호텔에서 VIP대우를 받은 조용굉씨는 다음날 자기가 「조국 방문단」의 「부회장」을 맡고 있었다는 것을 처음으로 알게 되어 놀랐다. 도쿄나 오사카에서 온 재일 조선인 경영자가 한국 정부를 대변하는 발언 밖에 안하고 있다고 생각한 조용굉씨는 조국을 위해 1960년대 한국정부의 무역정책의 문제점을 열거하며 크게 비판하였다. 또 그는 공장을 보며 거기서 한국의 공업 상황을 나름대로 분석하였다[67].

1962년에 들어 「니시징오리 산업에는 장래성이 없다」고 생각하게 된 조용굉씨는 서서히 다른 산업으로 전환하려고 H오리교점의 생산 규모를 축소하기 시작했다. 같은 해 그는 한국에는 생사가 있는데 일본으로 비단 제품을 수출하지 않고 있다는 것을 깨달았다고 한다[68]. 그는 한국 농촌에서 한국인 여성을 고용해 시보리(絞り 홀치기)제품의 옷감 생산 기술을 지도하였다[69]. 아울러 그는 일본에서 염색 원재료인 아오바나(青花 청화)를 가져가서 한국에서 구입한 토지나 그의

---

65) 나가노신이치로(長野慎一郎), 「서론(序論)」, 『한국의 경제발전과 재일 한국 기업인의 역할(韓国の経済発展と在日韓国企業人の役割)』, (岩波書店, 2010), 7쪽.
66) CS씨, 같은 자료, 62-63쪽.
67) CS씨, 같은 자료, 63-65쪽.
68) CS씨, 같은 자료, 65-66쪽.
69) CS씨, 같은 자료, 66. CT씨 인터뷰(2016년 4월에 실시).

지인이 경작하는 농장에서 아오바나 재배를 하거나 그 후에는 한국 현지에서 아오바나를 조달해 시보리 제품 생산에 활용하였다[70]. 일한 시보리 무역 회의회 (日韓絞り貿易協議会)기록에 의하면 같은 시기 다른 재일조선인이나 일본인 경영자도 한국에서의 시보리 제품의 생산에 참여해서 1969년에는 일본에 대한 한국 시보리 제품 전체의 수출 목표 금액은 2,500만 달러에 이르게 되었다고 한다[71].

이 무렵 한국 사회와 산업을 되살리기 위해 조용꾕씨는 시보리 사업을 하면서 한국과 일본을 왕복하였다. 그가 서울 호텔에 머물던 중에 한국 방송국 KBS직원들이 조용꾕씨를 찾아와 「조용꾕 선생님, 한국에서 시보리를 개척을 해주셔서 감사합니다. 덕분에 단일제품으로 최고인 2,500만 달러를 수출했을 정도로 성장했습니다. 아주 감사합니다. 그것에 대해 북한으로 방송하고자 하니 지금까지의 경위, 사정 등을 이야기 해주세요」 라고 말하였다. 처음에는 그는 북한에 대한 한국의 정치적 광고(propaganda)때문에 자기를 이용한 방성이었으면 거절하려고 하였으나 한국 국내에서도 방송된다고 해서 허락하였다. 조용꾕씨는 「한국에 생사가 있고 자기는 일본 교토에서 직물업을 하고 있기 때문에 거기서 배운 것을 조국 부흥을 위해 살리겠다고 회사를 설립해 열심히 일해 왔다」고 말했다[72].

1967년 불경기로 인해 H오리교점은 폐업하였다. 조용꾕씨는 한국

---

70) CT씨 인터뷰(2016년 4월에 실시).

71) 다쿠마 히사오(宅間久雄), 「일한 시보리 무역 협의회 설립 취의서(日韓絞り貿易協議会設立趣意書)」, 『일한 시보리 무역 회의회 기록 -창립10주년을 맞이하여(日韓絞り貿易協議会記録 - 創立10周年を迎えるに当り一)』, (日韓絞り貿易協議会, 1979) 수록.

72) CS씨, 같은 자료, 67-68쪽.

에서 시보리 제품을 수입해서 교토의 H염공에서 염색하는 사업을 시작하였다. 또, 그는 시보리 작업을 더 효율적으로 하기 위해 서울 마포에서 염색공장을 설립해 민족학교 교원에게 공장의 사장 자리를 차남에게 전무 자리를 양보하였으나, 차남의 개인적인 사정으로 인해 이 염색 공장을 실패하였다. 1976년 조용꾕씨는 공장 경영권을 매각해 한국에서 시보리 제품을 제조하는 사업을 그만두었다73).

1960년대부터 1970년대까지의 이러한 조용꾕씨 행동들을 자손들이 어떻게 이해하였을까. CS씨 졸업논문 중에서는 조용꾕씨 행동은 애국자로서 또, 고향에 대한 사회 경제적 공헌자로 아주 긍정적으로 그려져있다. 그러나 아들 CT씨의 조용꾕씨에 대한 평가는 크게 다르다.

아버지(조용꾕씨) 입장을 생각하면 그거는 애국심이나 금의환향 마음으로 했던거 같은데 지금 보면 그거는 자본주의에 흐름의 일부분이었다고 생각한다. 현지 한국에서 사는 사람도 아버지가 한 행동들을 단순히 애국적인 행동으로 받아들이지 않았을 것 같다74).

인터뷰에서 CT씨는 이상과 같이 말했다. 나가노신이치로(長野慎一郎)는 재일조선인 1세들이 조국에 한 공헌에 대한 평가는 같은 가족 내에서도 견해가 나뉘어져 있다고 언급한 적이 있다. 부인이나 2세인 아이들은 일반적으로 낮게 평가를 하였으나 손자 세대들은 오히려 긍정적으로 평가하려고 한다고 지적한다75). 본 연구에서도 손자 CS

---

73) CS씨, 같은 자료, 69-73쪽.
74) CT씨 인터뷰(2016년 4월에 실시).
75) 나가노신이치로, 같은 책, 6쪽.

씨는 조용꾕씨가 한 한국에서의 사업을 조국에 대한 공적이라고 아주 적극적으로 그려내고 있으나 아들 CT씨는 상대적으로 냉정하게 조용꾕씨의 행동들을 분석하고 있다는 것이 인상적이었다. 이처럼 재일조선인 1세가 한국에서 했던 사업이나 경제활동들을 바라보는 2세, 3세의 평가가 다른 것도 조용꾕씨 사례의 특징이라고 볼 수 있다.

4) 말년

1977년 조용꾕씨는 66세를 맞이했고, 손자도 13명이나 생겼다. 그때 그는 자기에게 은혜를 베푼 사람에 대해 생각했다. 우선 조용꾕씨 부부가 교토에서 주택을 구했을 때 그의 보증을 서준 선생님과 그가 어렸을 때 상주 사립학교에서 그 대신에 교육비를 내주신 교장 선생님들이 생각 났다고 한다. 물론 주택 보증을 서준 선생님이 이미 돌아가신 것을 알고 있었지만 상주에서 신세진 선생님에게 그는 그 은혜를 아직 돌려주지 못했다고 해서 급하게 고향 상주로 귀향하였다. 그러나 그 교장 선생님은 이미 돌아가신 뒤였고 학교 교정에 그 선생님 동상이 있었다. 조용꾕씨는 그 동상 앞에서 잠시 울었다고 한다[76].

CS씨 졸업 논문에서 조용꾕씨는 교장 선생님이 돌아가셨다는 사실이 슬퍼서 울었던 것이 아니라 상주를 떠나서 일본에서 성공할 때까지의 기나긴 인생을 생각하고 나서 저절로 눈물이 나왔다고 추측하였다[77]. 조용꾕씨가 좋아했던 말 중 일본 전국/에도시대 장군 도쿠가와이에야스(德川家康)의 「사람의 인생은 무거운 짐을 지고 먼 길을 가는 것과 같다. 서두르지 말 것.(人の一生は重荷を負うて遠き道

---

76) CS씨, 같은 자료, 73-75쪽.
77) CS씨, 같은 자료, 73-75쪽.

を行くがごとし。急ぐべからず)」이라는 말을 인용하면서 CS씨는 조용굉씨가 교장 선생님 앞에 선 순간 지고 있었던 무거운 짐을 처음으로 내렸다고 생각한다고 서술했다[78].

그 후 조용굉씨는 받았던 은혜를 다른 사람에게 갚는다는 마음으로 서울의 염색공장을 매각해서 얻은 돈으로 1978년 상주에서 15,000평 정도 농지를 구입하였다. 1979년 그는 「화동 장학금」을 설립하여 이사장에 취임했다[79]. 그는 이 때까지 했던 교육사업이 평가되어 1984년 한국정부의 「국민훈장 모란장」의 「해외 동포 서훈자」로 선정되었다[80]. 덧붙여 CS씨 졸업논문에 언급이 없지만, 조용굉씨는 20년 정도 상주에서 살다가 2000년 12월 서울 병원에서 별세하였다[81].

5 마무리

여기서는 조용굉씨 생애사를 통해서 알게 된 것을 정리하고자 한다. 조용굉씨는 일제시대 식민지배를 받았던 조선의 고향에서 가난하게 살다가 일본으로 건너가게 된 재일조선인 1세 사례다. 그러나 바꿔보면 조용굉씨가 고향 상주에서 일본인 광산 경영자 가족 댁에서 가사도우미를 하면서 일본어를 학습하였다. 그는 일본인 가족을 따라가서 일본으로 건너가려고 했다. 이러한 고향에서 일본인과의 만남이 간접적으로라도 조용굉씨의 도일(渡日)에 영향을 끼쳤을 것이다.

---

78) CS씨, 같은 자료, 73-75쪽.
79) CS씨, 같은 자료, 75쪽.
80) 『경향신문』, 1984년 8월 17일.
81) CT씨 인터뷰(2013년, 9월에 실시).

1928년 조용굉씨는 교토로 가니시징오리 산업에 뎃지보코(견습생)로 근무하면서 니시징오리에 관한 기술을 학습했다. 그 후 부인을 교토로 불러와 조용굉씨 부부는 니시징오리 산업이나 관련된 연사 산업에서 근무했다. 그가 어느정도 성공해서 고향에 돌아와서 대구에서 양말공장 경영을 시작하려고 한 시기도 있었으나 다시 일본으로 건너가서 같은 니시징오리 공장 일에 종사했다. 2차 세계대전이 심화되었을 때 그는 니시징오리 산업에 노동자로 종사하면서 배설물 회수업도 동시에 하면서 그 어려운 시기를 지냈다.

　　1945년 이후는 니시징오리 산업의 경영자로서 성공하였다가 1950년대 이후에는 다른 산업으로 전업을 하였다. 이렇게 보면 전전 이전부터 니시징오리 산업에 참여하며 전후 경영자로서 성공한 후 다른 산업으로 전환한 재일조선인 1세 사례라고 할 수 있다. 그 중 조용굉씨가 계속 가지고 있었던 경영자/실업가 마인드가 특징적이다. 「남보다 잘 살기 위해서 노력하면 잘 할 수 있다」[82]라는 철학은 그가 상주 사립학교에서 공부를 하면서 습득한 것이며 일본으로 건너가 교토 니시징오리 산업에 취업했을 때 특히 기술을 필사적으로 습득할 때 유감없이 발휘되었다.

　　니시징오리나 교유젠(京友禅) 등 교토 섬유산업에 종사한 재일조선인 경영자나 기업을 주로 연구해 온 한재향은 니시징오리 산업에서 크게 성공한 재일조선인 경영자는 산업 의 성장이 어려워졌을 때 니시징오리 산에서 탈출하며 파칭코산업으로 전업한 사례가 많았다고 지적한 바 있다[83]. 그런데 본 연구에서 대상이 된 조용굉씨 가족은

---

82) CS씨, 같은 자료, 11-14쪽.
83) 한재향(韓載香), 『『재일기업』의 산업 경제사 그 사회적 기반과 다이너미즘(「在

파칭코산업을 하지 않고 부동산산업으로 전환하였다. 특히 그가 한국에서 사업을 할 때, 염색의 한 종류인 시보리를 선택했다는 부분이 흥미롭다. 니시징오리 산업에서 철수한 후에도 역시 니시징오리와 같은 섬유산업에 관여하게 되었다는 셈이다.

또 니시징오리 산업에서 조용굉씨는 경영자로서 성공했을 뿐만 아니라 1950년대 석유 발동기의 도입이나 차바네오리의 개발 등의 발명을 한 것이 주목할 만하다. 그가 재일조선인 사회와 니시징오리 산업 사회라는 두가지 사회의 중간 영역에 있었다. 일본의 패전 직후에 경제 동향을 잘 읽고, 니시징오리산업의 성장기에 획기적인 발명이나 합리적인 경영 판단을 내릴 수 있는 직업적 긍정적인 「매지널 맨 (marginal man): 주변인」[84]이었다고 해석할 수도 있다.

조용굉씨 경영은 비즈니스 상에서 조선인과 일본인 구별 없이 인간관계를 구축했던 부분이 아주 특징적이다. 소위 조용굉씨 택은 비즈니스상 인간관계의 「터미널」로서 기능했다고 간주할 수 있다. 이수임이 한 선행연구에서 재일조선인 1세인 현순임씨는 「니시징은 조선인을 차별하지 않았다」[85]고 언급한 적이 있다. 본 연구에서도 대상이

日企業」の産業経済史 その社会的基盤とダイナミズム)』, (名古屋大学出版会, 2010), 101쪽.

84) 미국 사회학자 Robert.E.Park가 1920년대에 설정한 개념이다. 서로 이질적인 2사회 문화집단 경계에 위치하며 양쪽 문화의 영향을 받으면서도 어느 집단에도 완전히 귀속할 수 없는 인간이라고 한다. 마지널 맨이 특수한 지위를 이용하며 과학, 예술 등이 특수한 역할을 보다 좋게 할 수 있는 창조적 인간이라고 하는 의미도 있다. 오리하라히로시(折原浩), 『위기에 있어서의 인간과 학문 매지널맨 이론과 베버상의 변모(危機における人間と学問 マージナル・マンの理論とウェーバー像の変貌)』, (未来社, 1969), 52-67쪽.

85) 리수임, 같은 책, 55쪽.

된 조용굉씨를 통해서 니시징오리 산업에서는 조선인과 일본인이 서로 경쟁하면서 같이 일하는 노동공간이 있었다는 것이 밝혀졌다.

또 그는 1945년 해방직후 니시징오리 산업 내에서 조선인을 대표한 조직 설립에도 한국전쟁이 발발되기 전까지 열심히 기여하였다. 주로 재일본조선인연맹의 산하에서 결성된 조선인 니시징 직물 공업협동 조합에 초기에는 경제적으로 지원을 했다. 그런데 한국전쟁이 발발되자 조선인 직물 조합 내에서 정치적 대립이 일어나서 그는 그 조합을 탈퇴하였다. 그리고 그는 조선인 직물 조합에 비판적이었던 반공주의적인 재일조선인 경영자를 모아 소고 기작 직물 협동조합을 결성하였다. 이렇게 보면 조용굉씨는 정치적인 운동을 선호하지 않은 경영자적 정신을 가진 인물로 보인다.

마지막으로 주목하고 싶은 것은 조용굉씨는 전후 교토 니시징오리 산업에서 동업자 조합을 만드는 운동에 참여하였다. 이는 일본에서 생활기반을 마련하려 한 움직임이라고도 볼 수 있다. 한편으로 그는 1960년대부터 한국에서 시보리 제품생산 하는데 기여하고, 염색 사업을 하려 시도했다. 그런 행동의 배경에는 고향이나 모국에 대한 경제적 사회적 공헌을 하려했다는 생각이 있었다고 평가할 수 있을 것이다. 또, 1979년에 그는 고향 상주에 장학재단을 설립하였다.

선행연구를보면 교토에 거주하는 재일조선인에 관한 연구에서는 조선인 생활을 교토라는 한 도시에 한정해 분석을 하려한 경향이 많았고, 재일조선인들이 고향에서 어떻게 활동했는가를 간과하는 경우가 많았다. 조용굉씨의 사례는 고향인 조선(특히 한국)과 교토를 중심으로 생활이 이루어져 있었다는 것이 알게 된다. 특히 1945년 이후에는 조용굉씨는 일본과 한국을 왕복하면서 생활하다가 2000년에 한국 상주에서 별세하였다. 조선근현대사 연구자 가지무라 히데키(梶村秀

樹)는 1945년 이후 생활이 국경으로 분리되어 있는데도 불구하고 국경을 넘은 재일 조선인의 가족 형태나 생활 실태를 「국경을 넘는 생활권(国境をまたぐ生活圏)」이었다고 지적한 바 있다[86]. 조용굉씨의 생애는 「국경을 넘는 생활권」을 실천한 재일조선인 1세의 전형적인 사례라고 생각할 수 있다. 향후 재일조선인의 경제·사회적 생활에 관한 연구에서도 한 도시나 지역에 한정하지 않고, 복수의 지역을 왕복하면서 생활한 모습을 분석할 필요가 있을 것이다.

▌참고문헌

가지무라 히데키(梶村秀樹) 「정주외국인으로서의 재일조선인(定住外国人としての在日朝鮮人)」(梶村秀樹著作集刊行委員会·編集委員会編 1985)『梶村秀樹著作集 第6巻 在日朝鮮人論』(明石書店 1993).

교토부 상공과(京都府商工課)『상공조합(商工組合)』9-2 부책 번호(昭22-0015-010)「상공협동조합 설립인가에 대해(商工協同組合設立認可に就て)」.

교토시 사회과(京都市社会課)『시내거주 조선출신자에 관한 조사(市内在住朝鮮出身者に関する調査)』第41号(京都市社会課 1937年) 朴慶植編『在日朝鮮人関係資料集成』第3巻 (三一書房 1976)所収.

김태성(金泰成)『도시샤와 코리아와의 교류 전전을 중심으로(同志社とコ

---

86) 가지무라 히데키(梶村秀樹), 「정주외국인으로서의 재일조선인(定住外国人としての在日朝鮮人)」, (梶村秀樹著作集刊行委員会·編集委員会編, 1985), 『梶村秀樹著作集 第6巻 在日朝鮮人論』, (明石書店, 1993), 18-19쪽.

リアとの交流 - 戦前を中心に-)』(同朋社2014).

나가노 신이치로(長野慎一郎)「서론(序論)」『한국의 경제발전과 재일 한국
　　기업인의　역할(韓国の経済発展と在日韓国企業人の役割)』(岩
　　波書店　2010).

니시노 타츠키치(西野辰吉)「재일조선인의 역사(在日朝鮮人の歴史)」『부
　　락(部落)』 12월호(119호)(部落問題研究所1959).

니시징오리모노 공업 조합 (西陣織物工業組合) 『니시징 연감(西陣年
　　鑑)』(西陣織物工業組合1959).

니시징오리모노 공업조합(西陣織物工業組合)『조합사 - 니시징오리몬 고
　　업조합 20년의발자취(소화26년~소화46년)(組合史 -西陣織物工
　　業組合二十年の歩み(昭和二十六年~昭和四十六年))』(西陣織
　　物工業組合　1972).

다카노 아키오(高野昭雄)『근대 도시의 형성과 재일조선인(近代都市の形
　　成と在日朝鮮人)』(人文書院　2009).

다카노 아키오(高野昭雄)「교토의 전통산업, 니시징오리에 종사한 조선인
　　노동자(1)(京都の伝統産業、西陣織に従事した朝鮮人労働者(1))」
　　『고리언 코뮤니티 연구(コリアンコミュニティ研究)』vol.3(こりあん
　　コミュニティ研究会　2012).

다쿠마 히사오(宅間久雄)「일한 시보리 무역 협의회 설립 취의서(日韓絞
　　り貿易協議会設立趣意書)」『일한 시보리 무역 회의회 기록 -창립
　　10주년을 맞이하여 (日韓絞り貿易協議会記録 - 創立10周年を
　　迎えるに当り一)』(日韓絞り貿易協議会　1979).

리수임(李洙任)「교토 니시징과 조선이민(京都西陣と朝鮮人移民)」李洙
　　任編『在日コリアンの経済活動 -移住労働者、起業家の過去・
　　現在・未来』(不二出版　2012).

리수임(李洙任)「교토의 전통산업에서 종사한 조선인 이민의 노동관(京都
　　の伝統産業に携わった朝鮮人移民の労働観)」李洙任編『在日

コリアンの経済活動 - 移住労働者、起業家の過去・現在・未来』
(不二出版 2012).

마츠시타 요시히로(松下佳弘) 「교토에 있어섯의 조선인 학교 폐쇄기
(1948~1950)의 상황 - 교토부/교토부에 의한 폐쇄조치와 공립학교에
의 전향의 시점에서(京都における朝鮮人学校閉鎖期(1948~1950)
の状況 - 府・市による閉鎖措置と公立学校への転向の視点か
ら)」『世界人権問題研究センター研究紀要』(13)(世界人権問題
研究センター 2010)

모리타 요시오(森田芳夫) 「전후에 있어서의 재일조선인의 인구현상(戦後
における在日朝鮮人の人口現象)」(『朝鮮学報』第47輯(1968年 5
月)게재논문)『숫자가 말하는 재일한국・조선인의 역사(数字が語
る在日韓国・朝鮮人の歴史)』수록(明石書店1996).

문옥표(文玉杓)『교토 니시진오리(西陣織)의 문화사 - 일본 전통공예 직물
업의 세계』(일조각 2016).

야스다 마사시(安田昌史) 「니시징오리 산업에 있어서의 재일조선인의 동
업자 조합에 관한 고찰 1945년~1959년을 사례로(西陣織産業にお
ける在日朝鮮人の同業者組合に関する考察 - 1945年~1959年を事
例に」『국제학논총』제29집 (계명대학교 국제학연구소 2019).

오리하라 히로시(折原浩)『위기에 있어서의 인간과 학문 매지널맨 이론과
베버상의 변모(危機における人間と学問 マージナル・マンの理論
とウェーバー像の変貌)』(未来社 1969).

이타가키 류타(板垣竜太)『조선 근대의 역사민족지 경북상주의 식민지경
험(朝鮮近代の歴史民族誌慶北尚州の植民地経験)』(明石書店
2008).

하명생(河明生)『한인 일본 이민 사회 경제사 전전편(韓人日本移民社会
経済史 戦前篇)』(明石書店 1996).

한재향(韓載香)『「재일기업」의 산업 경제사 그 사회적 기반과 다이너미즘

(「在日企業」の産業経済史　その社会的基盤とダイナミズム)』
(名古屋大学出版会2010).

신문 기사
『교토 신문(京都新聞)』 1950년 12월 14일.
『교토 히노데 신문 (京都日出新聞)』 1934년 8월 9일 석간.
『경향 신문』(1984년 8월 17일).
『오사카 아사히신문 교토부록(大阪朝日新聞京都附録)』 1908년 8월 6일.
『오사카 아사히신문 교토부록(大阪朝日新聞京都附録)』 1922년 4월 3일.
『오사카 아사히신문 교토판(大阪朝日新聞京都版)』 1929년 8월 29일.
『오사카 아사히신문 본사판(大阪朝日新聞本社版)』 1917년 6월 5일.

대구를 기록한 일본인
- 후지이 추지로藤井忠治郎의 대구 하층사회 기록

최범순

1 시작하며

이 글은 '후지이 추지로'라는 일본인이 1922년 12월부터 1924년 6월에 이르는 기간에 잡지 『경북(慶北)』에 연재한 1920년대 전반기 대구 하층사회 기록을 소개하고자 한다. 후지이 추지로가 잡지 『경북』에 게재한 글은 총 열 편으로 확인되는데, 이 가운데 여덟 편은 「조선인 하층사회 연구」라는 제목이 붙은 연재이다. 여덟 편의 제목과 내용은 다음페이지 표와 같다.[1]

후지이 추지로의 기록은 제목만 보면 조선 전체를 대상으로 한 것으로 보이지만, 실제로는 1920년대 전반기 대구의 남성정(南城町) 일대 조선인 빈민 64가구를 상세히 조사·기록한 것이다. 이후에 상세히 소개하겠지만 1920년대 대구 지역의 조선인 하층사회 실태를 매우 구체적인 수치로 기록했다는 점이 우선 놀랍고, 더불어 대구의 조

---

* 영남대학교 일어일문학과 교수
1) 「조선인 하층사회 연구」 총 연재 분량은 200자 원고지 약 253매, 약 5만자 분량이다.

연번	게재 제목 및 핵심 내용	게재 연월
1	조선인 하층사회 연구: 조선인 노동소년과 그 보호	1922.12
2	조선인 하층사회 연구: 생활문제 식(食)과 주(住)	1923.7
3	조선인 하층사회 연구: 하층민의 금융기관, 고리대금과 전당포	1923.9
4	조선인 하층사회 연구: 하층민의 직업과 수입	1923.10
5	조선인 하층사회 연구: 예기(기생)	1924.1
6	조선인 하층사회 연구: 공창	1924.3
7	조선인 하층사회 연구: 사창	1924.5
8	조선인 하층사회 연구: 빈곤과 보건	1924.6

선인 하층사회 문제를 이해하고 설명하기 위해 일본 본토의 통계는 물론이고 유럽의 사례·통계 및 학설·정보까지 인용한 점도 놀랍다. 후지이 추지로의 1920년대 전반기 대구 조선인 하층사회 기록은 당시 대구의 특정 실태를 구체적으로 확인시켜 주는 중요한 자료이다.

후지이 추지로가 대구 하층사회 기록을 연재한 잡지 『경북』을 간단히 소개하자면 이 잡지는 1922년 9월에 창간되어 1925년 3월까지 일본어로 간행된 경상북도의 공보지(公報誌)였다. 발행 주체는 경북연구회(慶北研究會)인데 도지사가 회장, 부지사가 부회장을 맡았다는 점에서 연구회와 잡지의 성격을 가늠할 수 있다.[2] 잡지 『경북』은 기본적으로 경상북도 지역에서 근대적 행정의 정착과 확산을 위해 간행된 잡지였던 것이다. 그런데 잡지 전체를 통독해 보면 『경북』이 비단 행정에만 국한되지 않고 정치, 경제, 사회, 문화, 문학, 해외 정보 등 다양한 내용을 담고 있어서 종합잡지에 가까웠음을 알 수 있다.

---

2) 잡지 『경북』 창간호(1922.9.) 마지막 부분 「회보」에는 잡지 발간 주체인 경북연구회의 회장, 부회장, 위원, 간사, 편집주임 명단이 실려 있다.

이러한 잡지 『경북』은 1919년 3.1운동을 계기로 변화된 식민지 지배 정책이 대구·경북 지역 행정 영역에서 어떻게 진행되었는지를 구체적으로 확인할 수 있는 지역사 연구자료로서 활용 가치가 크다. 더불어 지역 단위에서 발행한 공보잡지 가운데 월간지로는 가장 빠르다는 점에서도 역사적 가치를 찾을 수 있다.3)

　대구의 조선인 하층사회에 대한 후지이 추지로의 기록은 위 여덟 편의 글에 그치지 않았다. 후지이 추지로는 '빈곤과 아동, 빈곤층의

그림 1. 잡지 『경북』 표지의 일례. 경상 북도의 인구밀도로 표지를 디자인한 것이 인상적이다.

그림 2. 「조선인 하층사회 연구」 연재 첫 글. 후지이 추지로 이름 위에 '조선부식농원 주사'라고 적혀 있다.

---

3) 식민지 시기 지역 단위 공보잡지는 『경성휘보(京城彙報)』(1921년 월간신문 형태로 창간, 1925년부터 월간), 『평양휘보(平壤彙報)』(1922년 창간, 1931년부터 월간지), 『부산(釜山)』(1926년 7월 창간 추정), 『인천휘보(仁川彙報)』(1934년 월간지로 창간), 『목포휘보(木浦彙報)』(1933년 창간) 등이 있다. 지역별 월간지 형태 발행 시기를 보면 잡지 『경북』이 매우 빠른 사례임을 확인할 수 있다. 坂本愁─··木村健二, 『近代植民地都市 釜山』, (桜井書店, 2007), p.58 참조.

생활상, 빈곤과 여성, 빈곤과 보건·질병'이라는 주제로 분류할 수 있는 여덟 편의 글 이후에도 꾸준히 대구와 조선의 하층사회 기록을 축적해서 1926년에 『조선무산계급연구(朝鮮無産階級の研究)』[4]라는 총 257페이지에 달하는 단행본을 묶어냈다. 그리고 1930년에는 대구의 조선인 하층민을 상담하고 만났던 경험을 에세이 풍으로 정리한 『여명을 받드는 자(黎明を仰ぐもの)』를 출판한다. 이 책도 211페이지에 달하는 분량이고 출판한 곳은 당시 대구에 있었던 오하시 서점(大橋書店)이다. 흥미로운 것은 1986년에 출판된 『일제하빈민관계자료』(여강출판사) 두 권 모두 후지이 추지로의 기록으로 채워졌다는 사실이다. 이는 한국 역사학계가 후지이 추지로의 기록이 지니는 중요성을 인정했다는 것을 의미하는 동시에 후지이 추지로의 기록물이 식민지 시기 '빈민' 관련 한국사 연구에서 귀중한 1차 자료임을 입증한다.

후지이 추지로의 1920년대 전반기 대구 조선인 하층사회 기록은 식민지 시기 조선인 하층민 기록물 가운데 가장 빠른 것이었을 가능성이 높다. 식민지 시기 조선인 하층민 조사 기록에서 대표적으로 꼽히는 것은 경성제국제국대학 위생조사부가 출판한 『토막민의 생활·위생(土幕民の生活·衛生)』(岩波書店, 1942)이다. 이 책은 1940년에 경성제국대학 의학부 4학년 20명이 서울 부근의 토막민을 조사해서 출판한 것으로 토막민의 주거환경과 생활실태를 조사한 대표적 기록물이다.[5] 이보다 이른 시기 자료로는 젠쇼 에이스케(善生永助)

---

4) 藤井忠治郎, 『朝鮮無産階級の研究』, (帝国地方行政学会朝鮮本部, 1926).

5) 이 자료의 서문에서 흥미로운 대목은 "최근 의학계가 〈사회의학〉이라는 새로운 영역을 개척"하고 있다고 서술한 대목이다. 해당 조사-기록은 이 〈사회의학〉의 실천이라고 이해할 수 있다.

가 1924년 이후부터 1930년대에 걸쳐 조선의 농촌과 소작농, 조선의 인구, 제주도 생활실태, 조선의 취락 등을 조사 – 기록한 것이 있는데, 이것은 하층민에 초점을 둔 것이 아니다.6) 사회문제로서 토막민이 주목받기 시작한 계기가 1925년의 한강 대홍수 이후였다7)는 것을 감안하면 후지이 추지로의 1920년대 전반기 대구 조선인 하층사회 기록이 관련 기록물 역사에서 선구적 위치에 있음을 알 수 있다.

한국 근현대 역사 연구의 대표적 학자인 강만길은 1987년에 빈민 연구의 선구적 성과인 『일제시대 빈민생활사 연구』8)를 출판하면서 '서설'에서 "식민지 조선에 와서 하층계급과 오랫동안 접촉한 경험을 가진" 인물로 후지이 추지로를 특별히 언급하고 본문에서는 『조선무산계급연구』(1926) 속 기록과 통계를 인용한다. 강만길이 그의 책에서 인용한 자료가 대부분 1930년 이후 것이고 가장 빠른 것이라 해도 1924년 이후 자료인 점 등을 감안하면 후지이 추지로의 대구 하층사회 기록은 식민지 시기 조선인 하층민 기록물 전체에서 선구적인 위치에 있음을 알 수 있다.

---

6) 젠쇼 에이스케의 대표적 조사 – 기록으로 『농촌의 경제(農村の経済)』(1924), 『조선 인구 연구(朝鮮の人口研究)』(1925), 『조선의 소작 관습(朝鮮の小作慣習)』(1929), 『제주도 생활실태 조사(濟州島生活狀態調査)』(1929), 『조선의 취락(朝鮮の聚落)』(1933~1935) 등을 꼽을 수 있다. 이 밖에 조사 과정에서 촬영한 사진자료들이 있다. 이러한 가운데 「조선의 빈부 고찰(朝鮮に於ける貧富考察)」, 「특수부락과 토막부락(特殊部落と土幕部落)」와 같은 잡지 게재 기사 등은 있다.

7) 尹晸郁, 『植民地朝鮮における社会事業政策』, (大坂経済法科大学出版部, 1996.9.), p.95.

8) 강만길, 『日帝時代 貧民生活史 研究』, (창작사 창비신서 79, 1987).

2 대구 조선인 하층사회 기록자, 후지이 추지로

1) 후지이 추지로와 대구

1920년대 전반기 대구의 조선인 하층사회를 기록한 후지이 추지로
는 생몰 연도 등의 기초정보조차 확인하기 어려운 인물이다. 후지이
추지로에 대한 자료가 너무 적어서 그가 언제 대구에 이주-정착했
는지도 명확하지 않다. 현재는 1906년경으로 추정할 뿐이다. 앞서 소
개한 『여명을 받드는 자』의 제일 마지막 부분에 『조선무산계급연구』
(1926) 광고가 실려 있는데, 그 안에는 "이 책은 저자가 20년의 긴
세월을 스스로 조선인의 한 사람이 되어 그야말로 모든 하층계급 사
람과 접촉하며 얻은 체험에 기초했다"는 문구가 있다. 광고문에 있는
'20년'이라는 시간과 해당 책 출판 연도를 조합해 보면 후지이 추지로
는 1906년경에 대구에 왔을 가능성이 높다.

후지이 추지로가 대구에 이주-정착한 시기로 추정되는 1906년 무
렵은 일본인들이 대구에 물밀듯이 밀려온 시기이기도 하고 동시에
한반도 전체에 일본인들이 급속도로 유입된 시기이기도 하다. 그 배
경에 1904~1905년에 벌어진 러일전쟁과 일본의 승리, 그리고 을사조
약이 맺어진 역사적 상황이 있었음은 물론이다. 참고로 1911년 1월의
『조선 대구일반』[9]이라는 자료에 수록된 1903년 이후 대구의 일본인
숫자는 다음과 같다. 참고로 이 자료는 1903년 9월 시점에 대구의
일본인은 17~18명이었다고 기록하고 있다.

---

9) 三輪如鐵, 『朝鮮 大邱一斑』, (杉本梁江堂, 1911.1).

1903년말	76명	1904년말	730명
1905년말	1,508명	1906년말	1,646명
1907년말	2,675명	1908년말	3,501명
1909년말	4,936명	1910년말	6,430명

위 표를 보면 1903~1910년 기간에 대구의 일본인 유입은 그야말로 물밀듯이 밀려오는 양상이었음을 알 수 있다. 특히 1906년 이후에는 매년 천 단위 숫자가 바뀌는 급격한 증가세를 보여준다. '러일전쟁과 을사조약'이라는 역사적 상황 속에서 진행된 일본인의 급격한 유입이 '대구'라는 공간의 물리적 변화를 수반했음은 두말할 나위가 없다. 대구가 근대도시 측면에서 겪은 가장 큰 물리적 변화는 철도부설과 읍성의 해체였는데, 그 기간은 '경부선 철도 속성공사' 혹은 러일전쟁 기간과 완벽하게 겹친다. 주지하다시피 이것은 우연이 아니다. 대구는 러일전쟁을 위해 속성으로 부설된 경부선 철도와 그 철도를 타고 물밀듯이 이주해온 일본인 유입으로 인해 읍성 해체와 급격한 물리적 공간 재편을 겪어야만 했던 것이다. 이렇게 보면 대구는 '러일전쟁'이라는 제국주의 전쟁 과정에서 동아시아 근대도시로 변모 – 등장했다고 할 수 있다. 동아시아의 적지 않은 근대도시가 일본 주도의 제국주의 전쟁과 세계적 차원의 제국주의 전쟁이 점철된 상황 속에서 형성되었다는 사실에 비추어 보면 대구는 그 전형적인 사례 가운데 하나일 것이다. 아래 지도[10]는 1910년 시점에 러일전쟁과 경부선 철도부설을 계기로 급격히 유입된 일본인들이 읍성을 해체하면서 대구에 어떻게 정착하고 공간을 점유해 갔는지를 잘 보여준다.

---

10) 미와 조테츠(三輪如鐵), 위의 책, p.7.

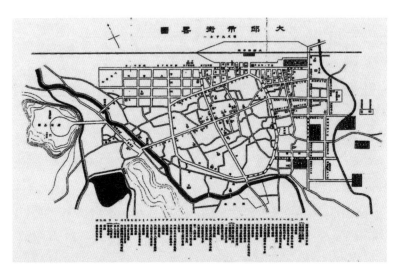

그림 3.

지도 중앙의 심장과 비슷한 모양을 한 부분이 대구읍성 틀과 성내 구역이다. 일본인들은 대구 읍성 북쪽(윗쪽)과 동쪽(오른쪽) 바깥 공간을 토지 및 도로 정비를 하면서 정착했다. 1910년 시점의 위 지도는 일본인들이 이미 옛 읍성 넓이에 필적하는 넓이를 점유한 상황을 전해준다. 지도의 왼쪽 상단에서 오른쪽 하단으로 이어지는 검은 곡선은 현재는 볼 수 없는 하천 물줄기이다.

후지이 추지로는 러일전쟁과 을사조약 직후 급증한 한반도 이주 일본인들 흐름 속에 있었겠지만, 그의 행보는 대다수 일본인들과 달랐던 것 같다. 1905~1910년 기간에 조선에 건너 온 일본인들은 주로 군인, 상인, 하급 관리, 예기·작부와 같은 직업군에 속한 사람들이었는데 이들은 러일전쟁을 계기로 시작된 일본의 한반도 식민지 지배정책과 직간접적으로 관련되어 있었다는 공통점을 지닌다. 즉 당시 대다수 한반도 이주 일본인들은 제국주의 및 식민지 지배정책에 관여하거나 편승했다고 할 수 있는데, 후지이 추지로는 이러한 일본인들과는 이질적인 생각과 계획을 가지고 있었던 것 같다.

발표자가 현재까지 확인한 후지이 추지로의 주요 이력은 가시마 도시로(加島敏郎)가 1910년 10월에 동촌에 설립한 '조선부식농원(朝鮮扶植農園)주사'였다는 사실[11], 1921년 2월에 대구의 조선인들이 설립한 '영남구제회'가 1922년 12월의 경북사회사업창립위원회 설립과 동시에 '경북구제회'로 합병되는 과정에서 소속을 조선부식농원에서 경북구제회로 옮겼다는 사실 정도이다.[12] 이렇게 제한적인 정보이긴 하지만 앞서 소개한 기록물 내용, 조선부식농원 및 경북구제회가 고아를 돌보고 교육하고 자립시킬 목적으로 설립된 단체였다는 사실을 조합해 보면 후지이 추지로는 식민지에서 조선인 사회의 빈곤과 고아 문제의 실태를 조사·기록하는 동시에 사회적 활동으로 해결하고자 했던 일본인이었다고 할 수 있다.

이 점에서 후지이 추지로가 잡지『경북』에 '조선인 하층사회 연구'를 연재하기 시작한 시점이 1922년 12월이라는 사실은 흥미롭다. 특히 '조선인 하층사회 연구' 연재의 첫 번째 주제가 '조선인 노동소년과 그 보호'였다는 점과 경북구제회가 주로 조선인 고아를 '구제'하기 위해 설립되었다는 점을 고려하면 후지이 추지로는 경북사회사업창립위원회 설립이 준비되던 1922년의 어느 시점부터 조선인 하층사회에 더 가까이 다가가고자 했고 '노동소년, 고아' 문제에 특별히 관심

11) 후지이 추지로는 잡지『경북』창간호에 게재한「은혜를 입지 못한 밑바닥 생활」이라는 글에서 자신의 소속·직위를 '조선부식농원 주사'라고 명기했다.
12) 후지이 추지로는 잡지『경북』1923년 9월에 게재한 글에서 자신의 소속을 '경북구제회'로 적고 있다. 그 이전 호에 게재한 글에는 별도의 소속 표기를 하지 않고 있다. 대략 1923년 여름~9월 사이에 소속 단체를 변경한 것으로 추정된다.

을 기울였다고 추론해 볼 수 있다. 후지이 추지로는 확실히 당시 대구의 일본인 가운데 이색적인 인물이었던 것 같다. 더불어 사회복지시설과 '하층민' 관련 시설을 부동산 논리에 기초해서 '혐오' 시설로 기피하는 현대 한국사회의 태도에 비추어 봐도 많은 생각을 불러일으키는 존재이다.

2) 후지이 추지로와 조선부식농원, 대구SOS어린이마을

후지이 추지로가 당시 대구의 조선인들이 설립한 경북구제회로 소속을 옮기기 전에 있었던 '조선부식농원'이라는 단체도 도시인문학 콘텐츠 차원에서 눈여겨볼 필요가 있다. 결론부터 밝히자면 후지이 추지로가 주사(主事)로 일했던 시기에 조선부식농원은 당시 조선에서 최초로 활동사진 「레미제라블」 전국 순회 상영회(1920.5.11.~1920.6.25.)를 주최했는데, 이것은 민태원이 『매일신보』에 연재한 「애사(哀史)」(1918.7.28.~1919.2.8, 총152회)와 함께 조선의 『레미제라블』 수용과 확산에 결정적인 영향을 끼쳤다.[13)]

조선부식농원은 가시마 도시로가 1910년 10월에 대구 동촌에 설립한 단체이다. 설립 목적은 단체 법인 규정 제1장 제1조에 잘 나타나 있다. 해당 조항은 "본 법인은 오사카범애부식회(大阪汎愛扶植会) 출신자 및 이들과 경우를 같이하는 청년에게 산업과 교육을 부여해 독립 자영의 길을 걷도록 하는 것을 목적으로 한다"고 그 설립 목적을 밝히고 있다. 인용문에 등장하는 '오사카범애부식회'는 조선부식

---

13) 졸고, 「식민지 조선의 「레미제라블」과 대구 조선부식농원」, (『일본어문학』, 73, 2016.5.).

농원 설립자인 가시마 도시로가 1896년에 오사카의 대표적 빈민 지역인 이마미야(今宮)에 빈민 아동 및 고아 구제를 목적으로 설립한 단체였다. 이와 같은 오사카 지역의 단체가 1910년 시점에 대구에 조선부식농원을 설립한 배경에는 오사카범애부식회가 직면한 재정난을 타개하면서 그곳에서 성장한 청년들의 진로를 모색해야 하는 상황이 있었다. 대구의 조선부식농원은 오사카범애부식회 사업의 연장선 위에 있었던 것인데, 가시마 도시로는 조선부식농원을 정착시켜 나가는 과정에서 수용 대상을 조선인 아동으로 확대하고 조선인 사회와도 접촉면을 늘린다. 도비시키 슈이치(飛鋪秀一)는 1921년 6월 잡지 『조선』에 게재한 「조선부식농원」이라는 글에서 "처음에는 오사카범애부식회에서 양육한 청소년을 옮길 목적이었지만 이후 방침을 바꾸어 조선인과 일본인 구별 없이 어려움에 처한 아이들을 수용해서 학령아동은 초등학교에 통학시키는 동시에 농사를 가르치고, 부근의 조선인 가운데 생활이 곤란한 사람은 고용해서 생업을 부조하고 병약자에게는 시약(施藥)도 하고 있다"고 소개하면서 1921년 시점에 일본인 아동 25명과 조선인 아동 12명을 수용하고 있다는 구체적인 수치도 전해준다. 조선부식농원 자료에서는 1914년 8월의 금호강 대홍수를 계기로 조선인 아동을 수용하기 시작했다는 기록을 확인할 수 있다. 1914년부터 시작한 조선인 고아 수용은 1920년 시점에 이르러 100명 수용 계획으로 확대되었던 것이고, 조선부식농원은 그에 따른 시설 확충 기금을 모으기 위해 조선에서 최초로 활동사진 「레미제라블」 상영회를 주최한 것이다. 후지이 추지로는 '주사'라는 직책상 이 과정에 관여했을 것이다.

흥미로운 사실은 약 100년 전에 후지이 추지로가 몸담았던 조선부식농원이 있었던 그 장소에서 지금도 같은 목적의 사업이 이어지고 있다는 사실이다. 대구 동구 해동로 219번지에는 '대구SOS어린이마을'이라는 시설이 있다. SOS어린이마을(SOS CHILDREN'S VILLAGES)은 아동 복지 노동자인 헤르만 그마이너 (Hermann Gmeiner)가 1949년에 오스트리아의 티롤에 설립한 단체이다. 설립 시점에서 엿볼 수 있듯이 이 단체는 제2차 세계대전이 남긴 많은 전쟁 고아들을 돌보기 위해 설립된 단체이다. 현재도 이 단체는 국제민간사회복지기구 (INGO: International Nongovernmental Organization)로서 전세계 136개국에서 사업을 펼치고 있는데 이 단체의 비유럽권 최초 사업지가 바로 대구였다.

대구가 오스트리아 SOS어린이마을의 비유럽권 최초 사업지가 된 배경에는 한국SOS어린이마을 창설자이기도 한 오스트리아 여성 하마리아(Maria Heissenberger)의 존재가 있었다. 1930년에 오스트리아에서 태어난 하마리아는 1959년 선교사로 입국한 이후 33년 동안 가난한 청소년과 사회적 약자를 위한 활동을 지속했는데 그 장소가 바로 대구였던 것이다. 그녀의 첫 활동은 대구의 구두닦이 소년 16명의 보금자리를 마련하고 뒷바라지하는 것이었고 이 활동의 연장선에서 1962년에 SOS어린이마을을 창설했으며 1965년에 15채의 SOS집을 준공했는데 그 자리가 바로 1945년 이전까지 조선부식농원이 있었던 곳이었다. 설명을 덧붙이자면 1945년~1962년 사이에는 대구의 공무원 출신 인물이 같은 장소에서 같은 사업을 관리 – 지속했다고 한다. 이렇게 보면 후지이 추지로가 몸담았던 '조선부식농원'의 사업은 1910년부터 110년이 지난 현재에도 같은 장소에서 꾸준히 이어지고 있는 셈이다. 현재 대구광역시의 넓은 장소 가운데 같은 장소에서 같은 사업이 110년동안 지속되고 있는 경우가 얼마나 되는지 궁금해지는 동시에 지역의 사회적 약자를 위한 사업이 일본인, 한국인, 오스트리아 선교사 여성, INGO 한국SOS어린이마을 등으로 주체가 다채롭게 바뀌는 가운데서도 지속되고 있다는 점은 큰 의미로 다가온다.

그런데 더욱 놀라운 것은 1945년 이전과 이후로 사업의 주체가 바뀌었지만 아동을 돌보는 매우 독특한 방식이 같다는 사실이다. 조선부식농원의 기록물을 보면 가시마 도시로는 기독교 사상에 기반한 운영 및 교육과 더불어 '의사가족(疑似家族)'을 꾸리는 방식으로 아동을 돌보았다. '의사가족 방식'이란 혈연으로 연결된 어머니는 아니지만, 어머니 역할을 담당하는 여성을 중심으로 가족과 같은 관계를 맺어주고 실제 생활도 의사가족 단위로 꾸리는 돌봄방식을 말한다. 조선부식농원 관련 자료에서 시설 평면도를 살펴보면 농원, 교육시설 등 다양한 시설이 있는 가운데 생활과 숙식 공간이 가족동(家族棟) 단위로 지어져 있었다는 사실을 확인할 수 있는데, 바로 이러한 시설 형태와 돌봄 방식은 현재 대구SOS어린이마을의 시설 형태 및 운영 방식과 정확히 일치했다. 이 놀라운 공통점이 1945년 이전 세계적 차원의 사회복지사업의 한 방식이었는지, 혹은 조선부식농원의 방식을 존중해 1945년 이후에도 계승한 것인지 확인하지 못했지만 '110년'이라는 연속된 시간만큼이나 같은 돌봄의 방식과 태도가 이어지고 있다는 사실은 매우 인상깊게 다가온다. 직접 가보면 바로 확인할 수 있듯이 대구SOS어린이마을의 시설은 3~4층 건물의 방마다 일정 인원을 '수용'하는 것과는 전혀 다른 방식으로 지어져 있다.

식민지 시기에 일본인이 남긴 대구의 조선인 하층사회 기록에 대해서는 평가가 갈릴 수 있다. 예컨대 후지이 추지로의 기록이나 활동은 결국 식민지 지배정책의 일환이었고 동정심의 발현에 지나지 않는다는 평가가 있을 수 있다. 물론 이와 같은 한계가 드러나는 대목이 없는 것은 아니다. 하지만 동시에 그의 기록과 활동이 지니는 역사적

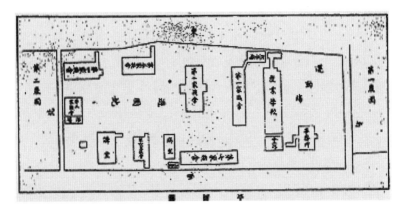

그림 4. 조선부식농원 생활공간 평면도. 평면도 속 다양한 네모난 공간에 각각 '가족동'
이라고 적혀 있다.

그림 5. 대구SOS어린이마을의 현재 배치도. 하단의 사무-관리동을 중심으로
부채꼴 모양으로 단독주택 형태로 지어진 '가족동'들이 보인다. 가족동 중앙에
넓은 잔디밭이 있다.

의미 또한 부정할 수 없다. 후지이 추지로가 관심을 기울인 빈곤 문제, 특히 '도시와 빈곤'의 문제는 실은 해당 시기 조선만의 문제도 아니었다. 같은 시기 일본 본토의 문제이기도 했고 더 나아가 제1차 세계대전 이후 1920년대로 이어지는 시기의 세계적인 문제이기도 했다. 1917년의 러시아혁명에서 1920년대 세계 경제대공황으로 이어졌던 상황을 떠올려보면 당시 시대 상황을 어렵지 않게 짐작할 수 있다. 이와 같이 보다 거시적인 관점에서 후지이 추지로의 대구 하층사회 기록과 그 근저에 있는 문제의식을 이해해 보는 것도 의미 있을 것이다.

3 후지이 추지로의 1920년대 전반기 대구 하층사회 기록

후지이 추지로는 1920년대 대구의 조선인 하층사회 실태를 단지 조사·기록하는 데에만 머물지 않았다. 그의 기록에서 또 하나 눈길이 가는 것은 실태에 대한 조사와 기록에만 머물지 않고 구체적 대안을 제시하고 요구하는 대목이다. 진정성은 비평과 비판을 넘어 대안과 실천에서 더 명확히 입증된다. 후지이 추지로는 시영(市營)·부영(府營)·공공기관 운영 '공영빈민주택' 건설의 시급성, '공설전당포' 설치 필요성 및 유럽의 관련 역사와 일본의 1919년~1920년 사례, '공설직업소개소·공설상담소·공설시장·공공병원·도서관·공영주택·상해보험·실업수당'의 필요성 등을 각 글의 결론 부분에서 주장하는데 이 요청들은 모두 〈공공성〉에 기초한 것이다. 후지이 추지로는 근대도시로 전환하던 대구의 도시빈민 – 하층민을 둘러싼 빈곤과 격차 문제를 '근대' 사회가 초창기에 가장 중요한 가치로 지향했던 〈공공성〉으로 해결하고자 했던 것이다. 그럼 후지이 추지로가 1920년대 전반기 대구

조선인 하층사회를 조사-기록한 내용을 함께 살펴보도록 하겠다.

1) 대구의 조선인 '노동소년'

후지이 추지로가 가장 먼저 주목한 부분은 대구의 조선인 '노동소년'들이었다. 여기에는 그가 조선부식농원과 경북구제회에서 조선인 고아들을 만나왔던 이력이 영향을 끼쳤을지도 모른다. 후지이 추지로는 다음과 같이 해당 연재를 시작한다.

> 조선만큼 소년노동자가 많은 곳은 드물다고 생각한다. 지방 농촌의 중류 이하 가정에서는 자녀를 학교에 거의 보내지 않고 모두 적당한 노동을 시킨다. 도회지에서도 하층사회에서는 학교에 감히 보낼 수 없고 어떻게든 가사를 돕게 해야 할 만큼 궁핍하다. 따라서 남자 아이는 10세 정도, 여자 아이는 12~3세 정도부터 노동을 하는 것이다. 소년노동의 종류는 남자 아이는 연료(땔감) 모으기과 심부름이고 여자 아이는 아이돌보기, 하녀, 여공 등이다. 남자의 경우 13~4세가 되면 대개 일반적인 노동에 종사해서 담군(擔軍:짐을 메어 나르는 품팔이꾼-필자), 인쇄직공, 성냥·담배회사 등의 직공, 과자·엿팔이, 신문배달, 철공 등 각종 공장 직공 및 급사(給仕:사환, 사동 등 심부름하는 아이)), 잡역부, 농가 인부 등 어른의 일과 거의 차이가 없다.

후지이 추지로는 이어서 조선의 '노동소년' 문제와 관련해서 "최근 지방 농촌에서는 생활고가 점점 심해진 결과 자녀를 타지에 벌이 보내는 경향이 현저"하다고 그 배경을 밝히는데 이것은 대구가 근대도시로 전환하는 과정에서 유입된 인구의 경로와 특징을 전해준다. 조선의 근대도시화 과정에서 대구는 매우 특징적인 양상을 보였다. 1920년~1925년 기간은 조선에서 다른 어떤 5년 단위 기간보다 압도적으로 높은 도시화율이 진행되었는데, 이 중에서도 대구는 새롭게 건설된 신의주와 청진을 제외하면 1915년~1925년 기간에 목포와 함께 가장 높은 인구 증가율을 기록했다. 그 증가율은 100%, 즉 두 배이다.[14] 후지이 추지로는 조선인 하층민의 주거환경을 다룬 기록에서 "조선의 모든 도시가 나날이 팽창"한다고 적었는데 대구는 그 중에서도 팽창도가 가장 두드러진 도시였던 것이다. 그리고 이러한 팽창 속에 '노동소년'이 적지 않게 포함되어 있었던 것이다.

대구는 한반도 근대도시 가운데 드물게 내륙도시였음에도 불구하고 일본인 비율이 매우 높기도 했다. 1920년에 대구의 일본인 비율은 부산(44.8), 군산(40.0), 청진(36.7), 목포(31.6), 인천(30.9)에 이어서 경성, 신의주와 비슷한 26.7%이지만, 1925년에는 부산(38.4), 군산(33.6)에 이어서 세 번째로 높은 30.7%를 기록한다. 이 양상은 1930년에도 부산(34.0), 군산(33.8), 대구(29.3)와 같이 계속되고 이후에도 지속된다.[15] 특히 해당 기간에 일본인 비율이 유지·증가한 도시는 대구가 유일하고 다른 주요 도시는 모두 감소했다. 무엇이 이렇게 내륙도시 대구로 일본인을 유입시켰는지 궁금해지는 대목이다. 대구는 근대도시 형성 과정의 인구 유입 측면에서 특징적인 도시였던 것 같다.

그런데 후지이 추지로는 도시로 유입된 '노동소년' 문제에서 의외의 문제에 초점을 맞춘다. 그것은 바로 "부자연스러운 조숙"이라는 말로 표현한 "남색(男色)-sodomy" 문제이다. 그는 도시로 유입된 소

---

14) 권태환, 윤일성, 장세훈 『한국의 도시화와 도시문제』(다해, 2006), p.65. 참조.
15) 1920년, 1925년, 1930년 조선 각부(各府) 민족별 인구통계 참조(坂本悠一·木村健二 『近代植民地都市釜山』, 桜井書店, 2007.3, p.54). 1920년 시점의 각부 협의회 의원수를 보아도 대구는 경성 30명, 부산-평양 20명 다음으로 많은 16명이다. 1923년에는 경성은 30명 그대로이고 부산-평양-대구가 20명이 된다. 인천은 16명이다. 같은 책, p.56.

년들이 방황하는 과정에서 성인 남성들의 "성욕의 노예"가 되는 실태를 고발하면서 10세부터 15~6세 사이의 소년들이 주요 대상임을 밝히고 소년들이 앓는 질환 종류도 상세히 소개한다. 이는 근대도시 형성 과정에서 떠올리지 못했던 문제라는 점에서 주의를 끈다. 결론적으로 후지이 추지로는 대구의 노동소년들의 실태를 제시하면서 학교 – 교육에서 근본 해결책을 찾고자 했는데, 그 현실적 대안이 조선의 전통적인 '계'를 참고한 '학교계'라는 점이 흥미롭다. 후지이 추지로가 제안하는 '학교계'는 지역에서 교육이 가능한 사람들, 예컨대 "보통학교 출신자, 면직원, 주재소 순사, 청년회원, 교회 인사, 사원(寺院)의 교사, 기타 적절한 사람들이 명예직으로 교육 임무를 맡는" 형태이다. 그는 각 학교의 야학 설치, 교회나 사원을 개방한 보호소 설립 – 운영, 노동소년 보호사업 시행 등도 요구한다.

2) 대구의 조선인 하층민 생활상

후지이 추지로가 '노동소년'에 이어서 기록 – 소개하는 것은 1920년대 대구 조선인 하층민의 생계비 – 식비 통계와 식생활 조사 기록이다. 후지이 추지로는 조선인 하층민의 식생활 조사 기록을 다음과 같이 시작한다.

> 성경에 "인간은 빵만으로 살 수 없다"고 되어 있지만, 동시에 인간은 빵 없이는 살아갈 수 없고 육체는 빵 없이 지탱할 방법이 없다. 원래 조선인 하층사회의 생활문제에서 가장 머리가 아픈 것은 식량 문제이다. 의(衣)와 주(住) 문제는 먹는 것만큼 애타는 문제는 아니다. 매일같이 오늘 하루 어떻게 해서 밥을 먹을지가 다급한 하층빈민에게 옷과 집은 아무래도 상관없는 문제이다. 그러나 다른 한편에서는 이와 정반대되는 현상을 종종 목격하기도 한다. "사무라이는 굶어도 유유히

이쑤시개를 든다(양반은 얼어 죽어도 짚불은 안 쬔다 - 필자)"는 일본 속담 같은 것이 조선에도 있어서 세 번의 식사를 두 번으로 줄이더라도 옷은 입어야 한다고 생각하는 이들이 결코 적지 않다. 필자에게 오는 무직의 극빈자와 걸인 등이 첫 번째로 요구하는 것은 옷이다.

인용문의 첫 단어는 후지이 추지로의 종교가 기독교였다는 사실을 의도하지 않게 드러낸다. 그가 1922년의 어느 시점까지 소속했던 조선부식농원의 설립자 가미마 도시로 역시 기독교도였다는 사실, 그리고 근대 이후 대구를 가장 종합적이고도 본격적으로 소개한 최초의 일본어 기록물『조선 대구일반』을 집필한 미와 조테스(三輪如鐵)도 기독교도였다는 사실 등과 함께 생각하면 대구 혹은 조선에 이주한 일본인을 기독교와 종교 측면에서 조명해보는 것도 매우 의미있고 중요하게 여겨진다. 인용문은 또한 빈곤 상황에서 의식주 가운데 '의(衣)'에 대해 보여주는 한국의 문화적 특징도 전해주는데 이러한 서술 - 기록은 일상적으로 조선인 하층민들과 직접 대면하고 교류하지 않으면 알 수 없는 생생한 일상의 문화 양상이라고 할 수 있겠다.

후지이 추지로는 "빈민의 생계에서 가장 많은 지출은 식비"라는 측면에서 당시 대구의 조선인 하층민의 생활상과 식비 정보를 매우 구체적으로 소개한다. "한 달 식비는 1인 5원, 2인 7원, 3인 9원 50전, 4인 12원, 5인 14원 내외이다. 이것은 최소 금액으로 주식을 조·보리로 잡은 것이고 쌀로 산출한 것이 아니다. 쌀·보리 혼식 기준으로 식비를 산출하면 앞의 금액에 2~3할을 가산해야" 하며, 실제 조선인 하층민들은 "1개월 총생활비가 평균 3원~3원 50전이고 이 가운데 3할 정도의 잡비를 공제하면 약 2원 50전 내외의 식비로 한 달을 살아야" 하는 실정이라고 전한다. 그리고 대구의 조선인 하층민 64가구의 식생활은 "주식 종류를 기준으로 쌀 2가구, 쌀·보리 혼합 4가구, 쌀·조 혼합 13가구, 싸라기·조 혼합 1가구, 조 42가구, 사먹기 2가구이다. 반찬은 주로 소금, 채소절임, 된장, 풀싹 등이고 야채와 육류는 매우 드물다"는 내용도 덧붙인다. 이와 같은 후지이 추지로의 기록은 다른 어떤 기록에서도 확인하기 어려운 매우 구체적인 1920년대 전반기 대구의 조선인 하층사회 식생활 생활사 자료로서도 그 의미가 크다.

생계비 – 식비 및 식생활에 이어서는 대구의 조선인 하층사회의 주거 실태 기록도 제시하는데 그 도입부에서 "조선의 모든 도시가 나날이 팽창하고 있고 … 도회지는 최근 이례적인 주택난이어서 아무리 누추한 집이라도 놀라운 집세를 지불해야 한다. 작은 집일수록 상대적으로 집세가 비싸고 항상 부족한 상황이다. 교활한 집주인은 이 주택난을 뜻하지 않은 행운으로 삼아 쥐어짤 수 있는 만큼 쥐어짜려고 한다"라는 문장으로 1920년대 전반기 대구의 주거 – 주택 문제 상황을 전한다. 100년전 대구도 2021년 현재 대한민국처럼 주택을 둘러싼 심각한 문제가 있었다는 사실을 전해준다는 점에서도 앞의 인용문은 인상 깊은데, 당시의 이러한 주택난과 주택가격 폭등은 앞서 소개한 1920년~1925년 기간이 1945년 이전의 다른 어떤 기간보다도 도시로의 인구 유입이 가장 많았던 상황을 배경으로 한 것이다. 이러한 급격한 인구의 도시 유입 상황에서 후지이 추지로가 전해주는 1920년대 전반기 대구의 조선인 하층민들의 주거환경은 다음과 같다.

최하등급 무네와리 나가야(棟割長屋:한 채를 벽으로 칸막이해서 몇가구로 가른 긴 집 – 필자)의 온돌 1간(間: 약1평-필자)과 부엌이 1개월 1원 50전 내외, 하등급 독채 온돌 1간과 부엌이 1개월 3원~5원 내외, 하등급 독채 온돌 2간과 부엌이 1개월 5원 내외, 부엌이 없는 하등급 온돌 1간이 1개월 1원 50전 이상이다. 이것이 대구에서 최저가이다.

(중략) 하층빈민 64가구의 가족수는 1인 5가구, 2인 11가구, 3인 14가구, 4인 17가구, 5인 10가구, 6인 6가구, 7인 1가구이다. 모두 온돌방 1간만 있고 부엌이나 그 밖의 것은 아무것도 없다. 평균 한 방에 3~5인이 사는 셈이다. 바닥 깔개 종류는 거적, 돗자리, 다다미, 안남쌀(南京米) 자루 및 좁쌀 자루, 신문지 등이다.

후지이 추지로는 위와 같은 상세한 주택가격 정보와 1920년대 대구의 조선인 하층민 64가구의 가족실태 조사 이외에도 집세를 지불하는 방법, 난방 연료와 한 달에 필요한 연료비에 대해서 서술하면서 시골과 다른 도회지 하층민이 난방 연료를 구하는 방법과 모습을 매우 상세히 기록한다. 그런데 이 부분에도 '조선인 하층사회 연구' 연재의 첫 번째 대상이었던 조선인 노동소년의 모습이 등장한다.

시골과 마찬가지로 땔감은 때어야 하기 때문에 도회지에서는 땔감을 모으러 시내로 나간다. 낡은 가마니나 좁쌀 자루를 어깨에 걸치고 시내를 배회하는 소년들이 바로 그들이다. 그들은 나무 조각, 판자 조각, 낡은 새끼줄과 가마니, 누더기, 오래된 신문 등 땔감이 되는 것은 무엇이든 손에 잡히는대로 주워간다. 심한 경우는 사람들 눈을 피해 배수구 뚜껑과 간판 문표 등을 낚아채어 간다. 교외의 쓰레기장에는 이런 아이들이 매일 시장이 선 것처럼 몰려들어 이것저것 찾아 돌아다닌다. 이렇게 아이들이 하루 종일 모으면 넉넉하게 하루를 버틸 수 있다. 일이 없는 빈민으로서는 어쩔 수 없는 일이지만 이 소년들은 이러는 사이에 자신도 모른 채 훔치는 습성이 양성된다. 악성이 되면 신발, 우산, 외투, 닭 등 멋대로 훔치게 된다.

후지이 추지로는 이상과 같은 대구 조선인 하층민의 생활실태 조사-기록에 이어서 그 대안-결론으로 시영(市營)-부영(府營)과 같은 '공영빈민주택' 제공의 시급성을 강하게 제기한다. 1920년대 대구가 근대도시로 전환하는 과정, 그 중에서도 새롭게 도시빈민이 유입 – 형성되는 상황에서 '공영빈민주택'이라는 공공주택의 필요성이 제기되었다는 사실은 매우 흥미롭다. 100년이 지난 지금 대한민국 사회는 다양한 공공성 이슈 가운데 특히 '주택의 공공성' 문제와 마주하고 있는데 이러한 현재 상황에 비추어 보면 100년전 식민지 상황에서 대구의 조선인 하층사회를 기록하던 일본인이 하층민을 위한 공영주택 필요성을 강하게 주장했다는 사실은 많은 생각과 반성을 불러일으킨다. 후지이 추지로는 해당 연재 마지막 부분에서 세틀먼트 (settlement)[16] 사업의 필요성을 제기하기도 하는데, 이 또한 최근 한국사회에서 이슈가 되고 있는 이른바 '지역사회혁신' 의제의 선구적인 제기라는 측면에서 눈길이 가는 대목이다.

3) 대구 조선인 하층사회의 경제생활

후지이 추지로가 총 10편의 대구 조선인 하층사회 기록 연재에서 가장 많은 분량을 할애한 것은 하층민의 경제 상황과 연결된 '고리대금과 전당포' 관련 조사 – 기록 및 하층민의 직업·수입 관련 부분이다. 다른 주제의 글들이 연재 잡지 기준으로 5페이지 내외인 것에 반해 두 주제는 각각 15페이지와 10페이지에 이른다. 고리대금의 경우는 '장(시장)'을 기준으로 상환 주기와 기한을 정하는 조선의 특징을 소개하는 것을 시작으로 '시취(市取), 시변(市邊), 월취(月取) –

---

16) 세틀먼트운동은 복지가 열악한 지역에 대학생이나 지식인들이 들어가 정주하면서 주민을 조직하고 보건, 위생, 의료, 교육 등의 활동을 펼치는 운동을 가리킨다. 1880년대에 영국에서 시작해 미국 등으로 확산되었다고 한다.

월리전(月利錢), 일취전(日取錢)' 등의 명칭을 붙여 각각의 이자율과 상환방법을 소개하면서 표 형태로도 정리해서 제시하고 있다. 분량에 제한이 있어서 여기에 상세히 소개하지는 못하지만 후지이 추지로는 당시 대구의 조선인 하층사회 경제생활 정보와 함께 다양한형태의 고리대금 종류와 상환법을 그야말로 매우 상세하게 기록하고 있다. 은행과 같은 공식적인 금융기관과 달리 고리대금과 전당포를 축으로 하는 사설금융의 실상을 파악할 수 있는 기록은 찾기 어려운데, 이러한 점에서 후지이 추지로가 남긴 1920년대 전반기 대구 조선인 하층사회의 고리대금과 전당포 관련 상세한 기록은 식민지 시기 일상 경제의 단면을 기록했다는 점에서도 그 의미가 크다. 전당포 관련 기록은 이자율과 실제 운영실태를 상세히 소개하는데 공통적으로 폭리를 취하는 실태를 지적한다. 그리고, 이러한 하층민들이 처한 경제적 곤란을 해소하기 위해 '공설전당포' 설치를 제안한다. 여기서 주목을 끄는 부분은 '공설전당포'가 유럽에서는 이미 1462년에 이탈리아에서 처음 출현한 이후 1800년대 중반 활성화되어 있다는 사실, 일본에서도 1919년에 도쿄의 닛포리(日暮里)에 1호점이 설치된 이후 1920년대 접어들어 4호점까지 늘었다는 사실을 제시하는 대목이다. 후지이 추지로에 따르면 1921년에 "(공설전당포를)경성부에서 계획했는데 사설 영업자들이 반대하고 당국에서도 반대 의견이 있어서" 결국 추진하지 못했다고 한다. 1920년대에 이미 '공설과 사설', 즉 공공성을 둘러싼 팽팽한 줄다리기가 시작되었던 것이다.

후지이 추지로가 고리대금 - 전당포 다음으로 많은 분량을 할애한 것은 하층민의 직업과 수입 관련 기록이다. 그는 해당 연재에서 남녀별 직업 종류와 임금 - 수입을 표 형태로 상세히 제시하고 있는데 남성은 총 39가지 직업과 임금 정보를, 여성은 총 14가지 직업과 임금

정보를 담고 있다. 그 내용은 다음과 같다.

(남자부)

직업 종류	임금
지게꾼(擔軍)	30~40전 내지 2원 정도
가마꾼(轎軍)	상동
마부(馬夫)	상동
청소인부	1원 내외 (하루)
인력거꾼	50~60전부터 2~3원까지
짐꾼(仲仕)	1원이상 2원까지
변소청소인부	1원 내외(하루)
반수부(搬水夫)	1원까지(하루)
심부름꾼	50~60전부터 1원정도까지(하루)
우마차 수레꾼	2원 50전 내지 4원(하루)
마차꾼	상동
신문배달	1개월 신문요금의 1할 내외. 월1원이라면 1개월 배달해서 10전 내외. 한 명이 100부를 배달하면 월 10원이 되는 계산. 수금(集金)의 경우는 수금액의 5부 내외.
고물상	구매금액의 5부 내지 1할 5부의 이익
우동팔이	* 원자료 공란
두부팔이	흰두부 개당 2전, 유부 5리, 곤약 3전, 구운두부 1전. 하루 평균 3원정도 판매.
낫토팔이	개당 이윤은 1전 5리 내지 2전. 하루 평균 20~30개 판매
과자팔이	평균 1원 정도 판매, 이윤은 약 2할 (하루)
과일·야채팔이	2~3원 판매, 이윤은 약 2할 (하루)
안마	1원 내지 3원 (하루)
통메장이(桶輪替職)	1원 내지 2원 (하루)
우물 교환	40~50전 내지 1원 50전 (하루)
야간 우동팔이	그릇당 2전 이윤. 겨울에는 하룻밤에 50~60그릇 판매
일용직	50전 내지 1원 (하루)
솜틀기(綿打)	여름은 휴업. 한 관(貫)당 50전. 일만 많으면 이익이 많음

직업 종류	임금
구두수선	1원 내지 3원 (하루)
약판매 행상	약 2~3원을 팔면 4할 내지 5할의 이윤 (하루)
닭·계란·어류·육류 팔이	2~3원을 팔면 1할 내지 2할의 이윤 (하루)
물긷기 인부(水汲人夫)	40~50전 내지 70~80전 (하루)
팥빵 및 현미빵 팔이	팥빵 개당 2전, 판매수당 5리. 현미빵 개당 5전, 판매수당 1전.하루에 각각 1원 내지 3원 판매
엿장사	1원 내외를 판매하면 20~30전 내지 50전 이익 (하루)
땜질	40~50전 내지 70~80전 (하루)
양산수리	50~60전 내지 1원 (겨울은 일이 없음)
부채 붙이기	* 원자료 공란
기름팔이 및 석유 행상	40~50전 내지 70~80전 (하루)
목수	2원 내지 3원 (하루)
미장이	상동
공사장 인부	1원 내지 1원 50전 (하루)
목욕탕 때밀이	20원 내외 (하루)

(여자부)

직업 종류	임금
무녀	제한 없음
쌀 선별(米撰)	5두섬(斗俵) 1섬당 20전. 숙련자는 하루에 3섬 선별
일용	20전 이상 50~60전 (하루)
떡장사	1원정도 판매 (하루)
바느질	30~40전 (하루)
빨래	상동
기름장사	30~40전 (하루)
과일장사	상동
돌깨기(石割)	30~40전 (하루)
물긷기	상동
여공	15전 내지 50전 (하루)
아이보기	3~4원 내지 7~8원 (한달)
하녀 봉공	상동
여관·음식점의 밥 짓기	2~3원 내지 5~6원 (한달)

이 밖에 "성냥회사 직공 일에는 여자와 소년에게 적당한 것이 있다"는 설명과 함께 "임금은 하루 30전 이상 70~80전 정도의 수입이 있다. 1) 빈상자 만들기 1천개당, 2) 상자에 성냥 채우기 120포(한 포에 10개씩)당 1전 5리, 3) 포장 25개 포장 당 6리"와 같이 상세한 노동과 임금 정보를 기록하고 있다. 또한 8가지 남성 직업에 대해서는 연령대별 종사자 숫자 분포를 표로 정리했는데, 이러한 기록 역시 1920년대 전반기 대구 지역의 일상사 - 미시사 기록으로서 의미가 클 것이다. 그리고 조선인 하층민 64가구의 한 달 평균 노동일수를 "10일 미만 9명, 20일 미만 15명, 30일 미만 25명, 일정하지 않음 15명이다. 수입은 5원 미만 남3명/여12명, 10원 미만 남 31명, 20원 미만 남 17명, 20원 이상 남 4명이다"와 같은 형태로 제시하고 있다.

해당 연재에서 또 하나 주목을 끈 대목은 결론 부분에서 제시한 "빈민을 구제하기 위한 설", 즉 사회이론 소개 부분이다. 후지이 추지로는 결론 부분에서 이전까지 제시한 사회 실태에 대한 입장으로 '공산주의 - 사회주의 이론, 무정부주의 - 아나키즘 이론, 당시 시작된 일본의 생협(生協)운동 이론'을 소개하는데, 이런 대목에서 후지이 추지로의 사상과 세계관을 엿볼 수 있다. 그가 가장 우려한 것은 "빈곤의 세습"이다.

4) 기생·공창·사창, 조선인 하층사회 여성 문제

후지이 추지로가 잡지 『경북』에 연재한 1920년대 대구 조선인 하층사회 기록의 마지막 세 편은 기생, 공창, 사창에 관한 기록이다. 이는 '빈곤과 조선인 하층민 여성 문제'를 다룬 것이라고도 할 수 있다. "최근 기생 숫자가 급격히 증가했다"는 도입부 문장은 1920년대 전반기 대구의 또 다른 측면을 전해주는데, 더욱 주의를 끄는 것은 기생 숫자 급증의 배경 – 원인으로 제1차 세계대전을 꼽은 대목이다. 후지이 추지로는 세계대전 과정에서 출현한 벼락부자들과 세계대전 이후의 경기 불황을 1920년대 전반기 기생 급증의 두 가지 주요 원인으로 꼽고 있다. 이어서 그는 권번이 제시한 액면 상의 '화대'라든가 공창 숫자 통계도 제시한다. 사창과 관련해서는 일본의 사창과 조선의 사창의 차이를 소개하면서 일본과 비교해 조선에 사창이 "매우 적은" 이유도 덧붙인다.[17] 경성, 평양, 대구 3개 도시의 사창 숫자를 표로 기록하기도 했다.

후지이 추지로가 기생 – 공창 – 사창 부분에서 결론적으로 가장 우려하고 강조하는 부분은 '화류병'이다. 해당 부분은 비단 조선에만 한정하지 않고 일본 본토까지 시야에 넣어 청년 미혼자의 화류병 실태와 관련된 구체적 수치들을 제시한다. 예를 들어 일본의 사망원인 통계에서 매독으로 사망한 경우가 1919년 8,542명, 1920년 8,910명(남 4,912/여 3,998)이었다는 통계를 제시하면서 "무서운 매독 사망자 수치이다. 사망자 수가 이 정도라면 병에 걸린 사람은 실로 몇 십 배가 된다"는 의견과 함께 "1920년에 유곽에 드나든 유객수는 26,121,000명이다(통계에 근거). 가령 200명당 1명 비율로 매독에 감염되었다고 한다면 13만명의 화류병 환자가 증가한 셈이다. 500명에 1명 비율이라고 해도 5만 2천명의 환자가 나온 것이고 이렇게 매년 화류병 환자가 증가해 가는 것"이라며 깊은 우려를 표한다. 해당 부분에 1920년대 대구 관련 통계나 서술은 없지만 화류병에 대한 우려에서 대구

---

17) 후지이 추지로는 일본과 비교해 조선에 사창이 현격히 적은 것을 조혼 풍습, 금전적인 이유(첩을 두는 것과 차이가 없다고 함) 두 가지 이유로 설명한다.

지역도 예외가 아니라는 메시지가 담겨 있다고 생각한다. 후지이 추지로는 사창 – 화류병에 이어진 연재에서는 대구의 조선인 하층민의 보건과 위생 – 질병 상황에 대한 조사 기록도 제시한다. 주거 공간 숫자와 질병의 연동 관계를 구체적인 통계로 제시한 대목은 흥미롭다. 여기에 이어서는 18가지 질병 종류별 남녀 환자 통계와 1919년~1920년에 대유행했던 콜레라 환자 발병자 – 사망자 통계도 조선인 – 일본인으로 구분해서 제시하고 있다.

4 마치며

  '동아시아 도시인문학'의 가능성을 모색할 때 인문학은 도시와 어떻게 만나고, 근대도시 내지 동아시아 근대도시에 어떻게 접근해야 할까? 관련해서 필자는 근대도시의 '도시빈민'에 관심이 있다. 근대도시는 다양한 측면과 얼굴을 갖고 있는데, 이 가운데 도시빈민은 근대도시를 특징짓는 중요한 존재라고 생각한다. 이러한 문제의식은 필자의 연구영역인 메이지시대 일본문학사 연구에 뿌리를 두고 있다. 일본에서 도시빈민은 1890년대에서 1900년대로, 혹은 청일전쟁에서 러일전쟁으로 이어지는 메이지시대 문학사에서 새롭고 중요한 흐름을 탄생시켰다.[18] 일본이 근대국가 시스템 구축을 '제국헌법'으로 선

---

18) 민유사(民友社) 그룹의 기관지이자 당시 가장 대표적인 신문·잡지였던 『국민신문(国民新聞)』과 『국민의 벗(国民之友)』은 도쿄에 등장한 빈민에 관심을 기울이면서 기자가 빈민굴에 6개월 체류해 르포기사를 연재하기도 했다. 이무렵 빅토르 휘고의 『레미제라블』이 소개되고, '사회의 죄(社会の罪)'라는 인식이 공감을 얻는다. 같은 시기 도스토예프시키의 『죄와 벌』 번역, 히구치 이치요(樋口一葉)의 소설 세계, '사회소설' 논쟁, 암흑소설 – 심각소설과 같은 소설

포한 직후 최초의 근대적 의회(제국의회)를 열던 1890년경부터 도쿄에는 이전에 없던 도시빈민들이 등장한다. 당대 문학자들은 이 새로운 사회현상에 주목하고 그 원인을 이해하려고 노력하면서 다양한 문학적 구현과 실천을 시도하는데 그 과정에서 이른바 '사회소설' 논쟁이 전개되고 이후 1900년대 초기(기독교)사회주의문학 등으로 이어진다. 이렇게 보면 '사회'라는 개념과 추상적 실체는 근대도시가 탄생시켰고 그 주요 주체는 도시빈민들이었다고 할 수 있다. 도시빈민은 근대의 중요한 개념인 '사회'를 실체화하는 동시에 일본 근대문학사에서 매우 중요한 문학적 실험을 탄생시킨 것이다. 그리고 이 문제는 21세기 현재와도 직결된다. 코로나19가 가르쳐주는 것들 가운데 '격차' 문제는 가장 중요해 보이는데, 도시빈민 – 빈곤 문제는 이 격차가 도시공간에서 드러나는 중요한 양상이다. 근대대학을 포함해서 근대 시스템이 지속 가능한지 다양한 질문이 쏟아지는 지금, '근대도시'가 지속 가능한지 되묻는 작업도 중요해 보인다. 도시빈민의 존재는 이 문제의 역사적 기원과 과정을 점검하고자 할 때 켜켜이 쌓여 온 구체적 과제를 전해주는 동시에 새로운 혹은 오랫동안 잊어버렸던 '근대'의 중요한 가치와 방향성을 상기시킨다.

후지이 추지로는 1920년대 전반기 대구의 조선인 하층사회를 기록하면서 '노동소년, 기생 – 공창 – 사창 여성'이라는 특정 대상에 초점을 맞추었는데, 이것은 결코 주관적 판단에 치우친 특수한 대상 선정이 아니다. 후지이 추지로가 주목한 두 대상은 실은 식민지 상황에서 조선의 근대도시가 형성되던 과정의 매우 중요한 사실과 맞닿아 있

실험 등은 모두 도시빈민을 포함한 근대도시 문제의 자장 속에 있었다고 할 수 있다.

다. 식민지 조선의 근대도시가 형성되는 과정에서 가장 두드러진 도시 유입 연령층은 의외일지 모르겠지만 남녀 모두 10세~14세와 15세~19세 순이었다.[19] 이 연령대는 후지이 추지로가 밝힌 '노동소년' 및 기생－공창－사창 여성의 나이대와 일치한다. 그는 '노동소년' 관련 기록에서 "최근 지방 농촌에서는 생활고가 점점 심해진 결과 자녀를 타지에 벌이 보내는 경향이 현저해졌다"고 적고, 기생 관련 기록에서는 "최근 기생 숫자가 급격히 증가했다"고 밝히면서 "하층빈민들이 생활을 보조하기 위해 딸을 파는 경우가 적지 않기" 때문이라고 진단했는데, 이것은 현대의 도시사 연구가 확인한 데이터들과 정확히 일치한다. 식민지 조선의 근대도시는 이렇게 10대 남녀를 빨아들이면서 몸집을 불려갔던 것이다. '모던걸·모던뽀이'와 그들의 '연애의 시대'와 공존했던 또 다른 세계에 훨씬 많은 10대 '노동소년과 기생－공창－사창 여성'들이 존재했던 것이다. 그리고 이러한 과정을 거쳐서 조선의 도시들도 기존의 조선인－일본인 구역의 이중성－배타성에 중심부－주변부의 이중성－배타성을 더하면서 명실상부한 식민지 근대도시로 탄생했던 것이다.

후지이 추지로의 기록과 활동은 1920년대에 접어들어 일본 본토와 식민지 조선에서 동시에 본격화된 '사회사업' 영역에서도 매우 특별한 위치에 있다. 사회복지사업의 기원에 해당하는 '사회사업'은 당시 '빈민구호(救護)사업, 은사금구료(救療)사업, 방빈사업, 방면(方面)위원사업, 교화사업, 재난민구호사업, 군사원호사업, 실비구료사업, 복리시설사업' 등을 주요 영역으로 삼았다.[20] 이러한 사회사업의 탄

---

19) 권태환, 윤일성, 장세훈, 앞의 책. pp.120~123 참조.
20) 尹晸郁, 앞의 책, p.1.

생 - 출현 배경은 일본 본토의 경우는 제1차 세계대전 이후의 불경기 및 1918년에 일어난 전국적 '쌀소동' 사건, 식민지 조선의 경우는 1910년대에 진행된 토지조사사업 이후 상황과 1919년에 일어난 3.1 운동이 꼽힌다.[21] 식민지 조선의 사회사업은 일본 본토의 기본정책 수행을 위한 식민지의 불안 요소 관리가 근저에 깔려 있었다고 한다. 빈민 및 자연재해민 대책 이외에 '방면위원사업'이 중시된 것은 이러한 맥락에서 이해할 수 있다. 식민지 조선의 사회사업의 기원으로 조선총독부가 1915년 11월 10일에 다이쇼 천황의 은사금을 빈민구제에 활용한다는 규정을 발표한[22] 것을 꼽을 수 있으나 공식화되는 것은 1921년 4월에 '조선사회사업연구회'가 창설된 시점이다. 조선사회사업연구회는 1923년 5월에 기관지『조선사회사업』을 월간으로 발간하기 시작하고 1929년에는 '조선사회사업협회'로 조직을 개편한다.[23] 이러한 개략적인 흐름에 비추어 보더라도 1922년부터 잡지『경북』에 대구의 조선인 하층사회 기록을 연재하기 시작한 후지이 추지로의 기록 - 활동은 사회사업 역사에서도 매우 선구적인데, 이에 더해 그의 활동이 사회사업 역사에서 매우 이질적이고 특별하게 평가받는 대목이 주의를 끈다.[24] 그 이유에 대해서는 두 명의 관련 연구자 모두

---

21) 尹晸郁, 위의 책, p.31.

22) 尹晸郁, 위의 책, pp.181~182.

23) 尹晸郁, 위의 책, p.194.

24) 『植民地社会事業関係資料集 朝鮮編 別冊[解説]』(1999)에서 일본연구자 나가오카 마사미(永岡正巳)와 한국연구자 홍금자 모두 후지이 추지로의 활동을 일본의 식민지 지배정책과 보조를 맞춘 식민지 시기 사회사업 틀에서 벗어나는 사례로 검토할 필요가 있다고 공통된 의견을 피력했다. 나가오카 마사미「식민지 사회사업사 연구의 의의와 과제(植民地社会事業史研究の意義と課題)」, p.22. 홍금자「일제시대 사회복지정책 및 사회복지 서비스(日帝時代の社会福

밝히고 있지 않으나 한·일 연구자가 공통되게 후지이 추지로를 일본의 식민지 지배정책과 보조를 맞춘 식민지 시기 사회사업 틀에서 벗어나는 존재로 언급한 대목은 발표자가 이후 관심을 기울이고 싶은 과제이다. 약 100년 전 일본인 후지이 추지로가 남긴 대구의 조선인 하층사회 기록은 식민지 시기 조선의 근대도시가 형성되는 과정을 검토할 때도, 그리고 100년이 지난 현대 한국의 도시문제를 검토할 때도 의미 있는 사료로 판단된다.

1920년대 대표적 문학자 가운데 현진건이 있다. 그리고 1920년대 현진건의 작품은 「운수 좋은 날」(1924)이 보여주듯이 가난한 조선인을 등장시키고 있다. 왜 현진건은 1920년대 작품에서 가난한 사람들을 등장시켰을까. 이 물음에 대해서는 여러 가지 답이 가능하겠지만 현진건이 주목한 사람들과 후지이 추지로가 기록한 사람들이 겹친다는 사실은 많은 생각을 불러일으킨다. 후지이 추지로가 기록한 1920년대 대구 조선인 하층사회 기록은 지역과 한국을 대표하는 문학자의 사실주의적 상상력을 실증적으로 설명할 수 있는 기록물이 될지도 모른다. 후지이 추지로는 대구의 '조선부식농원'이라는 단체가 조선에서 최초로 활동사진 '레미제라블' 전국상영회를 개최했다는 흥미로운 도시인문학 콘텐츠의 발견으로 인도해주었는데,25) 이번에는 자신의 기록을 1920년대의 가난한 사람들을 그린 한국문학과 함께 읽어보기를 권한다.

社政策及び社会福祉サービス), p.63.

25) 졸고, 「식민지 조선의 '레미제라블'과 대구 조선부식농원 (植民地朝鮮の「レ·ミゼラブル」と大邱の朝鮮扶植農園)」, (『日本帝国の表象』, えにし書房, 2016).

베이징 농민공의 문화활동과 정동정치

안창현

1 감정, 정동, 그리고 사회변화

인간 공동체인 사회에서 감정은 행동의 동기로서 사회를 변화시키기도 한다. 그러나 근대 학문은 인간의 감정을 '비합리적이고 충동적'이라는 이유로 탐구 대상에서 배제해왔다. 인간의 사회적 삶과 사회현상들은 반드시 합리성의 구현물일 수만은 없다. 왜냐하면 인간의 삶과 행동 속에는 항상 감정이 자리하고 있기 때문이다.

감정과 함께 문화의 힘 또는 미디어의 힘을 보여주는 개념이 정동이다. 정동의 개념은 스피노자가 라틴어로 된 『에티카』를 집필하면서 제시했다. 그는 '슬픈 만남'을 성찰하면서 정서의 변화 및 변이의 능력을 주창했다. 들뢰즈의 설명에 따르면, 정서가 슬픈 상태, 어두운 상태, 밝은 상태와 같은 것이라면, 정동은 정서의 이행, 즉 슬픔에서 기쁨으로, 어둠에서 밝음으로 "변이하는 것"을 말한다.[1] 우리는 기존의 관념과 육체의 감각과 지각을 통해 사물과 인간에 대한 어떤 정서

---

* 한양대학교 문화콘텐츠전략연구소 책임연구원
1) 강진숙, 〈미디어교육 패러다임의 변화를 위한 시론: '미디어정동(情動, affectus) 능력'의 개념화를 위한 문제제기〉, 2014, p.198.

적 감각, 즉 정감을 갖게 된다. 들뢰즈의 설명을 따르면 정감은 어떤 육체가 내 육체에 가하는 순간적인 효과일 뿐만 아니라, 내 자신의 지속에 미치는 효과이기도 하다. 또 쾌감이나 고통, 기쁨이나 슬픔과 같은 것이 이행(passages), 생성(becomings), 상승과 추락을 하며, 하나의 상태에서 다른 상태로 이행하는 힘(puissance)의 연속적인 변이들이다. 이 변이들은 더 이상 정감이라고 할 수는 없으므로, 정동(affects)이라 정의했다.[2]

감정이 일반적으로 기쁨과 슬픔, 두려움과 분노, 감사와 미움, 질투와 시기, 죄의식과 같은 인간의 내면적 상태를 표현한다면 정동은 감정과 동일하지 않다. 마수미(Brian Massumi)의 설명에 따르면 감정은 "정동의 아주 작은 부분적인 표현"[3]일 뿐이며, 정동은 힘(power)과 연관된 개념이다. 마수미는 카오스 이론에 영향을 준 삼체문제(the three-body problem)[4]를 예로 들면서 정동은 비결정이 스며든 인간의 중력장(field)과 같이 개인을 넘어 다른 몸체들이나 다른 환경요인과 상관적 효과와 복잡성 효과를 가지고 있다고 보았다. 물론 물리적 법칙이나 문화적 제약을 피할 수는 없지만, 개체들 간의 간섭과 공명

---

2) Gilles Deleuze, Essays Critical and Clinical, trans by Daniel W. Smith and Michael A. Greco, Minneapolis: University of Minnesota Press, 1997. pp.138-139. 질 들뢰즈 저, 김현수 역, 〈비평과 진단〉, 인간사랑, 2000. 참조
3) 브라이언 마수미 지음, 조성훈 옮김, 『정동정치』, 갈무리, 2018, p.27.
4) 삼체문제는 세 개의 물체 사이의 상호작용과 운동을 다루는 고전역학 문제이다. 가령 태양, 달, 지구가 운동할 때 궤도나 위치를 수학적으로 예측할 수 있는지를 증명하는 문제를 말한다. 두 개의 물체 사이에 중력이 어떤 식으로 작용하고, 어떤 궤도 움직임을 보일 것인지를 예측하는 일은 이체문제라고 한다. 물체 세 개의 경우 특수한 조건 하에서만 답을 구할 수 있으며, 보편적으로 적용할 수 있는 일반적인 해답은 없다고 한다.

패턴을 비틀면서 영향을 주고 받을 수 있다고 보았다.5) 간단히 말해 감정이 개별적이고 주관적이라면, 정동은 초개인적이고 관계적인 정서 상태라 할 수 있다.

저임금과 임금체불, 장시간 노동에 따른 소요와 파업으로 중국 농민공 집단은 중국사회가 직면한 심각한 문제로 주목 받았다. 이에 사회학, 인류학, 경제학, 문화학 등 여러 분야에서 농민공에 대한 많은 연구가 진행되었다. 다수의 연구들은 '제도와 개인'의 구조를 전제로 도시와 농촌을 분리한 이원호구제도, 도시와 농촌의 불균형 발전과 농촌의 집단재산권 체제 등을 농민공이 도시로 진입하는 장애가 되는 제도적 요소로 보았다. 따라서 이원호적제도를 개혁하여 도시호구를 전면개방하고 농촌과 도시의 재정을 통일적으로 재분배하여 지역과 도시 사이의 공공서비스와 인프라의 차이를 해결하며, 농촌의 집단재산권 제도를 혁신하여 농촌의 경제적 능력을 향상시켜 농민공 문제를 해결하고자 했다. 이 연구들의 공통점은 모두 제도개혁에서 시작하여 농민공 개인의 권리문제 해결을 도모하는 제도주의적 연구라는 점이다.

상대적으로 농민공들의 감정과 욕망, 기쁨과 슬픔과 같이 그들의 내면과 감정의 운동을 이해하는 연구는 상당히 부족하다. 이 글은 베이징 피춘(皮村)의 농민공들이 중심이 되어 수행하는 음악과 시 창작과 같은 문화 활동을 중심으로 농민공들의 관념과 감정을 살펴보고자 한다. 체제와 제도 이전에 농민공의 삶의 애환과 바람을 이해하는 노력이 선행되어야 한다고 보았기 때문이다. 동시에 특정 사회의 갈등을 이성과 합리성에만 의존하여 문제의 본질을 파악하던 방식에서

---

5) 브라이언 마수미, 위의 책, pp.43-45.

문화 활동 속에 발생하는 정동(精動, affect)의 힘과 운동성에 주목하여 새롭게 이해하려는 방향 전환의 일환이다.[6)]

이 글은 이러한 감정(emotion)과 정동을 포괄하되, 기본적으로는 베이징 피촌(皮村)을 근거지로 활동하는 농민공의 문화적 활동을 정동적 삶(affective life)의 과정으로 보려고 한다. 즉, 그들의 문화 활동을 사람 사이의 관계와 조우 속에서 만들어진 다양한 연대의 정동적 과정으로 이해하고자 했다.

② 농민인가 노동자인가?

농민과 노동자는 어떤 차이가 있을까? 일반적으로 농민은 토지를 기반으로 노동하며 자신의 생산수단인 토지를 소유한 사람을 가리킨다. 반면 노동자는 공장이나 기업에 자신의 노동력을 제공하고 그 대가로 임금을 받는 사람이다. 딱딱하게 설명하지 않아도 생활공간을 중심으로 보면 우리들은 직감적으로 둘의 차이를 이해할 수 있다. 문제는 공간이 혼재하는 경우이다. 농촌지역에 있는 공장에서 일하는 사람이나 도시지역에서 농사를 짓는 사람들은 농민일까 노동자일까?

중국은 농민과 노동자를 구분하는 독특한 제도가 있다. 바로 호구(戶口) 제도이다. 중국의 호구제도는 거주지를 농촌과 비농촌으로 구

---

6) 정동 개념은 아직 학술적으로 명확하게 합의된 바는 없다. 영어로 'affect' 혹은 'affection'을 번역하면서 정서의 이행을 표현하기 위해 정서(情緒)와 운동(運動)을 합친 정동(情動)이란 용어를 사용하고 있다. 이 개념은 스피노자가 라틴어로 『에티카』를 저술하면서 처음으로 정동 개념을 제시했다. 이후 들뢰즈(Deleuze)를 거치면서 더욱 정교해졌다. 이 글에서는 브라이언 마수미의 『정동정치』와 이토 마모루의 『정동의 힘』에서 정동 개념을 차용했다.

분하여 지역 이동 및 이주를 엄격하게 관리하고 제한하는 제도이다. 1951년 도시인들을 관리하는 호적제도를 만들면서 시작되었고, 1958년 〈중화인민공화국 호구등기조례〉가 반포되면서 전국적인 규모로 실시되었다. 농촌지역에서 도시로 인구이동을 제한하는 것을 기본 목적으로 하는 이 조례는 상주(常住) 지역의 호구 등기, 임시 호구 등기, 출생 등기, 사망 등기, 이전 등기, 변경 등기를 포함하고 있다. 특히 제 10조에는 "공민이 농촌에서 도시로 이주할 때 반드시 도시 노동부서의 고용증명서, 학교의 입학증명서, 또는 도시 호구등기 기관이 비준한 이주허가서를 갖고 있어야 하며, 상주하던 지역 호구등기 기관에 이주신청 수속을 해야 한다"고 밝히고 있다.

호구제도를 실시한 기본적인 이유는 당시 중국이 추진한 경제성장 전략과 관련이 있다. 당시 중국정부는 도시 지역을 기반으로 하는 중화학공업 위주의 경제성장 전략을 추진했고, 경제 성장의 중심인 도시의 노동자들에게 한정된 사회적 서비스를 우선 제공했다. 만약 인구의 대다수를 차지하는 농민들이 도시로 이주하게 되면 사회적 자원 공급과 관리에 심각한 문제가 발생하기 때문에 농촌인구가 맹목적으로 도시로 이주하는 것을 막기 위해 호구제도를 실시한 것이다. 이후 중국사회는 호구를 가진 사람에게만 직장을 배정했고, 식량을 배급했다. 따라서 자신이 속한 호구지역을 벗어나 생활하는 것은 사실상 불가능했다.

농촌과 도시를 분리해서 운영하는 이원적 구조는 1978년 개혁개방 시대에 이르러 균열이 가기 시작한다. 1980년대 중국 농촌은 집단농장 체제였던 인민공사(人民公社) 제도가 와해되었다. 이를 대신해서 농민 집체(集體)가 소유하고 있던 토지를 개별 농가에 사용권을 양도하여 생산을 책임지도록 하는 가정승포제(家庭承包制)가 실행되었

그림 1. 광저우 농민공 박물관

다. 잘 알려져 있다시피, 현재 중국의 토지 권한은 소유권과 사용권으로 나뉘어져 있다. 토지 소유권은 집체가 보유하고, 농가는 일정 기간 (현재 30년) 동안의 사용권을 갖고 있다. 농가의 주택부지도 동일하다. 다른 나라에서는 농가가 경제적으로 어려움이 생기면 토지를 판매할 수 있지만 중국 토지는 국가소유이기에 담보로 제공하거나 판매할 수가 없다. 사용권 양도도 상당히 제한적으로만 이루어진다. 그런데 농민 인구에 비해 분배한 토지가 넓지 않다. 평균적으로 농민 1인당 1무 남짓으로, 가구당 10무가 채 안 되는 경작지를 보유하고 있다. 이로인해 농촌 지역에는 노동력이 남아돌았다.

한편 개혁개방 정책을 실시한 중국정부는 제조산업을 중심으로 산업 활동을 확대하면서 노동력 수요가 증가했다. 그러자 농촌의 유휴 노동력이 도시로 본격적으로 유입하게 된다. 특히 1985년 임시 도시 거주 규정인 〈도시 임시거주 인구 관리에 관한 공안부 임시 규정〉이 발표되고, 연이어 다음해에 〈국영기업 노동계약제 실행 임시 규정〉이 발표되면서 방직, 건축 등 여러 국영기업에서 많은 계약직 노동자를 고용했다. 이로 인해 호구는 농촌이지만 도시에서 노동하며 생활하는 농민공(農民工)이 중국사회에 출현하게 되었다.

1990년대가 되면 중국은 맹렬하게 돌아가는 엔진처럼 세계경제를 견인하는 국가가 된다. 수많은 민간기업들이 창업을 하고, 급성장하면서 도시 공장들은 더 많은 노동력을 필요로 하게 되었다. 농민들은 다시 농촌을 떠나 도시에 필요한 대량의 저가노동력을 제공했다. 그 결과 농민공은 폭발적으로 늘어나 2019년 현재 중국 전체 노동인구의 1/3을 차지하는 2.9억 명이 되었다.

3 차별받는 도시의 이방인 농민공

40여 년의 중국경제발전 과정에서 농민공은 저가의 풍부한 노동력을 제공하는 중국경제의 에너지원과도 같았다. 그럼에도 불구하고 농민공은 여전히 도시 시민으로 포용되지 않았다. 도시와 농촌의 호구 분리정책이 큰 변화 없이 유지되면서 그들은 도시의 이방인으로 간주되었다. 도시 호구를 갖지 못한 농민공은 명칭에서도 알 수 있듯이 신분은 농민이지만, 노동자로 살아간다. 농민과 노동자 사이에 걸쳐 있는 이들의 생활은 합법과 비합법의 경계에 서 있었다.

중국은 교육, 의료, 사회보험 등 사회보장제도가 성(省)급 지방정부 별로 시행되어, 호구가 없이 타지에 거주하는 경우에는 사실상 사회보장의 사각지대에 놓이게 된다. 즉 호구의 전환 없이 도시에 이주한 농민은 자녀를 공립학교에 보내지 못하고, 대학입시에서도 차별을 받으며, 의료보험의 혜택도 받지 못하며, 자동차를 사고 주택을 구입하는 데도 많은 장애가 있었다. 심지어 결혼대상을 선택할 때에도 도시 호구는 중요한 선택 기준이 되었다. 즉 중국사회에서 도시 호구는 일종의 사회적 지위를 보장해주는 자산처럼 작동했다. 그래서 한 때는 수천 위안에서 수 만 위안까지 적지 않은 액수를 들여서 농촌 호구를 도시 호구로 변경하는 일이 벌어지기도 했다. 하지만 대다수의 농민공은 저임금과 차별적인 사회보장 서비스를 감내할 수밖에 없었다.

중국의 농민들이 농사를 지을 수 있는 토지를 나두고 도시로 가는 이유는 자명하다. 농촌에서 벌어들이는 소득보다 도시에서 더 많은 돈을 벌 수 있기 때문이다. 농촌지역은 먹고사는 문제는 해결할 수 있지만 소득은 형편없었다. 외지 도시로 나가 일을 하면 농촌보다 평균 3.31배 많은 소득을 올릴 수 있기에 농민공은 도시의 고단한 삶을 무릅쓰고 농촌을 떠나갔다. 하지만 도시에서 농민공은 위험하고 열악한 환경 속에서 장시간의 노동에 시달렸다. 중국 노동법에서 규정한 주당 44시간을 초과해서 일하고, 주거공간도 노동자 숙소나 허름한 임대주택이었다.

무엇보다 견디기 힘든 것은 대도시의 사람들의 차가운 시선이었다. 농촌 인구가 대량으로 유입되면서 도시의 사회기반 시설에 과부하가 걸렸다. 또 도시에 수용되지 못한 농민공이 절망과 울분으로 범죄를 저지르자 더욱 냉소적이고 적대적으로 이들을 바라봤다. 도시인들의 시선은 열악한 노동과 함께 농민공의 마음 깊은 곳에 상흔을 남긴다. 가령 빈곤지역의 하나인 허난(河南) 사람들의 이야기를 기록한 량홍(梁鴻)의 『중국의 축소판 량좡(中國在梁庄)』(2010)에는 농민공이 도시에서 받은 느낌을 다음과 같이 묘사한다.

진공 주머니에 갇힌 것처럼 세상과 격리되었다. 길거리를 오가는 사람들은 누구도 아는 이가 없다. 이 도시에서 난 마치 한 마리 개미처럼, 아무도 관심을 주지 않고, 함부로 짓밟히고 무시당한다. 누구도 당신의 존재를 모른다. 누구도 당신에게 가족이 있으며, 사랑하고, 번민하고, 슬픔과 기쁨을 느끼는 사람임을 알지 못한다. 이것이 바로 내 느낌이다. 집을 떠나 타지에서 노동하는 한 노동자의 느낌이다. 분명 가족이 있고, 친구가 있고, 아내가 있지만, 다만 하루하루 걸어야 할 길이 있을 뿐, 천리나 떨어져 있는 것 같다. 단지 거리가 멀어서는 아니다. 올해 다시 북경에서 1년을 일하고 나면 다시는 이 해괴한 곳에 와서, '사람 아닌' 삶을 살고 싶지 않다.

농촌과 달리 도시는 타인에게 무관심하다. 무관심을 넘어 종종 무시하고, 배척하고, 이용했다. 도시인들에게 농민공은 거칠고 힘든 일을 저렴하게 대체하는 수단에 가까웠다.

농민공이 가장 많이 이동하는 지역을 보면 베이징, 상하이, 광둥지역의 선전 등 중국의 중심도시들이었다. 이 도시는 중국에서 특대도시나 일선도시로 부른다. 인구수나 경제력 등이 타 지역에 비해 월등하기 높기 때문이다. 도시가 거대할수록 그리고 발전할수록 도시의 어두운 그늘에 있는 농민공은 더 초라했고, 도시 시민의 자격이 없어 보였다. 농민공 지톄젠(姬鐵見)도 그의 도시 체험기『멈출 수 없는 꿈: 한 농민공의 생존일기(止不住的夢想: 一個農民工的生存日記)』에서 도시인들의 차별적 시선에 대한 아픈 기억을 적고 있다.

점심에 시장에 물건을 사러 나갔을 때, 행인들, 특히 화사하게 옷을 차려입은 젊은 여성들의 눈길이 나를 서늘하게 했다. 그들은 흙먼지가 묻은 옷을 입은 우리를 마치 괴물을 보듯 피하며, 어떤 여성은 코를 움켜쥐고 지나간다. 나도 아직 젊었고, 너무 못 생긴 것도 아닌데, 농민공이라는 이유 때문에 이러한 멸시를 받고 있지 않는가? 나는 너무도 창피하고 얼굴이 화끈거려 머리를 숙인 채, 행인들을 피하여 황급히 숙소로 돌아왔다. 그러나 마음속 깊이 받은 상처는 평생 지워지지 않을 것 같다.

농민공 문제가 더욱 심각한 사회문제로 부각된 것은 달라진 농민공 구성 때문이다. 중국 농민공은 1세대와 2세대로 구분할 수 있다. 1세대 농민공은 농촌에 토지를 가지고 농사를 짓다가 도시로 나와 노동을 하는 그룹으로 나이가 일반적으로 40대 이상이다. 1세대 농민공은 도시에서 노동경쟁력을 상실하면 다시 농촌으로 돌아가 농사를 지을 수 있다. 문제는 2세대 농민공이다. 2세대 농민공은 1세대 농민공이 도시에서 출생한 자녀들이나 2000년대를 전후로 농촌에서 도시로 직장을 찾아 이주한 젊은 세대이다. 1세대 농민공은 평균적으로 26세를 전후로 도시로 이주해서 노동에 참여했다. 반면 2세대 농민공 중 80년대에 태어난 세대는 18세, 90년대에 태어난 세대는 16세에 도시로 나가 일자리를 찾기 시작한다. 즉 대다수 2세대 농민공은 농촌에서 농사를 지어본 경험이 없고, 학교를 졸업하면 공장으로 간다는 뜻이다.

중국 사회학자 위젠룽(于建嶸)이 2017년에 발표한 보고서에 따르면, 신세대 노동자가 집을 나서 일을 시작하는 동기는 더 이상 생존을 위한 것이 아니라고 한다. 오히려 도시에 가서 일을 하는 것을 일종의 사회적 신분상승의 통로로 인식하고 있다. 그래서 신세대 농민공은 대도시에서 성공하겠다는 꿈을 흔들리지 않고 유지하고 있다. 뿐만 아니라, 부모세대보다 교육수준이 높기 때문에 노동 조건과 주거 조건이 어떤지, 일자리가 가져오는 사회 지위 등을 상당히 중시한다. 나아가 차별이나 불공평한 대우에 대해 그들은 보다 강렬하게 권리를 인식하고 있다.

농민공 문제가 본격적인 중국사회의 이슈로 제기된 대표적인 사례가 순즈강(孫志剛) 사건이다. 2003년 후베이(湖北) 호적을 보유한 순즈강은 우한과학기술대를 졸업하고, 광둥성 광저우(廣州)의 한 의류회사의 디자이너로 취업을 했다. 그는 광저우로 이사한지 20여 일밖에 되지 않아 아직 임시 거주증을 처리하지 못하고 있었다. 그러다가 광저우 경찰의 검문에 걸려 파출소로 잡혀갔다. 그는 친구에게 연락을 해서 신분증을 가져왔지만, 경찰은 그가 말대꾸를 했다고 보석을 허용하지 않고 수용시설에 감금했다. 수용시설에서 순즈강은 심장에 문제가 있다고 알렸지만 오히려 수용자와 수용시설 직원들이 합세한 구타로 사망하였다. 중국 대중들은 경악했고, 그의 죽음을 애도했다. 슬픔을 머금은 분노는 순즈강의 죽음이 광저우의 어느 수용시설에서 벌어진 폭행의 결과가 아니라, 중국의 비인권적인 수용제도가 만들어낸 필연적인 결과라는 비판적 행동으로 이어졌다. 〈남방도시보(南方都市報)〉 등 중국 언론이 2개월 여 동안 끈질기게 문제를 제기하고, 대중들이 정부의 농민공 정책에 강력하게 항의하자, 중국 정부는 특별조사단을 꾸려 관련자 17명을 체포하고, 일부 피의자에게 사형을 선포했다. 또한 전국인민대표대회 상무위원회에서 기존의 규

그림 2. 역사에서 사라진 임시 거주증 (광둥성)

그림 3. 새로운 도시화정책에 따른 거주증 (저장성)

제중심의 법규를 폐지하고 도시 부랑자를 지원하는 내용을 담은 〈도시 무연고 홈리스 및 부랑자의 구조 관리에 관한 방법〉을 발표하기에 이르렀다. 이 사건의 결과는 농민공을 하나의 분별되지 않는 집단으로 보던 중국의 지식인과 대중들에게 한 개인의 억울한 죽음을 생생한 감각으로 자각시켰고, 정서적으로 공명을 일으켜 움직인 정동(情動)의 사례라 할 수 있다.

4 정동정치로서 베이징 농민공의 문화활동

피춘(皮村)은 베이징 변두리의 작은 마을이다. 베이징 시내에서 30여 킬로미터 떨어진 5번째 순환도로(五環)와 6번째 순환도로(六環) 사이에 있는 공업지역으로 원 거주민은 1,700여 명에 불과하고 외부에서 이주한 농민공이 약 2만 명에 달한다. 이 마을은 최근 중국 농민공이 스스로의 정체성을 찾기 위해 자발적으로 여러 문화 활동을 적극 수행하면서 중국 국내와 해외에서 커다란 관심을 불러일으키고 있다.

피춘에서 문화 활동에 참가하는 농민공은 스스로를 신노동자(新工人)로 부른다. 피춘에서 생활하며 농민공 문제를 연구하는 뤼투(呂途)의 설명에 따르면 신노동자는 과거 국유기업 노동자와 대비되는 개념이다. 국유기업의 노동자는 각종 복지와 안정적인 대우를 받았다. 그러나 현 시대의 노동자는 과거와 같은 대우를 받지 못하고 있다. 동일한 노동자이지만 새로운 성격의 산업 노동자라는 의미에서 신노동자라 호칭하고 있다. 다시 말하자면 중국의 개혁개방 정책 실행 이후 공업화와 도시화가 진행되었고, 농민들이 도시에서 취업하면서 형성된 거대한 노동자 집단을 의미한다. 이들이 "농민공이라는 호칭을 거부하는 것

그림 4. 베이징 피춘 노동자박물관 앞 풍경

은 도시인의 편견에 대한 반박일 뿐만 아니라 정부와 학자, 그리고 품팔
이 자신이 가진 '결국엔 농촌으로 돌아갈 것'이라는 환상에 대한 부정이
다."[7] 이들은 자신들의 자존을 회복하고, 고단한 노동자의 삶을 표현하
고, 함께 연대하기 위해 다양한 문화 활동을 수행하고 있다.

피춘 문화 활동의 핵심 멤버는 순헝(孫恒), 왕더즈(王德志), 쉬둬
(許多) 등이다. 고향도 다르고, 살아온 경력도 달랐던 이들은 베이징
에서 노동과 문화 활동을 병행하다가 서로 의기투합해 2002년 5월
1일 노동자의 날에 '노동 청년 공연단(打工靑年藝術團)'을 설립했
다. 같은 해 11월 문화단체 '농민 친구의 집(農友之家)'을 설립했다.
이 단체는 2006년 민간 노동자 NGO 조직인 '노동자의 집(工友之家)'
으로 명칭을 바꾸었다. 단체를 등록하게 되자 이들은 드디어 합법적
으로 공연을 할 수 있게 되었다. 그리고 이 조직의 발전에 하나의
변곡점이 되는 사건이 발생한다. 그것은 바로 2004년 첫 음반 〈천하

---

7) 려도 지음, 정규식 외 옮김, 『중국 신노동자의 형성』, 나름북스, 2017, p.13.

의 노동자는 한 가족(天下打工是一家)〉의 발행이다. 이 음반은 여러 언론과 여러 사회단체의 관심과 지원으로 무려 10만장이나 팔렸고, 7만 4천 위안을 벌게 되었다. 중국의 수많은 매체가 이들의 노래를 전파했다.

넌 사천에서 왔고, 난 하남에서 왔지
넌 동북에서 왔고, 그는 안휘에서 왔지
우리가 어디에서 왔든지, 모두 하나같이 노동으로 먹고살지
넌 건물을 짓고, 난 파출부를 하고
넌 장사를 하고, 그는 서빙을 하지
우리가 무슨 일을 하던지, 살아남기 위해 함께 걸어왔지
노동하는 형제들아 손에 손을 맞잡으면,
노동하는 길에 더 이상 고민은 없어
비바람이 불어도 두렵지 않아,
천하의 노동자 형제자매는 모두 한 가족이지.

위 노래 가사를 보면, 여러 곳의 농촌에서 도시로 이주하여 비정규직 노동자로 일하는 농민공이 모두 생존을 위해 분투하고 노동자이며, 함께 연대한다면 도시 생활에서 느끼는 고립감과 막막함을 해소할 수 있다고 호소하고 있음을 알 수 있다. 대다수의 농민공은 도시로 이주할 때 어떤 연고도 없이 직업을 찾아온 것이다. 농민공은 국가적 규모로 보면 이미 엄청난 규모를 형성하고 있지만 개인의 차원에서 보면 마치 모래알처럼 흘러 다니고 있을 뿐이었다. 자신들이 연대해야 할 노동자임을 자각한 피춘의 문화 활동가들은 같이 손을 맞잡자고 제안한다. 손을 잡으면 서로 돌봐줄 수 있는 가족이 될 수 있다고 노래한다.

순헝(孫恒)　　　　　쉬둬(許多)　　　　　왕더즈(王德志)

그림 5. 베이징 피춘 노동자의 집 발기인

　작사자인 순헝의 인터뷰에도 이들의 노래 부르기 행위는 신체의
울림을 통해 닫혀 있던 자신의 내면을 열고, 감정을 변화시키고, 긍정
의 정서를 가져온다는 점을 확인할 수 있다.

　　"예술단과 '노동자의 집'을 설립하기 전에는 늘 부정적이었어요. 막
　　막하고, 고통스럽고, 초조하고, 무력했어요. (중략) 하지만 이 일을 한
　　뒤로 긍정적으로 변했죠. 자신감도 생기고, 강고해지고, 방향성이 생기
　　고 인생의 가치관과 의의를 체득했죠. (중략) 공연 과정에서 점차 공연
　　활동과 노래 창작의 중요성을 인식했고, 그제야 노동자 문화의 중요성
　　을 의식하게 됐어요."8)

　순헝의 내면에서 발생한 정서변화는 정동의 성격인 "문턱의 이행"
이다. 마수미의 표현을 빌리자면 "내가 무엇인가에 영향을 주게 되면,
동시에 나는 그것으로부터 영향을 받을 수 있도록 나 자신을 여는
것"이며, "아무리 미세하더라도 변화(이행)"를 경험하면서 "문턱을

---

8) 려도 지음, 정규식 외 옮김, 『중국 신노동자의 미래』, 나름북스, 2018, pp.402-403.

넘어서는 것"9)이다. 순형은 그동안 소박하게 노래하고 싶은 욕망을 해소하는 고독한 개체였지만, 참여적 문화 활동 속에서 점점 자신의 정체성을 확립하고 낮은 목소리를 내던 고독한 개체에서 벗어나 노동자 집단의 일원이자 사회의 일원임을 힘 있게 노래할 수 있게 된 것이다. 순형의 문화 활동에서 발생한 정동의 정서는 동료 가수인 쉬뒤의 삶에도 큰 영향을 주었다.

> "순형을 따라 공사장을 돌아다닌 경험이 제 인생의 전환점이에요. 그와 함께 공사장 노동자들에게 책과 옷을 선물하기로 했어요. (중략) 선물을 준 뒤 순형은 기타를 치며 직접 작곡한 노동가요인 '어느 노동자의 운명(一個人的遭遇)'을 불렀어요. 이 노래는 ㅇㅇㅇ의 경험을 바탕으로 만든 곡이에요. 저는 캠코더로 노동자들의 얼굴을 담았어요. 모든 이가 소박함을 담은 눈길로 진지하게 순형을 바라봤어요. 지하철역에서 노래를 듣던 행인들의 눈빛과는 완전히 다르더라고요. 그 순간 이곳이야말로 내가 노래할 곳이라는 걸 알게 됐죠."10)

이들의 내면에서 발생한 정서적 공진은 주변 사람들의 마음을 요동치게 한다. 공진관계에서는 정동이 환기되고, '왠지 저 사람을 신뢰할 수 있을 것 같다', '저 사람이라면 할 수 있을 것 같다'는 느낌과 믿음이 생산될 수 있다. 정동은 "자신에 대해 현재적이지 않고", "자신의 과거를 기억, 습관, 반성 등을 통해, 현재 속에 갱신"11)한다. 동시에 공명을 통해 주변 사람들의 변화를 가져오고, 삶을 긍정하게 된다는 점에서 정동은 본원적으로 저항 정치라 할 수 있다.

---

9) 브라이언 마수미, 앞의 책, p.25.
10) 려도 지음, 앞의 책, pp.505-506. 참조(일부 번역 수정)
11) 브라이언 마수미, 앞의 책, p.31.

그림 6. 노동자의 집 입구 벽: 노동이 가장 영광스럽다

　개인적인 공감과 정서를 넘어 사회적 정동을 이끌어내기 위해 '노동 청년 공연단(打工靑年藝術團)'은 음반 판매 수익을 활용해 농민공 자녀 교육을 위한 '동심실험학교(同心實驗學校)'를 만들었다. 자녀들의 교육문제는 도시에서 가족과 함께 생활하던 농민공이 받아왔던 차별의 하나였기 때문이다. 가령 유치원 시설이 부족한 베이징에서 베이징 호구를 갖고 있는 가정은 월 160위안에 공립유치원을 이용할 수 있었다. 하지만 베이징 호적이 없는 가정은 월 1,000위안의 비용을 부담해야 했다. 도시의 고물가와 주택임대료에 시달리는 농민공 가정에서 상상하기 어려운 비용이었다.

　피춘의 문화 활동가들은 공동체 단체의 명칭을 '노동자의 집(工友之家)'으로 바꾸면서 활동 영역을 점차 확장시켜나갔다. 노동자대학(工人大學)을 열고, 단체의 수익활동으로 재활용품 거래 시장인 '동심호혜상점(同心互惠商店)'을 운영하였다. 또한 신노동자로서 자신들의 정체성을 아카이빙하기 위해서 2008년에 '노동자문화예술박물관(打工文化藝術博物館)'을 설립했다. 2009년부터 전국에서 노동하고 있는 농민공을 대상으로 신노동자문화예술제를 개최했다.

　2010년은 지역을 넘어 노동자 연대에 참여한다. 2010년 애플 제품의 생산과 조립을 전담하고 있는 대만 기업 폭스콘(Foxconn)에서 18명의 노동자들이 자살을 시도했고, 14명이 사망했다. 폭스콘 공장의 노동자는 하루12시간 이상 단순반복 작업을 했다. 노동자 한 명이 하루 1700개의 아이폰을 조립해야 한다. 임금을 두 배로 올려주겠다는 약속이나 무료로 숙소를 제공하겠다는 약속도 지켜지지 않았다. 폭스콘의 많은 노동자들이 스트레스와 불안, 인격 모독에 시달려 우울증에 시달린다고 호소하고 있었다. 피춘의 '노동 청년 공연단'은 폭스콘 노동자들의 죽음을 애도하는 추모집회를 열어 생활하는 지역은 달라도 모두가 노동자라는 정서적 연대를 촉진하고자 했다.

　국가의 정동정치로부터 벗어나기 위한 노력도 있었다. 중국중앙텔레비전방송국은 매년 섣달 그믐날 밤 8시부터 '설날맞이 버라이어티 쇼(春節晩會, 간단하게 춘완으로 부른다)'를 방영한다. 무려 반년동안 준비하는 프로그램으로 당해 연도 최고의 문화예술가들이 참여하는 국가적 문화행사이다. 전국의 중국인이 함께 시청하고, 해외에 있는 화교들도 함께 보며 발전하는 국가와 개인을 하나로 연결하려는 문화 이벤트이다. 하지만 국가적 문화 이벤트에도 노동자의 삶과 이야기는 담기지 않는다. 늘 성공했거나 화려해 보이는 사람들이 주인공이 되는 무대였다. 피춘의 신노동자들은 2012년부터 이를 전복시켜 자신들의 설날맞이 '노동자 춘완(打工春晩)' 쇼를 기획했다. 설이 되어도 고향에 돌아가지 못하는 사람들이 패배감이나 절망감에 빠지지 않고, 역으로 자신들이 쇼의 주인공이 되어, 자신들이 들려주고 싶은 이야기와 노래, 춤을 뽐내며 함께 즐기고 있다. 이와 같은 문화 활동을 거치면서 피춘의 신노동자들은 개인으로서 관계를 넘어 열린 삶

신노동자 공연단 발행 앨범 목록

연도	앨범 명칭
2004	천하의 노동자는 한 가족(天下打工是一家)
2007	노동자를 위해 노래하자(爲勞動者歌唱)
2009	우리의 세계, 우리의 꿈(我們的世界我們的夢想)
2010	우리의 손바닥에 집어넣자(放進我們的手掌)
2011	그럼 이렇게 하자(就這麼辦)
2012	납치 반대(反拐
2013	집은 어디에(家在哪裏)
2014	노동과 존엄(勞動與尊嚴)

을 추구하는 관념과 정동으로 타자들과 그리고 다른 상황들과 연결
되면서 더 큰 어떤 과정으로 확장되어 간다.

음악 밴드가 중심이 된 '신노동자 공연단'은 2004년 첫 앨범 발행
에 이어 지속적으로 자신들의 생활과 감정을 담은 노래를 발표하고
있다. 그들의 노래 중에 유독 우리의 눈길을 끄는 작품이 있다. 바로
〈노동자 찬가(勞動者贊歌)〉이다. 이 노래는 광주민주화운동의 상징
적인 노래 〈님을 위한 행진곡〉을 번안한 작품이다.

> 가족과 친구를 떠나 / 전쟁 같은 길을 걸어가지 / 생활을 위해 달리
> 고 / 이상을 위해 분투하지 / 우리는 가진 것이 없지 않아 / 우리는
> 지혜와 두 손을 가졌지 / 우리는 지혜와 두 손으로 / 다리와 고층빌딩
> 을 건설했지 / 비바람 속을 오가며 / 잠시도 멈추지 않았지 / 땀과 눈
> 물을 뿌리면서 / 머리 치켜들고 전진하지 / 우리의 행복과 권리는 / 우리
> 스스로 쟁취해야 해 / 노동이 이 세계를 창조했지 / 노동자가 가장 빛
> 나지

신노동자들은 자신을 부끄러워하지 않는다. 오히려 지혜와 노동하

는 두 손으로 도시를 건설한 주인공임을 노래한다. 비록 살아온 과정이 비바람이 몰아치는 전쟁 같았지만, 자신들의 행복한 권리, 즉 이 세계를 빚어낸 노동의 존엄을 쟁취하기 위해 그들은 앞으로 나아가겠다는 결기를 담고 있다.

이외에도 피춘의 공연단은 2015년부터 적극적으로 노동현장과 소외지역을 찾아가 공연하는 '대지민요(大地民謠)' 프로젝트를 진행하고 있다. 음악 활동 외에도 〈우리의 세계, 우리의 꿈(我們的世界我們的夢想)〉과 〈도시 속의 촌락(城市的村庄)〉 등의 연극을 제작 공연했고, 〈순조롭게 도시에 입성하다(純利進城)〉, 다큐멘터리 〈피춘〉을 제작했다. 이러한 문화 활동들은 전문 가수나 배우들이 참여하는 것이 아니라 농민공이 직접 제작한다. 예술과 문화 창작 과정에서 자신들과 동료들의 고단한 일상생활을 사회적 정서로 전환하여, 사회에서 자신들의 위치가 신노동자로 정립되기를 갈망하는 바람이 투영된 행위라 할 수 있다. 동시에 이들의 참여하는 "문화활동은 언제나 체

그림 7. 신노동자 공연단 포스터와 앨범 〈노동과 존엄〉

계적이고 계획적이며, 사회 구조에 작용하면서 그 구조를 유지하거나 변혁하는 목적을 지닌다."[12]는 점에서 정동을 바탕으로 하는 정치적 행위라 할 수 있다.

물론 이들의 문화 활동이 매번 정동의 긍정적인 변화를 가져오지는 않는다. 후에 노동자의 권리를 자각하게 되는 왕하이쥔(王海軍)도 문화 활동에 대해 다음과 같은 솔직한 심정을 표현한다.

> "동료들과 함께 '노동자 찬가'나 '품팔이, 품팔이 가장 영광스러워' 같은 노동가를 부르곤 해요. 처음 노동자들이 직접 만든 노래를 들었을 때는 상당히 고무됐어요. 이런 노래를 함께 부를 때도 열정적이었죠. 하지만 지금은 열정이 없어요. 노래와 현실 사이에 큰 격차가 있거든요. 예전에는 출근할 직장만 있어도 좋다고 생각했는데, 지금은 이깟 월급으로는 생계만 유지할 뿐이라는 걸 깨달았어요. 그래서 이런 노래를 부르는 건 그저 자신들의 기운을 북돋으려는 것뿐이라는 생각이 들어요."[13]

사실 피춘의 실재는 분열되고, 불완전한 사회다. 곳곳에서 현지인과 외지인의 분열이 있고, 시골과 도시의 분열이 있다. 농민공이 모두 피춘의 문화 활동에 우호적인 것도 아니다. 농민공은 마치 지나가는 손님처럼 일자리를 찾아 부유한다. 지금 여기에 이웃도 몇 년 후에는 사라지고 다시 새로운 사람들이 그 자리를 채울 뿐이다. 피춘의 문화 활동가와 그들의 노력을 지나치게 이상화할 필요는 없다. 그러나 농민공이 자신을 노동의 주체로 인식하면서 이중적 신분 정체성을 거부하고 스스로를 신노동자로 정체성을 확립하는 것은 중국사회의 현

---

12) 파울로 프레이리 저, 남경태 역, 『페다고지』, 그린비, 2009, p.231.
13) 려도 지음, 정규식 외 옮김, 『중국 신노동자의 미래』, 나름북스, 2018, pp.358-359.

실적 모순을 인식하고 저항하고 개선하는 사회적 정서를 형성한다는 점에서 의미심장하다.

5 한계와 희망

이 글은 실재 중국을 살아가는 신노동자들의 경험적 서사들에서 진실을 찾아보고 싶었다. 그것은 절망도 낙관도 아니다. 피춘 문화 공동체에 참여하는 개인의 여러 경험과 느낌을 찾아보면서 소박하지만 믿음과 의욕으로 충만한 그들의 활동이 자신과 타인들에게 어떤 방식으로 정동을 환기하는지 이해하고 싶었다.

사회적으로 환기된 농민공에 대한 차별은 중국정부를 움직였다. 중국정부는 2015년 '신형도시화' 정책의 일환으로 '임시거주증 제도'를 폐지했다. 인구 100만~300만 명 규모의 도시들은 호구 취득 제한을 폐지했고, 300만~500만 명 규모의 1급 도시도 취득 조건을 대폭 완화했다. 가령 원래의 호적지를 떠나 다른 도시에 반년 이상 거주한 경우 안정적인 직장이나 세금납부, 취학경력 등에 점수를 부여하여 일정 점수가 되면 도시 거주증을 발급해주는 '점수적립제(積分落戶制)'를 실행하고 있다. 거주증 소지자는 해당 도시가 제공하는 사회보장과 의무교육, 입학시험 응시 등의 공공서비스를 누릴 수 있게 되었다. 호적제도로 인한 농민공들의 소외와 차별이 해체되어 가고 있다.

하지만 여전히 문제는 남아있다. 농민공의 진입장벽이 가장 높은 곳은 베이징이다. 베이징의 경우 여전히 인구 규모를 제한하는 데 역점을 두고 있다. 베이징의 점수적립제도를 보면, 7년 연속 사회보험료를 납부해야 포인트 적립 자격이 주어진다. 연령에 따라 점수도 차이가 있다. 45세 미만이거나 박사학위 소지자일 경우에 가산점이 부여된다. 스타트업 기업이나 IT 관련 업종에 종사할 경우에도 가산점을 준다. 반면 환경을 오염시킬 수 있는 제조업에 근무할 경우 1년에 6점씩 차감한다. 결국 '점수적립제도'는 도시경제에 도움이 되는 인력을 수용하고, 그렇지 못한 농민공은 수용하지 않겠다는 차별의 내용을 담고 있다.

2020년 전 세계가 코로나19 바이러스로 충격을 받았다. 공포와 두려움 앞에 사람들은 자기보호 반응을 격렬하게 표현했다. 서로를 차단하고, 왕래를 끊었다. 중국은 코로나19 바이러스가 폭발적으로 사회에 전파된 첫 국가였다. 결국 인구 1천만의 도시 우한은 봉쇄되었다. 동시에 중국 전역에서 타 지역 사람들의 진입을 차단했다. 타 지역 호구를 가진 농민공은 도시를 떠나야했다. 하지만 여러 지방 관료들은 도시에서 회귀하는 농민공을 마치 잠재적 바이러스 보균자처럼 대했다. 중국 경제발전의 주력이면서 도시의 주변부를 구성하는 이들은 위기의 순간 가장 먼저 배척받았다. 중국정부가 호구제도를 변경하면서 농민공에게 새로 평등한 공존의 가능성을 제시했지만, 코로나19가 가져온 공포는 위기의 순간 누가 가장 먼저 불온시 되고 배제되는지를 잘 보여줬다. 아직도 피춘의 문화 활동이 중국사회에 필요한 이유가 명확해졌다. 날카롭게 그어진 한계를 알아야 그곳에서 새로운 희망이 시작한다.

▌참고문헌

려도 지음, 정규식 외 옮김, 『중국 신노동자의 형성』, 나름북스, 2017.

려도 지음, 정규식 외 옮김, 『중국 신노동자의 미래』, 나름북스, 2018.

멜리샤 그레그·그레고리 스그워스 편저, 최성희 등 옮김, 『정동 이론』, 갈무리, 2015.

브라이언 마수미 지음, 조성훈 옮김, 『정동정치』, 갈무리, 2018.

쑨거 지음, 김항 옮김, 『중국의 체온』, 창비, 2016.

이토 마모루 지음, 김미정 옮김, 『정동의 힘』, 갈무리, 2016.

정규식 지음, 『노동으로 보는 중국』, 나름북스, 2019.

질 들뢰즈 저, 김현수 역, 〈비평과 진단〉, 인간사랑, 2000.

파울로 프레이리 저, 남경태 역, 『페다고지』, 그린비, 2009.

허쉐펑 지음, 김도경 옮김, 『탈향과 귀향 사이에서』, 돌베게, 2017.

강진숙, 〈미디어교육 패러다임의 변화를 위한 시론: '미디어정동(情動, affectus) 능력'의 개념화를 위한 문제제기〉, 『커뮤니케이션 이론』, 한국언론학회, 2014.

김미란, 〈중국 노동자문화운동의 현장, 피촌 방문기〉, 『황해문화』 91, 2016.

김정수, 〈중국 '신노동자' 집단정체성 형성의 문화정치적 함의— 베이징 피춘 '노동자의 집'을 중심으로〉, 『중국문화연구』, 중국문화연구학회, 2017.

천현경, 〈'조화사회(和諧社會)'의 그늘 - 梁鴻의 《中國在梁庄》에 보이는 중국 농촌〉, 『中國文學研究』 제56집.

피아오 광싱, 이정덕, 이태훈, 〈중국 압축성장 속의 농민공의 삶 -《한 농민공의 생존일기》로 살펴본 중국 농민공의 생활과 차별〉, 『건지인문학』 제15집.

장안의 화제: 당대 기녀와 문인

권응상

1 시작하며 – 사교계와 기녀

과거 지식인들의 문화생활은 어떠했을까? 시대마다 풍조가 달랐던 것은 분명한 것 같다. 장단의(張端義)는 "한(漢)나라 사람들은 도박을 좋아했고, 진(晉)나라 사람들은 공허(空虛)를 숭상하고 음주를 좋아했으며, 당(唐)나라 사람은 글을 숭상하고 기녀들과 노는 것을 좋아했다."[1]고 했다. 당(唐)나라 때 상인 부호나 문인 관료들이 기원을 출입하거나 연회에 기녀를 불러서 여흥을 즐기는 것은 매우 보편적인 일이었다. 그래서 당나라 문화를 특징 짓는 두 글자로 '문(文)'과 '압(狎)'을 들고 있다. '문'은 당대에 꽃피운 시문을 말하고, '압'은 기녀와 함께 하는 유희 문화를 말한다.

문과 압의 주요한 두 축은 문인과 기녀이다. 이 양자는 당대 문화와 예술을 이해하는 매우 중요한 존재이다. 문은 문인들 상호 간의 의사

---

* 이 글은 졸저 《멀티 엔터테이너로서의 중국 고대 기녀》(소명출판, 2014)의 일부 내용을 바탕으로 수정 보완한 것임.
* * 대구대학교 중국어중국학과 교수
1) 《貴耳集》卷下: 漢人尙氣好博, 晉人尙曠好醉, 唐人尙文好狎.

소통 도구이자 사회 정치적 행위 수단이며, 압은 그들의 유흥과 사교 방법으로서 문화생활이라 할 수 있다. 특히 당나라 수도였던 장안(長安)은 이러한 문인과 기녀가 교감하며 문학예술을 만들어 내는 대표적 공간이었다. 이른바 '장안의 화제'는 바로 이러한 문인과 기녀 사이에서 주로 생성되었다고 할 수 있다. 이 글은 당이라는 시간적 배경과 장안이라는 공간적 배경을 중심에 두고 당시 사교계와 사교계의 두 주역, 기녀와 문인의 관계와 그들이 만들어 내는 문학예술을 이야기하고자 한다.

다음은 당나라 사교계의 한 단면을 보여준다.

> 당 개성(開成) 2년(837) 3월 3일에 아남윤(阿南尹) 이대조(李待詔)가 낙빈(洛濱)에서 계제(禊祭)를 거행한다고 하루 전날 유수(留守) 배령공(裴令公)에게 알렸다. 다음 날 태자소부(太子少傅) 백거이(白居易), 태자빈객(太子賓客) 소자(蕭藉), 이잉숙(李仍叔), 유우석(劉禹錫), 중서사인(中書舍人) 곽거중(郭居中) 등 열다섯 명이 배에서 연회를 했다. 아침부터 저녁까지 앞에는 물놀이요, 뒤에는 기악(妓樂)이라. 왼쪽에는 붓과 벼루요, 오른쪽에는 술잔과 술병이라. 바라보니 신선 같았으니, 구경꾼이 담처럼 에워쌌다.[2]

계제(禊祭)는 보통 삼월 삼짓날 묵은 때를 벗겨내고 악귀를 물리치기 위해 목욕재계하는 세시풍속으로서, 여러 사람이 함께 물가에 모여 즐기는 연회이다. 왕희지(王羲之)의 〈난정집서(蘭亭集序)〉도

---

2) 洪邁,《容齋隨筆》: 唐開成二年三月三日, 阿南尹李待詔將禊于洛濱, 前一日啟留守裴令公. 明日有太子少傅白居易, 太子賓客蕭藉, 李仍叔, 劉禹錫, 中書舍人郭居中等十五人, 會宴于舟. 自晨及暮, 前水嬉而后妓樂, 左筆硯而右壺觴, 望之若仙, 觀者如堵.

이러한 계제 모임에서 탄생한 것이다. 여기의 '낙빈'은 계제 모임을 하는 물가이고, 거론된 사람은 당시 모인 문인 관료들이다. 이 연회에 물놀이, 기녀의 공연, 시 짓기, 음주 등이 어우러져 있다. 이러한 연회는 귀족이나 사대부 문인의 '엔터테인먼트'였고, 기녀는 엔터테이너였다. 이처럼 문인들이 기녀와 함께 교유하며 즐기는 것을 '압기(狎妓)'라고 부르는데 위의 계제 모습은 그 전형적인 예이다.

위의 예에서 보듯이 기본적으로 기녀에게 가장 필요한 것은 엔터테이너로서의 자질이었다. 그것은 바로 사대부와 어울릴 수 있는 교양과 재치 있는 말솜씨, 그리고 가무 실력 등일 것이다. 특히 공식적인 연회에서 공연을 담당한 교방(敎坊)이나 의춘원(宜春院), 이원(梨園) 등의 기녀들은 가무나 음악 재능을 가진 자들이 우선 선발되었다. 그것은 가기(家妓)나 사기(私妓)의 경우도 다르지 않았고, 당대에는 이러한 재능을 두루 가진 멀티엔터테이너 기녀들도 매우 많았다.

그 가운데 관반반(關盼盼)은 노래와 춤, 문학적 재능 등 다방면에 빼어난 멀티 엔터테이너였다. 백거이의 〈장한가(長恨歌)〉를 노래할 수 있었을 뿐 아니라 특히 '예상우의무(霓裳羽衣舞)'를 잘 추어서 이름을 날렸다. 예상우의무는 당 현종(玄宗)이 꿈에 본 달나라 선녀의 모습을 본떠서 만들었다는 춤인데, 양귀비(楊貴妃)가 잘 추었다는 춤이다. 백거이는 그녀의 춤을 보고 "취한 교태는 누구도 비길 수 없으니 바람에 간들거리는 모란꽃이로다."[3]라고 감탄했다.

태낭(泰娘) 역시 노래와 춤 모두에 뛰어났는데, 특히 그녀의 '경홍무(驚鴻舞)'는 장안의 수많은 귀족 자제들을 감탄하게 했다고 한다.

---

3) 《燕子樓三首·幷序》: 醉嬌勝不得, 風裊牡丹花.

경홍무는 기러기가 놀라서 날갯짓하는 모습을 표현한 춤이다. 이에 유우석(劉禹錫)은 〈태낭가(泰娘歌)〉까지 지어서 "구름 같은 긴 귀밑머리에 안개 같은 옷을 입고 비단 자리 위로 가벼운 걸음 이어가네. 춤은 봄날 수사(水榭)에 노니는 놀란 기러기에게 배운듯 하고, 노래는 저물녘 난당(蘭堂)을 메운 귀한 손님에게 전해지네."[4]라고 하여 그녀의 뛰어난 노래와 춤을 칭송하고 있다.

그 외 강절(江浙)의 명기 유채춘(劉采春)은 시를 잘 지었을 뿐 아니라 '나홍곡(囉嗊曲)'을 잘 불러 전국적으로 이름을 떨쳤으며, 장안 가기 두추낭(杜秋娘)은 '금루의(金縷衣)'라는 노래로 명성을 날렸고 또 '의양주(義陽主)'라는 가무희(歌舞戲) 공연으로도 유명했다. 그리고 촉중(蜀中) 명기 설도와 장안 명기 조문희(曹文姬)는 서법으로도 명성이 높았다.

2 기녀의 자질과 소양

이처럼 당대 기녀에게 요구된 것은 일차적으로 가무나 음악 같은 재능이었다. 그것은 당시 기녀라는 존재가 단순한 접대부만은 아니라는 의미이다. 사실 봉건 사회의 남성에게 있어 성적인 문제는 해결할 수 있는 길이 매우 많았다. 따라서 당대 기녀는 지배층층이나 지식인 계층의 문화적 욕구를 해소하는 존재로서 당대 상층 유흥문화의 핵심축이라고 할 수 있다. 따라서 기녀들은 성적 매력도 중요했지만 그들의 문화적 욕구를 충족시킬 수 있는 재예(才藝)가 더욱 필요했다.

---

4) 〈泰娘歌〉: 長鬘如雲衣似霧, 錦茵羅薦承輕步. 舞學驚鴻水榭春, 歌傳上客蘭堂暮.

'상문호압(尙文好狎)'의 기풍이나 기녀들이 거주하는 장안 평강방(平康坊)을 '풍류수택(風流藪澤: 풍류의 늪)'5)이라 부르는 등 당시 기녀에 대한 인식은 영업적으로도 이러한 재예가 필요하게 만든 조건이라 할 수 있다. 당대의 진사들은 급제 후 기녀를 찾아 즐기는 소위 '탐간화(探看花)'의 곡강연회(曲江宴會)가 공식적으로 베풀어졌고, 벼슬길에 들어선 이후에도 임지마다 관기(官妓)나 영기(營妓)가 있었으며, 또 개인적인 축기(畜妓)도 매우 보편적이었다. 이러한 사회적 조건은 울창한 숲에서 머리까지 풀어 헤치고 나체로 기녀들과 나뒹구는 '전음(顚飮)'6) 같은 퇴폐행위로 이어지기도 했지만 '압기'는 유산유수(遊山遊水)와 부시음주(賦詩飮酒) 같은 사대부 문화의 필수적인 요소가 되었다.

당대 기녀에 관한 정보는《북리지(北里志)》가 자세하다. 이 책은 당나라 말기 장안성의 북평강방(北平康坊) 가기와 대중(大中) 연간(847~860) 진사들의 생활을 기록하고 있다. 이 책에 구체적인 이름이 등장하는 기녀는 천수선가(天水仙哥), 초아(楚兒), 정거거(鄭擧擧) 등 19명이다. 이 기녀들은 대부분 교방(敎坊)에 예속되어 있었으며, 어릴 때부터 가무나 악기, 시사(詩詞) 등의 소양 교육을 받았다. 그들이 상대하는 손님은 대부분 음시작문(吟詩作文)을 하는 문인 사대부나 황친귀족(皇親貴戚) 혹은 조정 관리들이었기 때문이었다. 기녀들은 이러한 소양을 갖추기 위해서 피나는 노력을 했으니,《북리지》에는 다음과 같은 기록이 있다.

---

5)《開元天寶遺事》卷3.
6)《開元天寶遺事》卷2.

기생 어미는 대부분 가짜 엄마[假母]로서, 노쇠하여 은퇴한 기녀들
이 기생 어미를 했다. 기녀들은 어려서부터 맡겨져 양육되었거나 천한
마을의 가난한 집안 여자를 사서 데려왔는데, 무뢰배가 몰래 유괴한
경우도 늘 있었다. 또 양가 여자도 있었으니, 집안 사정 때문에 돈에
팔려 왔는데, 그 속에 발을 들여놓으면 빠져나갈 수가 없었다. 처음에
노래를 가르칠 때는 꾸짖다가 매우 급하게 과제를 부과했으며, 조금이
라도 빼거나 게으르면 곧 채찍이 날아왔다.7)

　이것은 기원에 처음 발을 들여놓은 기녀가 그 후견인 노릇을 하는
기생 어미에게 훈련받는 과정을 말한 것이다. 이러한 상황은 또 기녀
왕복낭(王福娘)이 《북리지》의 저자 손계(孫棨)에게 자신의 신세를
한탄하면서 "처음에 이 사람[假母 王團兒]은 부모의 정으로써 매우
극진하게 대우해주었다. 그런데 몇 달 뒤에는 노래를 배우라고 핍박
했고 점차 손님을 접대하러 보냈다."8)고 한 것에서도 알 수 있다. 이
처럼 손님을 받기까지는 기생 어미의 감시하에 엄격한 교육을 받아
야 했던 것이다.
　이러한 소양이 필요한 것도 결국 기원을 찾는 손님의 요구에 의한
것이다. 앞서 언급한 대로 귀족관료나 사대부 문인이 손님의 주류인
'압기' 문화에서 이러한 '재예'가 기본적인 자질이기 때문이다. 따라
서 왕서노는 《북리지》의 다음 구절들을 예로 들면서 "기녀에게 있어
미색은 부차적인 것"9)이라고 단정했다.

---

7) 《北里志》, 〈泛論三曲中事〉: 妓之母, 多假母也, 亦妓之衰退者爲之. 諸女自
　　幼丐育, 或備其下里貧家, 常有不調之徒潛爲漁獵. 亦有良家子, 爲其家聘
　　之, 以轉求厚賂, 誤陷其中, 則無以自脫. 初敎之歌令而責之, 其賦甚急. 微
　　涉退怠, 則鞭扑備至.
8) 《北里志》, 〈王團兒〉: 初是家以親情, 接待甚至. 累月後乃逼令學歌令, 漸遣
　　見賓客.

천수선가(天水僊哥)는 ……해학적인 말을 잘하고 노래에 능하여 늘 석규(席糾: 酒令을 주관하는 사회자 역할)를 했는데, 적절하게 조절을 잘했다. 그 자태는 또한 보통이었지만 온화하고 악기가 없어서 당시 명사들이 그녀를 좋아했으며, 이로 인해 성가가 높아졌다.

내아(萊兒)는 ……외모가 그다지 뛰어나지 않았고 나이도 적지 않았지만 재빠르고 교묘한 말솜씨로 해학이 빼어났다.

정거거(鄭擧擧)는 ……또 응대 문장에 뛰어났으며, 일찍이 강진(絳真: 天水僊哥)과 함께 석규(席糾)가 되었는데, 박식했지만 외모는 아닌 사람이었다. 그러나 품위가 있고 해학적인 언변이 뛰어나 여러 조정 선비들의 사랑을 받았다.

소복(小福)은 ……비록 풍모와 자태는 부족했지만 또 매우 총명하였다.10)

이처럼 기녀에게 외모는 부차적인 요소였으며, 오히려 지식인 손님을 응대할 수 있는 말솜씨나 유머, 노래 실력, 작시 능력 등이 더욱 중요한 요소였던 것이다.

조광원(趙光遠) 같은 선비가 "외모도 그다지 뛰어나지 않고 나이도 적지 않은" 내아(萊兒)를 "한 번 보고서 곧 푹 빠져 끝내 버릴 수 없었던" 것은 바로 이러한 재예와 소양 때문이었을 것이다. "풍모와 자태가 부족할 뿐 아니라 해학도 서툴렀으니, 딱딱한 말을 많이 하여 손님을 화나게 했던" 영아(迎兒)나 왕련련(王蓮蓮), 유태낭(劉泰娘) 등은 손님들에게 외면받을 수밖에 없었다. 《북리지》에는 "기녀

---

9) 《中國娼妓史》 76-77쪽: 妓女以色爲副品.
10) 이상 《北里志》: 天水僊哥, ……善談謔, 能歌令, 常爲席糾, 寬猛得所. 其姿亦常常, 但蘊藉不惡, 時賢大雅尙之, 因鼓其聲價耳. / 萊兒, ……貌不甚揚, 齒不卑矣, 但利口巧言, 詼諧臻妙. / 鄭擧擧, ……亦善令章, 嘗與絳真互爲席糾, 而充博非貌者, 但負流品, 巧談諧, 亦爲諸朝士所眷. / 小福……雖乏風姿, 亦甚慧黠.

가운데 쟁쟁한 자는 대부분 남곡(南曲)과 중곡(中曲)에 있었다. 그 담을 따라 있는 북곡(北曲)에는 낮고 천한 기녀가 거처하여 앞 두 곡의 기녀들이 매우 무시했다."라고 하였다. 이 기록에서 기녀는 그 능력에 따라 사는 곳도 구분이 있었음을 알 수 있다.[11]

이처럼 당시 사대부들이 중시한 것은 용모가 아니라 우아한 말솜 씨, 해학, 악기, 가무, 시사 등이었으니, 《북리지》에 이름을 남긴 다음 의 기녀들은 멀티 엔터테이너로서의 면모를 잘 보여 준다.

> 초아(楚兒)는 ……본래 삼곡(三曲)의 특출한 미녀인데, 언변도 좋고 지혜로우며 종종 칭찬할만한 시구도 있었다.
> 안령빈(顔令賓)은 ……행동거지가 풍류스럽고, 취미가 고상하여 또 당시 현인들의 두터운 사랑을 받았다. 붓과 벼루를 섬겨 사구(詞句)가 있었다.
> 복낭(福娘)은 ……매우 분명하여 강약을 절도 있게 조절하였으며, 담론이 풍아(風雅)하면서도 체재(體裁)가 있었다.
> 유락진(俞洛真)은 풍모(風貌)가 있으면서도 언변도 좋고 지혜로웠다.
> 왕소소(王蘇蘇)는 ……거실이 넓고 음식에 차례가 있었다. 여형제 몇 사람도 자못 해학이 있었다.
> 장주주(張住住)는 ……어려서부터 총명하여 음률을 잘 이해하였다.[12]

---

11) 이상 《北里志》: 王團兒, 貌不甚揚, 齒不卑矣. ……一見卽溺之, 終不能捨. / 迎兒, 既乏豐姿, 又拙戲謔, 多勁詞以忤賓客. / 妓中有錚錚者, 多在南曲, 中曲. 其循墻一曲, 卑屑妓所居, 頗爲二曲輕斥之.

12) 이상 《北里志》: 楚兒, ……素爲三曲之尤, 而辯慧, 往往有詩句可稱. / 顔令賓, ……擧止風流, 好尚甚雅, 亦頗爲時賢所厚. 事筆硯, 有詞句. / 福娘, …… 甚明白, 豊約合度, 談論風雅, 且有體裁. / 俞洛真有風貌, 且辯慧. / 王蘇蘇, ……居室寬博, 卮饌有序. 女昆仲數人, 亦頗諧謔. / 張住住, ……少而敏慧, 能解音律.

이상의 평가를 보면 의외로 가무나 악기에 대한 평가는 드물다는 사실을 알 수 있다. 이것은 앞서도 언급했지만 기원에 발을 들여놓으면 가장 먼저 배우는 기본 소양이기 때문에 굳이 거론할 이유가 없었기 때문이라고 여겨진다. 오히려 가장 자주 언급되는 것은 유머와 언변에 해당하는 '회해언담(詼諧言談)'이며, 그 다음이 시사와 같은 문학적 재능이다. 또 주목할 만한 것은 역시 '거지(擧止)'나 '풍모(風貌)', 심지어 '거주음식(居住飮食)'도 중요한 고려 요소임을 알 수 있다. 이러한 소양들은 모두 손님 앞에서 보여 주기 위한 '연예(演藝)'의 성격이므로 곧 엔터테이너로서의 소양이라 할 수 있다. 특히 가무나 음악 같은 기본 소양 외에 멀티 엔터테이너적인 다양한 소양도 요구하고 있음을 알 수 있다.

따라서 "근래 촉기(蜀妓) 설도의 재변(才辯)을 자주 들었는데, 반드시 사람들의 과찬이라 하겠으니, 북리(北里) 두세 사람의 문도(門徒)를 보게 된다면 설도도 덕이 한참 모자란다고 부끄러워할 것이다"[13]라고 했듯이 출중한 기녀들도 많이 출현했다. 손계(孫棨)는 이에 대해 다음과 같이 말하고 있다.

> 그 가운데 여러 기녀는 대부분 자기 생각을 토로할 줄 알았으며, 책을 알고 말하는 사람도 매우 많았다. 공경(公卿) 이하 모든 사람이 그들을 표덕(表德: 字나 號)으로써 불렀다. 그 품류(品流)를 분별하고 인물을 품평하여 손님에 맞게 응대하는 것 등은 진실로 미칠 수 없는 부분이다.[14]

---

13) 《北里志》, 〈序〉: 比常聞蜀妓薛濤之才辯, 必謂人過言, 及睹北里二三子之徒, 則薛濤遠有慚德矣.
14) 《北里志》, 〈序〉: 其中諸妓, 多能談吐, 頗有知書言話者, 自公卿以降, 皆以

이처럼 재능 있는 기녀들은 지체 높은 손님들이라도 함부로 이름을 부르지 않는 대접을 받으면서 인기를 누렸다. 기녀들은 종일 학식 있는 사대부 문인과 접촉하면서 이처럼 '품류를 분별하고 인물을 품평'하였으므로 그들의 재예(才藝)를 문인의 기호에 맞게 가꿀 수 있었고, 그래서 작시(作詩)하여 '응대'하는 것도 문제가 없었던 것이다.

이러한 당대 기녀의 자질과 소양은 후에 기녀의 기준이 된 것처럼 보인다. 그것은 조선 시대 부안의 명기 이매창(李梅窓)의 예를 통해서도 확인할 수 있다. 매창과 10년 넘게 신뢰와 우정으로 교감한 허균(許筠)은 매창과의 첫 만남에 대해 "거문고를 뜯으며 시를 읊는데 생김새는 시원치 않으나 재주와 정감이 있어 함께 이야기할 만하여 종일토록 술잔을 놓고 시를 읊으며 서로 화답하였다."[15]고 하였다. 이처럼 허균도 매창의 외모보다 '재주와 정감'으로 인해 이야기와 시로 이어지는 문학예술적 관계를 맺게 된 것이다.

③ 기녀와 문인의 상호의존적 관계

당대 기녀와 문인은 상호의존적 관계였다. 문인들의 작품을 공유할 통로나 미디어가 없었던 당시 상황에서 기녀는 문인들의 시가를 널리 전파하는 매우 중요한 존재였다. 마찬가지로 유명 문인의 시가는 기녀들의 가창 레퍼토리이자 자신의 명성을 쌓는 중요 매개였다. 다음은 기녀와 문인의 상호의존적 관계를 짐작하게 해주는 예이다.

表德呼之. 其分別品流, 衡尺人物, 應對非次, 良不可及.
15) 허균,《惺所覆瓿藁》권18,〈漕官紀行〉

〈죽지(竹枝)〉, 〈낭도사(浪淘沙)〉, 〈포구락(抛球樂)〉, 〈양류지(楊柳枝)〉 등은 시 가운데 절구로서, 가곡(歌曲)으로 만들어졌다. 따라서 이백의 〈청평조사(淸平調詞)〉 삼장도 모두 절구이다. 원진과 백거이의 여러 시 또한 음률에 맞춰 노래로 만들었다. 백거이가 항주에서 벼슬할 때, 원진이 그에게 "영롱(玲瓏)에게 나의 시를 노래하지 못하도록 하게나, 내 시는 대부분 이별 가사이니.(休遣玲瓏唱我詩, 我詩多是別君詞.)"16)라는 시를 보냈다. 백거이도 〈취희제기(醉戲諸妓)〉에서 "자리 위로 그대에게 주는 술잔 다투듯 날아다니고, 노래 중에는 나의 시를 많이 노래하네.(席上爭飛使君酒, 歌中多唱舍下詩.)"라고 했다.

또 전해오는 말에 따르면 개원 때 시인 왕창령(王昌齡)·고적(高適)·왕지환(王之渙) 등이 술집을 찾아 술을 마시고 있었는데, 이원(梨園)의 영관(伶官)들도 기녀를 불러 함께 연회를 하고 있었다. 세 사람은 "우리들이 시명(詩名)을 날리고는 있지만 아직 누가 나은지는 정해지지 않았으니, 영기(伶妓)들의 가시(歌詩)를 보고서 우열을 가리자"고 몰래 약속했다. 한 영기가 왕창령의 절구 두 수를 노래하여 "寒雨連江夜入吳, 平明送客楚帆孤. 洛陽親友如相問, 一片氷心在玉壺.(찬비 내리는 강을 타고 밤에 오나라로 들어왔는데 동틀 녘 객을 보내니 초나라로 떠나는 돛은 외롭네. 낙양의 친구들이 안부 묻거든 한 조각 얼음 같은 깨끗한 마음이 여전 옥 병 속에 있다고 전해주게나.)"라고 하고, 또 "奉帚平明金殿開, 强將團扇共徘徊. 玉顔不及寒鴉色, 猶帶昭陽日影來.(동틀 녘 빗질을 하며 금빛의 가을 궁전 문을 열고, 억지로 둥근 부채 들고서 함께 서성이네. 옥 같은 얼굴도 차가운 까마귀 빛을 따라가지 못하니 오히려 소양궁을 둘러서 해그림자가 드리웠네.)"라고 했다. 또 한 영기는 고적의 절구를 노래하여 "開篋淚沾臆, 見君前日書. 夜臺何寂寞, 猶是子雲居.(책장을 여니 눈물이 가슴 적시니, 그대가 지난날에 보낸 편지를 보노라. 무덤은 얼마나 적막한

---

16) 〈贈樂天〉其二. 《碧鷄漫志》의 원문에는 "休遣玲瓏唱我詞, 我詞都是寄君詩."로 되어 있지만 《全唐詩》에 근거하여 "休遣玲瓏唱我詩, 我詩多是別君詞."로 바꾸어 해석하였음.

지, 마치 양자운(揚子雲: 揚雄)의 옛집 같구나.)"라고 했다. 왕지환은
"이번 기녀의 노래가 내 시가 아니라면 평생 그대들과 우열을 다투지
않겠네. 아니면 그대들이 차례로 상 아래에 엎드려 절을 해야 하네."라
고 했다. 잠시 뒤 기녀가 "黃河遠上白雲間, 一片孤城萬仞山. 羌笛
何須怨楊柳, 春風不度玉門關.(황하가 멀리 흰 구름 사이를 흐르고,
한 조각 외로운 성은 만길 높이의 산이 에워쌌도다. 오랑캐 피리소리
는 하필 이별의 한을 노래한 '양류'곡을 연주하고, 봄바람도 옥문관을
넘지 못하네.)"라고 노래하자 왕지환이 두 사람을 놀리며 "촌놈들, 내
말이 맞지!"라고 했다. 이것으로 당대 영기가 당시 명사들의 시구를
가져다 가곡에 넣는 것이 일반적 풍속이었음을 알 수 있겠다.[17]

앞 문단은 당시 문인들의 절구가 노래로 많이 만들어졌고, 기녀가
그 노래를 부른 가수임을 말한 것이다. 그리고 뒷 문단은 《집이기(集
異記)》에도 나오는 '기정화벽(旗亭畵壁)' 고사이다. 세 시인은 이처
럼 '기정(旗亭: 酒樓)'에서 기녀들이 누구의 시를 더 많이 노래 부르
는지 벽에 체크를 하며 내기를 한 것이다. 왕창령의 시는 〈부용루송

---

17) 王灼, 《碧鷄漫志》 卷第一: 〈竹枝〉·〈浪淘沙〉·〈抛球樂〉·〈楊柳枝〉, 乃詩中
絶句, 而定爲歌曲. 故李太白 〈淸平調詞〉 三章, 皆絶句. 元白諸詩, 亦知音
協律作歌. 白樂天守杭, 元微之贈詩云, "休遣玲瓏唱我詞, 我詞都是寄君
詩." 白樂天亦戲諸妓云, "席上爭飛使君酒, 歌中多唱舍下詩." 又舊說開元
中, 詩人王昌齡·高適·王之渙詣旗亭飮酒, 梨園伶官亦招妓聚燕. 三人私
約曰, "我輩擅詩名, 未定甲乙, 試觀諸伶謳詩分優劣." 一伶唱昌齡二絶句
云, "寒雨連江夜入吳, 平明送客楚帆孤. 洛陽親友如相問, 一片氷心在玉
壺." "奉帚平明金殿開, 强將團扇共徘徊. 玉顔不及寒鴉色, 猶帶昭陽日影
來." 一伶唱適絶句云, "開篋淚沾臆, 見君前日書. 夜臺何寂寞, 猶是子云
居." 之渙曰, "佳妓所唱, 如非我詩, 終身不敢與子爭衡. 不然, 子等列拜床
下." 須臾, 妓唱, "黃河遠上白雲間, 一片孤城萬仞山. 羌笛何須怨楊柳, 春
風不度玉門關." 之渙揶揄二子曰, "田舍奴, 我豈妄哉!" 以此知李唐伶伎,
取當時名士詩句入歌曲, 蓋常俗也.

신점(芙蓉樓送辛漸)〉첫째 수와 〈장신추사(長信秋詞)〉셋째 수이
며, 고적의 시는 〈곡단부양소부(哭單父梁少府)〉의 앞 네 구이고, 왕
지환의 시는 〈양주사(涼州詞)〉첫째 수이다. 결론의 언급대로 명사들
의 시구를 배악(配樂)하여 노래하는 것은 당시의 '상속(常俗)'이었
고, 기녀는 그 가수였던 것이다. 원진의 시에 등장하는 '영롱(玲瓏)'
은 백거이의 가기이다. 백거이의 시에서도 가기가 자기의 시를 노래
부른다고 했으니, 당시 기녀가 문인들의 시를 노래하는 것은 매우 보
편적이었음을 알 수 있다. 이처럼 '기정'에서 노래한 기녀들은 거기에
소속된 상업적 시기(市妓)였다.

당대 가장 유명한 이별 노래인 왕유(王維)의 〈송원이사안서(送元
二使安西)〉도 이러한 기녀들이 "당시 명사들의 시구를 가져다 가곡
에 넣은" 전형적인 예이다. 이 시는 〈양관곡(陽關曲)〉 또는 〈위성곡
(渭城曲)〉으로 불리면서 송별연에서 가장 많이 불렸던 노래였다.

渭城朝雨浥輕塵,　위성(渭城)의 아침 비가 날리는 먼지를 적시니,
客舍青青柳色新.　여관의 버드나무 색은 파릇파릇 새롭네.
勸君更盡一杯酒,　그대여 술 한 잔 더하고 가시게.
西出陽關無故人.　서쪽으로 양관(陽關)을 나서면 아는 이도 없을
　　　　　　　　　터이니.

'위성'은 장안 북쪽에 있는 함양(咸陽)으로서, 서역으로 여행하는
사람을 주로 여기에서 전송했다. 예로부터 중국에는 길 떠나는 사람
에게 버드나무 가지를 꺾어 주며 전송하는 풍습이 있었는데, 위성 주
변에는 이 버드나무가 많았다고 한다. 버드나무를 뜻하는 '柳'가 머물
다는 뜻의 '留'와 해음(諧音)이어서 떠나는 이를 더 머무르게 하고
싶은 마음을 담았다고 한다. 거기에다 버드나무가 아무 땅에나 잘 자

라듯이 타향에서도 잘 뿌리 내려 살라는 의미도 담겨 있다고 한다. '양관'은 지금의 감숙성(甘肅省) 돈황현(燉煌縣) 서북에 있는 관문으로, 옥문관(玉門關) 남쪽에 있었기 때문에 이렇게 불렸다.

왕유는 음악에 정통했고 비파도 잘 탔는데, 당시 기녀들은 이 시의 마지막 구를 세 번 반복하는 '양관삼첩(陽關三疊)'의 창법으로 불렀다. 그래서 이상은(李商隱)은 "〈양관〉을 다 노래하고도 끝없이 되풀이하니, 술잔에 반쯤 찬 송엽주는 수정처럼 얼었다네."라고 했고, 또 "붉게 벌어진 앵도(櫻桃)는 백설(白雪)을 머금고 있는데, 애간장 끊어지는 소리로 〈양관〉을 노래하네."18)라고 했다. 앵도는 입술을 비유하고, 백설은 하얀 이빨을 상징한 것이다. 노래의 가사나 창법 모두 애잔한 이별의 정을 잘 표현하고 있으므로 백거이도 "가장 기억에 남는 것은 〈양관〉 노래이니, 진주를 꿰는 듯한 노래였다네."19)라고 했다.

이처럼 문인은 기녀들의 가창을 통하여 그들의 시가를 전파하고 명성도 쌓았다. 양자는 피상적으로 손님과 접대부라는 일차적 관계로 보이지만 이 일차적 관계를 넘어서 상호의존적인 공생관계가 형성되어 있었다. 앞의 예처럼 문인들은 그들의 시가를 노래하는 가수인 기녀를 함부로 대하지 못했다. 마찬가지로 기녀들도 문인과의 교유를 더욱 선호했다. 그것은 그들의 품평이 역시 기녀의 명성에 직접적으로 영향을 미치기 때문이었다. 육엄몽(陸嚴夢)의 다음 시는 기녀를 품평하는 문인들의 일면을 엿볼 수 있다.

---

18) 〈飮席戱贈同舍〉: 唱盡〈陽關〉無限疊, 半杯松葉凍玻璃. / 〈贈歌妓〉: 紅綻櫻桃含白雪, 斷腸聲里唱〈陽關〉.

19) 〈晚春欲攜酒尋沈四著作〉: 最憶〈陽關〉唱, 眞珠一串歌.

自道風流不可攀,　　스스로 풍류스럽다고 하나 근처에도 못 가고

却堪蹙額更顙顏.　　찡그린 이마는 억지로 참아준다 해도 더욱이
　　　　　　　　　　망가진 얼굴이라니.

眼睛深却湘江水,　　눈동자는 움푹하니 상강(湘江)의 고인 물 같고,

鼻孔高于華岳山.　　콧구멍은 화악산(華岳山)보다 높네.

舞態固難居掌上,　　춤추는 자태는 진실로 손바닥 위에 올려 둘 정
　　　　　　　　　　도로 날씬하지 못하고,

歌聲應不繞梁間.　　노랫소리도 마땅히 들보 사이를 맴돌지 못
　　　　　　　　　　하네.

孟陽死後欲千載,　　그 못생긴 맹양(孟陽)[20]도 죽은 지 천 년이 되
　　　　　　　　　　었지만

猶在佳人覓往還.　　오히려 찾으며 왕래하는 가인(佳人)이 있는
　　　　　　　　　　데.[21]

　　이 시는 연회에 참석한 기녀를 품평한 것이다. 시제 〈계주연상증호
자녀(桂州筵上贈胡子女)〉의 '호자녀(胡子女)'나 움푹한 눈과 높은
코라는 표현으로 보아 서역 여자로 보인다. 시인은 '풍류'도 없고 얼
굴도 못생겼는데 가무조차도 형편없다고 조롱하고 있다. 그리고 맹양
을 예로 들며 남자는 몰라도 여자가 이래서는 아무도 찾지 않을 것이
라고 에둘러 말하고 있다. 범터(范攄)는 "육엄몽이 계주(桂州: 지금
의 桂林)의 연회에서 호자녀(胡子女)에게 준 시 한 수는 지금도 기
녀들과 즐기는 곳에서 자주 노래 부르는 작품으로서, 얼굴을 숙이고
낯빛을 변하게 하지 않음이 없다."[22]라고 했으니, 이 시가 기녀를 품

---

20) 晉 張載의 字이다. 장재는 얼굴이 못생겨서 길거리를 나가면 아이들이 기와조
　　각을 던졌다고 한다.

21) 〈桂州筵上贈胡子女〉.

22) 范攄, 《雲溪友議》 卷中: 陸嚴夢桂州筵上贈胡子女一詩, 至今歡狎之所, 辭

평하는 시로 자주 사용되었음을 알 수 있다.

이 책에는 또 "남주(灆州)의 연회석 주규(酒紏) 최운낭(崔雲娘)은 외모가 깡말랐는데, 뭇 손님들에게 장난치며 벌주를 내리곤 했다. 아울러 자신의 노랫소리를 자랑하며 스스로 노래 잘하는 영(郢)나라 사람의 묘가 있다고 여겼다. 이에 이선고(李宣古)가 연회에서 그녀에 대해 시를 한번 읊음으로써 마침내 입을 다물게 했다."23)라고 했는데, 그 시는 다음과 같다.

何事最堪悲,	무슨 일이 가장 슬픈가?
雲娘只首奇.	운낭(雲娘)은 그저 최고로 기이할 뿐이네.
瘦拳抛令急,	깡마른 주먹으로 주령(酒令)은 빠르게 잘도 하더니만
長嘴出歌遲.	긴 주둥이에 노래 부르는 건 느려 터졌다.
只見肩侵鬢,	보아하니 어깨가 귀밑머리를 넘어가고
唯憂骨透皮.	피부에 뼈가 비칠까 두렵네.
不須當戶立,	당연히 문 앞에 서 있어서는 안 될 터,
頭上有鐘馗.	머리 위에 못생긴 종규(鍾馗)24)가 붙어있으니.25)

주규(酒紏)는 연회에서 흥을 돋우며 벌주를 부과하는 게임 '주령'

吹之篇, 無不低顏變色也.

23) 范攄,《雲溪友議》卷中: 灆州宴席酒紏崔雲娘者, 形貌瘦瘠, 而戲調罰於眾賓. 兼恃歌聲, 自以爲郢人之妙也. 李生宣古, 乃當筵一詠, 遂至鉗口.

24) 鐘馗는 唐 高祖 武德 연간에 태어나 高宗 永徽 연간에 과거에 급제했지만 못생긴 외모 때문에 武后의 미움을 받아 관직을 받지 못했다. 10년 넘게 기다렸지만 결국 벼슬에 나아가지 못하고 出家하여 도사가 되어 주유천하를 했다.

25) 〈咏崔雲娘〉.

을 주도하는 우두머리 기녀이다. 최운낭은 깡마른 몸매로 별 인기가 없었지만 스스로 노래를 잘 부른다는 자만심으로 손님들을 막 대했으므로 이선고가 시로써 조롱하고 있다.

오초(吳楚)의 괴짜 서생 최애(崔涯)도 "매번 기원(妓院)에서 시를 지을 때마다 저잣거리에 널리 유행되곤 했다. 그 기녀를 칭찬하면 거마가 줄을 잇고, 비방하면 술잔과 소반 놓는 기회도 잡지 못했다."[26] 고 할 정도였다. 그는 기원의 영업은 물론 기녀의 명성을 좌지우지하는 영향력 있는 비평가였던 것이다. 그는 기녀 이단단(李端端)을 다음과 같이 조롱하였다.

> 黃昏不語不知行,　해가 져도 말하지 않으면 갈 줄 모르고,
> 鼻似烟窓耳似鐺.　코는 굴뚝같고 귀는 방울 같다.
> 獨把象牙梳插鬢,　상아(象牙) 빗을 귀밑머리에 꽂아 놓으면
> 崑崙山上月初生.　곤륜산(崑崙山) 위에 갓 뜬 달 같다.[27]

이 시는 전체적으로 이단단의 검은 피부와 못생긴 외모를 조롱한 것이다. 상아 빗을 꽂고 있는 모습을 곤륜산 위에 뜬 달로 비유한 것은 그녀의 검은 피부를 풍자한 것 같다. 최애는 시인 장호(張祜)와 함께 양주(揚州)에 기거하면서 자유롭고 호탕한 삶을 살았다. 이들은 특히 기원에서 이름을 날린 문인들로서, 이들의 품평은 기녀의 수입에 결정적 영향을 미쳤다고 한다. 이 시를 접한 기녀 이단단은 최애를 찾아가 사정을 했고, 이에 그는 다시 다음과 같은 시로써 그녀를 치켜

---

26) 范攄, 《雲溪友議》 卷中: 崔涯者, 吳楚之狂生也, 與張祜齊名. 每題一詩于倡肆, 無不誦之于衢路. 譽之則車馬繼來, 毁之則杯盤失措.
27) 〈嘲李端端〉.

세워 주었다.

> 覓得黃騮鞍繡鞍,　누런 월따말 찾아 비단 안장 채우려거든
> 善和坊里取端端.　선화방(善和坊)의 단단(端端)을 취하거라.
> 揚州近日渾成差,　요즘 양주에는 모두 형편없는데
> 一朵能行白牡丹.　한 송이 걸어 다니는 하얀 모란이로다.[28]

월따말은 '털빛이 붉고 갈기가 검은 말'로서, 이단단의 검은 피부색을 미화시키기 위해 동원한 상징으로 보인다. 심지어 마지막 구에서는 '하얀 모란'으로 비유하기까지 한다. 어쨌든 최애의 이 시로 인해 "부자 선비들이 다시 그 문 앞으로 모여들었다. 어떤 이가 놀리며 말하길 '이(李) 낭자가 묵지(墨池)에서 나와 설령(雪嶺)을 올랐네. 어째서 하루 만에 흑백이 달라졌는고?'라고 하였다. 홍루(紅樓)에서는 창악(倡樂)을 하므로 그의 조롱을 두려워하지 않는 이가 없었다."[29]라고 하였다. '묵지(墨池)에서 나와 설령(雪嶺)을 올랐다'는 비아냥은 이단단의 검은 피부에 대한 최애의 비평이 양극단을 오갔기 때문이다.

이처럼 문인의 품평은 기녀의 직업적 생명에 직접적 영향을 끼쳤다. 따라서 기녀들은 이러한 사대부 문인들을 가벼이 대할 수 없었다. 이런 점에서 문인은 기녀의 엔터테인먼트를 즐기는 '향유자'인 동시에 그 예술적 성취를 평가하는 '비평가'였다.

마찬가지로 문인들도 기녀를 함부로 대할 수는 없었다. 그것은 기

---

28) 〈嘲李端端〉.
29) 《太平廣記》卷256: 于是豪富之士, 復臻其門. 或戲之曰, "李家娘子, 才出墨池, 便登雪嶺. 何期一日, 黑白不均?" 紅樓以爲倡樂, 無不畏其嘲謔也.

녀의 문인에 대한 평가나 그 시의 가창 여부에 따라 문인들의 명성도 지대한 영향을 받았기 때문이다. 다음 글은 백거이가 원진에게 자신의 시가 기녀들에 의해 전국적으로 유행되고 있음을 자랑하고 있다.

다시 장안에 왔을 때 또 들었나이다. 우군사(右軍使) 고하우(高霞寓)가 기녀를 부르려고 하자 그 기녀가 크게 자랑하며 "나는 백학사(白學士: 백거이)의 〈장한가(長恨歌)〉도 외우는데 어찌 다른 사람과 같겠소?"라고 했고, 이로 말미암아 몸값이 올랐다고 합니다. 또 그대의 편지 가운데 통주(通州)에 도착한 날 강관(江館)의 주문(柱門)에 저의 시를 적는 사람을 보았다고 했는데, 누구인지요? 그리고 지난번 한남(漢南)을 지나던 날에 우연히 주인이 여러 사람을 불러 모아 풍악을 즐기던 곳에 가게 되었는데, 여러 손님과 기녀들이 제가 오는 것을 보고서 손가락으로 가리키며 서로 돌아보며 수군댔지요. "저 사람이 〈진중음(秦中吟)〉과 〈장한가〉를 지은 장본인이오!"라고요. 장안에서부터 강서(江西)에 이르기까지 삼사천 리 길에 향교(鄕校)나 불사(佛寺), 여관, 길 떠나는 배 안 등에서 종종 저의 시를 적어 놓은 것이 있었으며, 선비와 서민, 스님과 아낙네, 처녀의 입에서도 매번 저의 시가 노래로 불렸습니다. 이것은 진실로 하찮은 유희이고, 칭찬할만한 것은 아닙니다. 그러나 지금 시속에서 소중하게 여기는 것이 바로 여기에 있을 따름이지요.[30]

백거이의 시가 이처럼 전국적으로 유행할 수 있었던 것은 신악부

---

30) 〈與元九書〉: 及再來長安, 又聞右軍使高霞寓者, 欲聘娼妓, 妓大誇曰, "我誦得白學士長恨歌, 豈同他哉?" 由是增價. 又足下書云, 到通州日, 見江館柱門有題僕詩者, 何人哉? 又昨過漢南日, 適遇主人集衆娛樂, 他賓諸妓見僕來, 指而相顧曰, "此是秦中吟長恨歌主耳!" 自長安抵江西三四千里, 凡鄕校佛寺逆旅行舟中, 往往有題僕詩者, 士庶僧徒孀婦處女之口, 每有詠僕詩者. 此誠雕蟲之戲, 不足爲多. 然今時俗所重, 正在此耳.

(新樂府) 운동의 주창자로서 '시속소중(時俗所重)'을 정확히 파악한 통속성에 기인한 바 크지만, 또 기녀의 가창이 큰 몫을 담당했다고 할 수 있다. 오늘날처럼 인쇄술이 보편화되지 못했던 당시 상황을 고려하면 시가의 전파는 몇몇 지인들에게 초사(抄寫)해주는 것 외에는 이러한 기녀들의 가창에 전적으로 의존했다고 해도 과언이 아니다. 이처럼 문인들도 자신의 명성을 알리는 시가 전파자로서 기녀들을 무시할 수 없었던 것이다.

당대 문인의 명성은 과거 시험에 영향을 미치기도 하며, 또 벼슬길을 좌우하기도 했으므로 문인들은 항상 자신의 작품이 노래로 만들어져서 광범위하게 전송(傳誦)되기를 바랐던 것이다. 그래서 동문환(董文渙)도 당대 절구 시의 성행을 언급하면서 "곧 사람들의 입으로 전송되어 위로는 궁정으로 전파되고 아래로는 부인과 어린아이에게까지 퍼졌다. 이로 말미암아 명성이 크게 높아져서 마침내 평생의 영광이 되기도 했다"[31]고 한 것이다.

4 기녀와 문인의 교감

이처럼 기녀와 문인은 상호의존적 관계를 형성하고 있는데,《전당시》에 수록된 50,000수 가까운 시 가운데 기녀와 관련된 시가 2,000여 수 이상으로 추정되며, 또 앞서 언급한 기녀시인과 교유한 문인만 해도 106명('기녀시인'에 73명, '기녀류시인'에 33명)에 이른다. 이것은 현재 시를 남기고 있는 기녀시인과 교유한 문인만 집계한 것인데, 이

---

31)《聲調四譜圖說》: 卽傳誦人口, 上之流播宮廷, 下之轉述婦孺. 由是聲名大起, 遂爲終身之榮.

것에서 당대 문인들이 기녀와 가볍지 않은 관계를 맺고 있었음을 짐작할 수 있다. 양자는 이러한 교유를 통하여 손님과 접대부의 일차적 관계나 상호의존적 이차적 관계를 넘어서는 삼차적 관계의 징후들을 발견할 수 있으니, 그것은 바로 상호 깊은 이해를 바탕으로 한 진실한 교감이다.

일차적 관계나 이차적 관계는 상호 필요에 의한 것이므로 양자에게 있어 그 필요성이 사라지면 끝나고 만다. 지금까지 남아 전하는 기녀들의 가슴 저리는 애절한 시나 문인들의 진정이 담긴 뛰어난 작품은 그러한 관계를 넘어 서로를 깊이 이해한 교감을 통하여 가능했다고 여겨진다.

양자가 삼차적 관계의 교감으로 이어지는 과정을 보면 당시 사회 속에서의 양자의 처지에서 그 필연성을 찾을 수 있다. 이것은 당시 문인에게 기녀라는 존재의 의미에서부터 출발해야 한다. 지금 우리는 기녀라는 단어에서 쉽게 매춘이라는 단어를 연상한다. 그러나 당시 사대부 문인의 입장에서 보면 기녀를 통한 성적 욕구 해결은 매우 부차적인 일이었다. 사실 성적인 문제는 대부분 축첩(蓄妾)과 같은 방법으로 얼마든지 해결할 수가 있었다. 네덜란드의 R.H. van Gulik 은 이러한 많은 처첩을 거느린 중상층의 사대부 문인들이 "항상 예기(藝妓)와 왕래하는 것은 대부분 성애를 도피하기 위한 것으로, 단지 가정 내의 침울한 공기를 벗어 던지고 의무적인 성관계에서 벗어날 수 있기를 바랐기 때문이다"라고 진단했다. 이어서 "사실 그들은 여인과 일종의 구속이 없는 친구 같은 관계를 건립하길 갈망했고, 반드시 성관계를 발생시켜야 하는 것은 아니었으며, 한 남자가 예기와 날로 친해질 수는 있어도 또 반드시 성교에 이르는 것은 아니었다."라고 했다.[32] 즉, 기녀는 성적 욕구를 해결하기 위한 존재라기보다는 요즘 말로 '여사친'이면서 경우에 따라 성적 관계까지 허용된 존재라고 보는 것이 옳다는 것이다. 기녀들도 자연히 권세가나 부귀한 상인 같은 일반 손님보다는 사대부 문인을 선호했다. 이에 대해 도모녕(陶慕寧)은 사대부 문인의 품평이 기녀의 인기와 수입에 결정적 영향을 미친다는 현실적 이유와 함께 사대부 문인은 풍류스럽고 준아(俊雅)하여 직관적 즐거움을 누릴 수 있고, 사회적 지위에 따른 알 수 없는 경외감이 생긴다는 이유를 들었다.33) 따라서 기녀 어현기(魚玄機)도 "진귀한 보배는 쉽게 구할 수 있지만 사랑할 남자는 얻기 어렵네."34)라고 노래하였으니, 문학 예술적 소양과 풍부한 감성을 겸비한 기녀들은 돈이나 권력과는 별개로 자신만의 주체적이고 이상적인 남성상을 추구하였고, 이러한 남성상에 가장 근접하는 사람이 사대부 문인이었던 셈이다.

거기에다 "상문호압(尙文好狎)"으로 대표되는 당대의 사회 분위기는 양자의 교류를 매우 자유롭게 만들었으며, 이에 따라 때로는 이성 친구로서, 또 때로는 의지할 수 있는 연인으로서 상호 교감하는 삼차적 관계를 형성하게 되었던 것이다. 실제 기녀와 문인은 각자 삶의 목표나 방법은 달라도 그 과정에서의 고통과 감정은 상호 공감하는 부분이 많았다. 양자 모두 문학 예술인으로서 일반인과 달리 감성이 풍부했으며, 또 대상은 달랐지만 다른 사람에게 자신의 재능을 보

---

32) 《中國古代房內考》(上海人民出版社, 1990년), 239쪽: 男人常與藝妓往來, 多半是爲了逃避性愛, 但願能够擺脫家里的沈悶空氣和出于義務的性關係. / 原因其實在于他們渴望與女人建立一種無拘無束, 朋友般的關係, 而不一定非得發生性關係. 一個男人可以與藝妓日益親昵, 但不一定非導致性交不可.

33) 《靑樓文學與中國文化》, 14~15쪽

34) 〈贈隣女〉: 易求無價寶, 難得有情郎.

여 주어야 하는 입장이었다. 이러한 공통점이 양자의 사회적 신분 차
이에도 불구하고 같은 감정을 공유하고 교감할 할 수 있었던 이유였
다. 즉, 기녀는 '청루(靑樓)'를 집으로 삼고, 문인은 '사해(四海)'를
집으로 삼아 전자는 생계를 위해, 후자는 입신양명을 위해 동분서주
하므로 비록 추구하는 것은 양극단이지만 그들의 운명과 조우는 상
호 유사점이 많았던 것이다.

이처럼 사대부 문인들은 기녀들을 성적 대상으로서보다는 자신을
이해해 주는 이성 친구로 여겼고, 기녀들 또한 부와 권력을 가진 권세
가보다는 감수성이 예민한 이러한 사대부 문인들에게 더욱 끌렸다.
그래서 양자는 보통 사람들이 이해하기 힘든 애정 형태도 자주 보인
다. 예를 들면 하중부(河中府)의 관기 최휘(崔徽)는 떠나는 배경중
(裵敬中)을 "따라가지 못한 것이 한이 되어 좀 지나서 병이 났다"고
했으며, 작작(灼灼)도 소환되어 떠나는 배질(裵質)에게 "부드러운
붉은 비단에 붉은 눈물을 모아 부치는" 순정을 바쳤으며,35) 단동미
(段東美)는 떠난 설의료(薛宜僚)를 그리워하다 그의 꿈속에까지 나
타났다가 "며칠 만에 죽었다"36)고 했다. 이러한 예 역시 기녀들이
부와 권력에 의지해 오만방자한 상인이나 귀족들보다는 자신을 진정
으로 이해해 주는 문인을 더욱 선호했음을 보여주는 것이다.

사대부 문인도 크게 다르지 않았다. 손룡광(孫龍光)은 정거거(鄭
擧擧)를 보고 "아주 빠졌다"고 했으며, 최수휴(崔垂休)는 소윤(小
潤)을 보고 "푹 빠져서 돈을 아주 많이 썼다"고 했으니, 이러한 예는

---

35) 이상 《麗情集》〈卷中人〉: 以不得從爲恨, 久之成疾. / 〈寄淚〉: 以軟紅絹聚紅
淚爲寄.
36) 《詩話總龜·唐賢抒情集》: 數日而卒.

매우 흔했다. 조광원(趙光遠)은 심지어 "외모가 그다지 뛰어나지 않고 나이도 적지 않은" 내아(萊兒)를 "한 번 보고서는 곧 푹 빠져 끝내 버리지 못했다."고 했다.37) 장안 명기 유국용(劉國容)이 진사 곽소술 (郭昭述)과 이별하면서 보낸 〈계성단애(鷄聲斷愛)〉 같은 사랑의 밀어는 당시 문인들이 기녀에게 왜 이러한 애정 형태를 보이는지 이해할 수 있게 한다.

歡寢方濃,	환락의 잠자리 막 무르익어 가는데
恨鷄聲之斷愛.	안타깝게도 닭 울음소리가 사랑을 끊어버리네요.
思憐未洽,	애틋한 그리움 아직 다 풀지도 못했는데
歎馬足以無情.	무정한 말발굽이 한스럽네요.
使我勞心,	절 마음 쓰이게 하는 것은
因君減食.	그대 입맛 떨어진 것 때문이에요.
再期後會,	후에 다시 만나면
以期齊眉.	거안제미(擧案齊眉)하는 아내로 맺어지길.38)

이 시는 "장안의 자제들이 대부분 읊고 노래하였다."39)고 할 정도로 유행하였다. 유국용은 곽소술과 '눈썹 높이까지 밥상을 올릴 정도로 남편을 공경'하는 '거안제미(擧案齊眉)의 아내가 되지는 못했지만 신분을 초월한 두 사람의 사랑 이야기는 지금까지 회자되고 있다. 이처럼 진솔하고 직설적인 감정 표현은 사대부 문인이나 다른 여성 시인에게서는 찾아보기 힘든 대담성이라 할 것이다.

---

37) 이상《北里志》〈鄭擧擧〉: 頗惑之. / 〈楊妙兒〉: 溺惑之, 所費甚廣. / 〈王團兒〉: 貌不甚揚, 齒不卑矣. ……一見卽溺之, 終不能捨.
38)《開元天寶遺事》卷3, 〈鷄聲斷愛〉.
39)《開元天寶遺事》卷3, 〈鷄聲斷愛〉: ……長安子弟多誦諷焉.

특히 이 시는 '계성단애(鷄聲斷愛)'라는 성어를 만들어 내기도 했다. 날이 밝았음을 알리는 닭 우는 소리는 동서양을 막론하고 사랑하는 사람과 이별해야 하는 상징으로 쓰였다. 이 성어는 《시경(詩經)·제풍(齊風)》〈계명(鷄鳴)〉에서 그 연원을 찾을 수 있다.

> 鷄旣鳴矣,　　닭이 벌써 우네요.
> 朝旣盈矣.　　조정 대신들 벌써 모였겠네요.
> 匪鷄則鳴,　　닭 우는 소리가 아니고
> 蒼蠅之聲.　　쇠파리 윙윙거리는 소리일 거요.

닭이 울었다고 채근하는 연인에게 닭 우는 소리가 아니라 쇠파리 소리라고 우기는 귀여운 실랑이에 절로 미소가 지어진다. 서양의 대표적 러브스토리 《로미오와 줄리엣》에서도 비슷한 상황이 나온다. 다음은 아침 침대에서 떠나려는 로미오와 실랑이 하는 3막 5장의 대사이다.

> 줄리엣: 가려고요? 날은 아직 밝지도 않았는데. 걱정하는 당신의 텅 빈 귀를 꿰뚫는 건 종달새가 아니라 밤꾀꼬리였어요. 밤마다 저기 저 석류나무 위에서 우니까. 내 말을 믿으세요, 여보. 밤꾀꼬리였어요.
> 로미오: 종달새였다니까. 아침의 전령이지 밤꾀꼬린 아니오. 저 봐요. 저 건너 동녘에 시샘하는 빛살이 터진 구름 수 놓는 걸. 밤 촛불은 다 꺼지고 유쾌한 낮의 신이 안개 낀 산마루에 발끝으로 서있다오.[40]

줄리엣이 떠나려는 로미오에게 날도 밝지 않았다고 둘러댄다. 아침을 알리는 종달새 소리를 밤꾀꼬리 소리라고 우기고 있다. 이처럼 닭이 종달새로 바뀌고, 쇠파리가 밤꾀꼬리로 대체되었을 뿐 침대 머리

---

40) 윌리엄 셰익스피어, 최종철 옮김, 《로미오와 줄리엣》(민음사, 2013), 106~107쪽.

에서 벌이는 연인의 실랑이는 동서양이 다르지 않다.

백거이가 〈감고장복야제기(感故張僕射諸妓)〉라는 시로써 기녀 관반반(關盼盼)을 죽게 만든 일화는 기녀와 문인의 특별한 관계의 일단을 알게 한다. 제목의 '장복야(張僕射)'는 예부상서(禮部尚書)를 지낸 장건봉(張建封)의 아들 장음(張愔)을 가리키며, '제기(諸妓)'라고 했지만 주 풍자대상은 그의 가기 관반반이다. 관반반은 앞서도 언급된 서주(徐州)의 기녀로서 백거이의 〈장한가〉를 노래할 수 있었으며, '예상우의무(霓裳羽衣舞)'를 잘 추어 특히 명성이 높았다. 장음은 그녀를 가기로 들였고, 특별히 총애하여 연자루(燕子樓)를 지어주었다. 백거이는 교서랑(校書郎)을 맡았던 정원(貞元) 연간 (785-805년)에 서주(徐州)와 사수(泗水) 지역에 갔다가 서주를 다스리던 장음에게 초대되어 관반반을 알게 되었다. 백거이는 그녀의 춤을 보고 "취한 듯한 교태로 흐느적거리니, 바람에 간들거리는 모란꽃이로다."41)라고 극찬했고, 그녀의 〈연자루(燕子樓)〉 시에 화운시(和韻詩) 세 수를 짓기도 했다42). 그로부터 2년 후에 장음이 갑자기 죽었고, 가기들도 뿔뿔이 흩어졌다. 그런데 그녀만 10여 년간 홀로 수절

---

41) 백거이, 〈燕子楼三首并序〉: 醉嬌勝不得, 風褭牡丹花.

42) 백거이의 〈燕子樓三首并序〉에도 "徐州의 고 張尚書에게는 愛妓가 있었는데 盼盼이라고 했다."고 했는데, 여기의 '張尚書'와 동일 인물이다. 어떤 기록에는 그의 아버지 張建封으로 보기도 하는데, 이는 잘못된 것이다. 왜냐하면 白居易 가 校書郎을 맡았을때는 貞元十九年(803)에서 元和 元年(806)으로서, 張建封은 이미 貞元十六年(800)에 죽었기 때문이다. 그의 아들 張愔은 武寧軍節度使와 檢校工部尚書를 거쳐 마지막에는 兵部尚書로 갔고 백거이가 교서랑으로 있을 때 그는 아직 살아 있었으므로 백거이의 詩序와 부합한다. 그리고 관반반의 작품으로 알려진 〈燕子樓三首〉도 그가 반반에게 노래 부를 수 있도록 지어진 것이라고 보는 것이 일반적이다.

하며 연자루에 살고 있다는 소식을 듣고는 백거이는 다음과 같이 노래하였다.

黃金不惜買蛾眉,　미인을 사는 데 황금을 아끼지 않았으니,
揀得如花四五枝.　꽃 같은 네다섯 명을 골랐다네.
歌舞教成心力盡,　가무를 가르치느라 몸과 마음을 다했건만
一朝身去不相隨.　하루아침에 죽으니 가기는 아무도 따라 죽지
　　　　　　　　않네.43)

이 시를 읽고 관반반은 "낭군이 돌아가신 후 첩이 죽을 수 없었던 것이 아니었습니다. 세월이 흐른 뒤 남편이 색을 밝혀서 따라 죽은 첩이 있다는 소릴 들을까 두려웠나이다. 이것은 낭군의 청렴함을 더럽히는 것입니다."44)라고 하고는 백거이에게 다음과 같이 화시하였다.

自守空樓斂恨眉,　홀로 빈 누대 지키노라니 한스러운 눈썹 찌푸
　　　　　　　　려지고
形同秋後牡丹枝.　모습은 가을 지난 모란 가지 같구나.
舍人不會人深意,　사인(舍人: 백거이)은 사람의 깊은 뜻을 알지
　　　　　　　　도 못하고
訝道泉臺不去隨.　천대(泉臺: 관반반)가 따라 죽지 않았다고 의
　　　　　　　　아하게 말하네.45)

그 후 관반반은 열흘 동안 굶다가 죽었다고 한다. 백거이는 자신의

---

43) 〈感故張僕射諸伎〉.
44) 馮夢龍,《情史》: 自我公薨背, 妾非不能死, 恐千載之下, 以我公重色, 有從
　　死之妾, 是玷我公請范也.
45) 〈和白公詩〉.

잣대로 관반반을 예단한 비정한 시인이 되었고, 죽은 관반반은 역대 시인들에게 두고두고 절개 있는 기녀로 칭송되었다.

구양첨(歐陽詹)이 태원(太原)에서 만났던 태원기(太原妓)의 순정도 보기 드문 예이다. 당나라 천주(泉州) 진강(晉江: 지금의 福建南安縣) 사람인 그는 덕종(德宗) 정원(貞元) 8년(792) 한유(韓愈), 최군(崔群), 이관(李觀) 등과 같이 진사에 급제했다. 민월(閩越)의 선비가 진사로 합격한 것은 그가 처음이었다. 관직이 국자감(國子監) 사문조교(四門助敎)에 이르렀으며, 문명이 매우 높았다. 특히 의론에 뛰어나고 논리가 주도면밀하여 당대의 대표적 지식인으로 존경을 받았다. 그런 그가 태원에 있을 때 잠시 만났던 기녀는 그의 인품에 반하여 순정을 바쳤다. 그러나 이별이 시간이 다가왔고 두 사람은 헤어질 수밖에 없었다. 태원기는 떠난 구양첨을 잊지 못하고 상사병을 앓게 되었다. 그리고 마침내 "머리카락을 자르고 시를 지어서 구양첨에게 부치고는 절필하고 죽었다."46)고 했으니, 그녀가 머리카락과 함께 보낸 시는 다음과 같다.

自從別後減容光, 그대가 떠난 후부터 얼굴빛이 어두워졌어요.
半是思郎半恨郎. 반은 그대가 그립고 반은 그대가 미워요.
欲識舊來雲鬢樣, 옛날의 구름 같은 귀밑머리 모양을 알고 싶다면
爲奴開取縷金箱. 저를 위해 금실 상자를 열어보세요.47)

미우면서도 그리운 임에게 자신의 정표인 머리카락과 함께 보낸 태원기의 연서는 가슴을 저리게 한다. 이처럼 기녀들은 순정에다 지

---

46) 《全唐詩》 卷802, '太原妓': ……乃刃髻作詩寄詹, 絶筆而逝.
47) 〈寄歐陽詹〉.

조까지 갖추고 자신의 마음을 시로써도 표현하였으니, 사대부 문인의 마음을 움직일 수 있었던 것이다. 이것은 양자가 서로를 이해하는 깊은 교감의 예라 할 것이다.

이렇게 볼 때 남곡기(南曲妓) 안령빈(顔令賓)의 장례를 많은 문인 묵객들이 함께 치른 것도 충분히 있을 법한 일이라 하겠다.

> 안령빈은 행동거지가 풍류스러웠고, 붓과 벼루를 섬겨 많은 글도 남겼다. 선비들을 만나면 예를 다하여 받들어 모셨고, 그들에게 시를 부탁하여 늘 상자가 가득하였다. 병이 심해진 어느 봄날 저녁에 섬돌 앞에 부축을 받고 앉아서 낙화를 쳐다보며 서너 번 길게 탄식했다. 시를 지으려고 시동의 부축을 받고 나왔던 것이다. 그리고 갓 급제한 낭군과 선비 몇몇을 맞아 저녁까지 즐겁게 술을 마셨다. 그녀는 눈물을 흘리며 "저는 오래가지 못할 것 같으니, 각자 애도의 만장을 만들어서 저에게 보내주세요."라고 부탁하여 시 몇 수를 얻었다. 그녀가 죽자 유타타(劉駝駝)라는 자가 그 가사로써 곡자사(曲子詞)를 만들어 운구하는 사람들에게 노래하게 했다. 그 가락이 매우 비창했으며, 그녀는 청문(青門) 밖에 묻혔다. 이때부터 장안에 전해져서 운구하는 사람들은 모두 이 노래를 불렀다.[48]

한 기녀의 죽음에 바치는 사대부 문인들의 만사는 사대부 문인과 기녀와의 교감의 깊이를 알게 해준다. 아울러 이들 사이에 성별과 신분을 뛰어넘는 진실하고 인간적인 교감이 있었음을 말해준다. 또 만

---

48) 顔令賓, 〈臨終召客〉: 擧止風流, 事筆硯, 有詞句, 見擧人盡禮祇奉. 乞歌詩, 常滿箱篋. 及病甚, 値春暮, 扶坐砌前, 顧落花長歎數四. 因爲詩敎小童持出, 邀新第郎君及擧人數輩, 張樂歡飮至暮. 涕泗請曰: "我不久矣, 幸各制哀挽送我." 得詩數首. 及死, 有劉駝駝者, 能爲曲子詞, 因取其詞, 敎挽柩者前唱之, 聲甚悲愴, 瘞青門外. 自是盛傳於長安, 挽者多唱焉.

가를 만들어 노래하는 예술인들의 장례 의식이 후세에 전해져 하나의 유행이 되었으니, 엔터테이너로서의 기녀의 영향력을 알 수 있다.

이처럼 문인들 역시 예교에 묶인 규방 양가녀보다 사회적 구속이 없으면서도 말이 통하고, 재능과 감성까지 겸비한 기녀들에게 더욱 끌릴 수밖에 없었던 것이다. 그래서 전국을 주유했던 시선(詩仙) 이백도 가는 곳마다 기녀 관련 시를 남기고 있다. 장안에서는 호희(胡姬), 금릉(金陵: 지금의 南京)에서는 오희(吳姬), 항주(杭州) 서호(西湖)에서는 월녀(越女), 산동(山東)에서는 노희(魯姬), 하북(河北)에서는 한단기(邯鄲妓) 등을 노래한 시를 남기고 있다.49) 근엄한 시성(詩聖) 두보조차도 "언제 이 금전회(金錢會)에 부름을 받고, 잠시 가인의 화려한 비파 옆에 취해볼거나"50)라며 기녀와의 연회를 그리워하고 있다.51) 금전회는 당대 궁정에서 돈을 뿌리고 줍던 놀이로, 《구당서(舊唐書)》에 따르면 "개원(開元) 원년(元年) 9월에 승천문(承天門)에서 왕공백관이 연회할 때, 좌우 관리에게 누대 아래로 금전을 살포하도록 명했다. 중서(中書) 이상 오품관(五品官) 및 기타 관서의 삼품(三品) 이상 관리들만 줍도록 허락했다."52)고 한다.

---

49) 장안의 호희(胡姬)는 〈送裵十八圖南歸嵩山二首〉, 금릉(金陵)의 오희(吳姬)는 〈金陵酒肆留別〉, 항주(杭州) 서호(西湖)의 월녀(越女)는 〈越女詞〉, 산동(山東)의 노희(魯姬)는 〈咏隣女東窓海石榴〉, 하북(河北)의 한단기(邯鄲妓)는 〈邯鄲南亭觀妓〉 등이다.

50) 〈曲江對雨〉: 何時詔此金錢會, 暫醉佳人錦瑟旁.

51) 돈이 없었던 두보는 직접 기녀를 찾아가 즐기지 못하고 권세 있는 친구를 따라 잠시 그 흥취를 즐겼는데, 그는 〈數陪李梓州泛江有女樂在諸舫戱爲艶曲二首贈李〉(《全唐詩》券227)에서 "上客鍮空騎, 佳人滿近船. 江晴歌扇底, 野曠舞衣前. 玉袖凌風幷, 金壺隱浪偏. 竟將明媚色, 偸眼艶陽天."이라고 노래했고, 〈陪諸貴公子丈八泃携伎納凉晩際遇雨二首〉에서는 "竹深留客處, 荷淨納凉時. 公子調氷水, 佳人雪藕絲."이라고 노래했다

중당 이후로는 이러한 상호 교감의 예가 더욱 많이 보인다. 이것은 당시의 정치 사회적 양상에서 그 원인을 찾을 수 있다. 안사(安史)의 난을 겪으면서 많은 문제의식을 가졌던 문인 관료들은 그것을 개혁하고자 노력하여 사회 전반을 혁신의 분위기로 이끌었다. 그러나 그러한 활동이 많아진 만큼 권력에 의해 좌절되는 경우도 많아서 상대적으로 실의하고 방황하는 문인들도 많아졌다. 또 입신양명을 꿈꾸는 젊은 문인들은 성당 시기에 비해 사도의 길이 더욱 좁아져서 관직을 찾아 이리저리 떠도는 유랑 신세들이 많았다. 이처럼 실의하고 불우한 문인들은 자신을 이해해 주는 지기나 위로받을 안식처를 찾곤 했는데, 그러한 역할의 일부를 기녀가 담당했던 것이다.

문인들의 이러한 좌절은 또 동병상련의 입장에서 기녀들의 아픔도 깊이 이해하는 계기가 되었다. 따라서 양자는 손님과 접대부의 관계를 넘어 깊은 교감에 이르는 경우가 많아지게 되었다. 예를 들면 유우석(劉禹錫)은 기녀 태낭(泰娘)을 노래한 〈태낭가(泰娘歌)〉에서 다음과 같이 말하고 있다.

繁華一旦有消歇,　너의 화려한 전성기가 하루아침에 끝나버렸듯이
題劍無光履聲絶.　나의 제검(題劍)도 빛을 잃고 발걸음 소리도
　　　　　　　　　끊어졌네.
……
擧目風煙非舊時,　눈을 들어 풍진 세상을 보니 옛날이 아니로세.
夢尋歸路多參差.　꿈에서나마 돌아갈 길 찾는데 자꾸 어긋나네.

52) 《舊唐書》: 開元元年九月, 宴王公百寮於承天門, 令左右於樓下撒金錢, 許中書以上五品官及諸司三品以上官爭拾之.

이것은 태낭의 말년을 정치적 좌절로 인한 자신의 처지와 동일시한 예이다. '제검'은 《후한서(後漢書)·한릉전(韓棱傳)》에 나오는 고사로서, 한릉(韓棱)이 상서령(尙書令)이 되었을 때 숙종(肅宗)이 특별히 칼 위에 직접 서명한 '상서검(尙書劍)'을 하사했다고 한다. 이후로 이용어는 군주의 신하에 대한 특별한 은총을 비유하는 전고로 사용된다. '제검도 빛을 잃고 발걸음 소리도 끊어졌네'라는 표현은 화려한 전성기가 끝나고 찾아오는 사람도 없다는 탄식인데, 마치 손님이 끊어진 기녀의 처지와 마찬가지라는 비유이다.

백거이는 또 강주사마(江州司馬)로 좌천되어 가면서 〈비파행(琵琶行)〉을 지어 "강주사마도 푸른 적삼을 적신다."[53]며 교방악기(敎坊樂妓)에서 상부(商婦)로 전락한 한 여인의 불행한 신세에 눈물을 흘렸다. 두목(杜牧)도 '감로지변(甘露之變)'[54]으로 인하여 실의하고 방황하던 때에 낙양(洛陽)의 한 주막에서 옛날에 알았던 기녀 장호호(張好好)와 재회하고서 그녀의 불행한 노후를 진심으로 애통해했다.[55] 이것은 모두 동병상련의 예로서, 당시 양자는 백거이가 말한 "마찬가지로 하늘 끝 나락으로 떨어진 사람들이니, 서로 만남에 어찌 일찍이 알고 있었던 사람이어야 하겠는가?"[56]라는 감정을 공유했던 것이다.

---

53) 〈琵琶行〉: 江州司馬靑衫濕.
54) 唐 文宗 때 宰相 李訓 등이 宦官을 죽이려고 감로가 내렸다고 속여 그들을 꾀어내려 하다가, 목적을 달성하지 못하고 도리어 피살당한 사변.
55) 〈張好好〉 참고. 杜牧은 洪州와 宣城에서 沈傳師의 幕吏를 할 때 張好好와 알고 지냈는데, 그녀는 후에 沈傳師의 동생인 沈述師의 첩으로 들어갔다.
56) 〈琵琶行〉: 同是天涯淪落人, 相逢何必曾相識.

당대는 기녀제도가 확립되고 기녀문화가 형성되어 기녀가 문화의 주도자로 등장한 시기이다. 이것은 '상문호압(尙文好狎)'으로 대표되는 당대 사회 분위기에 기인한다. 사회적으로 비천한 신분이었지만 상대하는 손님들은 위로는 황제나 대신들을 비롯하여 아래로는 필부에 이르기까지 다양했다. 그러나 가장 주도적 계층은 당시의 지식인 계층으로서 사대부 문화를 이끌었던 사대부 문인들이었다. 따라서 기녀들은 이들을 상대하기 위한 다양한 소양을 쌓아야 했으니, 노래와 춤, 악기 연주, 기예 같은 기본적 소양은 물론 사대부 문인과 시문을 수작할 수 있는 문학적 재능, 그들과의 응대에 요구되는 말투나 표정, 동작까지도 가르침을 받았다. 그리하여 당대 기녀들은 시인으로서, 가수로서, 무용가로서, 연주가로서, 배우로서 활동한 멀티 엔터테이너의 면모를 갖추었던 것이다.

당대 기녀는 시인으로서도 당대 시단에 또 하나의 회려함을 보탰다. 기녀의 시는 수량 면에서 보면 많지 않지만 당대 시의 발전과 변화에 끼친 영향은 무시할 수 없다. 그 경향을 보면 기녀라는 신분과 직업적 특성에 연관된 이별과 사랑, 그리고 인생역정과 불행한 신세에 대한 노래 등 여성 특유의 완약한 서정이 많은 부분을 차지하고 있다. 이러한 기녀 시에서는 기타 여성시인에게서 발견할 수 있는 섬세하고 여린 감정은 물론이고, 기녀라는 색다른 인생역정에서 오는 남다른 정감과 진솔한 표현이 돋보인다. 특히 그들의 솔직하고 대담한 표현은 다른 문인 계층에서는 찾아보기 힘든 대표적 특징으로서, 당대 시단을 다채롭게 하고 있다 할 것이다.

기녀의 문학사적 공헌 중에서 가장 의미 있는 부분은 시가의 전파

라는 측면이다. 이것은 기녀의 가수로서의 역할에 의한 것이다. 문인
들의 문학작품을 공유할 통로가 없었던 당시 상황에서 기녀는 시가
전파자로서 거의 유일한 존재였으니, 그 전파의 수단은 바로 노래이
다. 기녀는 노래를 통하여 당시를 전파함으로써 당대 시악(詩樂)을
발전시켰을 뿐 아니라 시풍까지도 변화시켰다. 당시 기녀들이 가창한
시는 주로 칠언절구였는데, 당대 시인의 칠언절구는 대부분 배악가창
(配樂歌唱)했다. 특히 중당 이후에 칠언절구가 급증하는 것도 이러
한 기녀의 가창 풍속과 유관하다 할 것이다. 이러한 상황은 기녀들이
당대 시가의 창작과 변화발전에 주도적으로 개입하였음을 의미한다.
중당 이후 칠언절구가 대폭 증가하고, 또 새로운 시가인 사(詞)가 출
현하는 것은 기녀의 가수로서의 역할에 힘입은 바 크다고 할 것이다.
이처럼 기녀들은 중당 이후 시풍을 칠언절구 위주로 변화시켰고 사
의 발생과정에서도 결정적인 역할을 하였다.

또 하나 간과할 수 없는 부분은 배우로서의 기녀의 역할이다. 당대
는 다양한 형태의 공연예술이 발흥하던 시기로서, '대면', '발두', '소
중랑', '답요낭' 등의 가무희는 물론 풍자극의 일종인 '참군희', 각종
기예를 망라한 '백희' 등 이른바 소희들이 본격적으로 성행을 했다.
이러한 당대 공연예술계에서 기녀들은 또 그 공연자였다. 교방이나
이원에 소속된 기녀들은 황가나 고관들을 상대로 한 궁정 공연을 주
로 했지만 중당 이후로는 또 시정에서의 공연도 허락되어 당대 공연
예술의 수준을 높였다. 그 외 시기들도 다양한 장소에서 다양하게 공
연활동을 했다. 이러한 공연예술은 보통 적게는 두세 사람 많게는 대
여섯 사람의 공연자를 필요로 했으므로 유채춘이나 장사낭처럼 가족
중심의 '가정예반'을 꾸려서 활동하는 경우도 많았는데, 이것이 후대
'가정희반'의 효시가 되었다. 특히 공연예술은 대부분 남녀나 노소,

귀천의 구별이 없이 대중을 상대로 퍼포먼스를 했으므로 당대의 전반적인 문화 수준을 높이는 데도 크게 기여했는데, 기녀는 역시 그 주역이었다.

이처럼 당대 기녀들은 문화 창조자로서, 문화 매개자로서, 문화 공연자로서 활약하며 문인과 함께 '장안의 화제' 주역들이었다. 기녀들은 사대부 문인과 다양한 형태로 관계하면서 문화예술을 꽃피웠다. 때로는 접대부와 손님으로, 때로는 가수와 작사자로, 때로는 공연자와 감상자 혹은 비평가로, 또 때로는 서로를 깊이 이해하는 친구로서 교유하고 교감하였다. 그래서 신분의 벽을 뛰어넘어 진실한 사랑으로 연결되거나 상호 신의와 문학예술을 매개로 영원의 관계로 이어지는 아름다운 이야기가 지금까지 전해지는 것이다. 이처럼 양자는 늘 장안의 화제였다.

▌참고문헌

권응상, 《멀티 엔터테이너로서의 중국 고대 기녀》, 소명출판, 2014.

彭定求 等, 《全唐詩》(增訂本), 中華書局, 1999.

趙光宦·黃習元, 《萬首唐人絶句》, 書目文獻出版社, 1983.

王延梯, 《中國古代女作家集》, 山東大學出版社, 1999.

蟲天子, 《香艶叢書》, 人民文學出版社, 1994.

鍾惺, 《名媛詩歸》(36卷), 明刻本

高羅佩, 《中國古代房內考》, 上海人民出版社, 1996.

王書奴, 《中國娼妓史》, 生活書店, 1934.

譚正璧, 《中國女性文學史話》, 百花文藝出版社, 1984.

陶慕寧, 《靑樓文學與中國文化》, 東方出版社, 1993.

修君・鑑今,《中國樂妓史》, 中國文聯出版公司, 1993.

徐君・楊海,《妓女史》, 上海文藝出版社, 1995.

謝無量,《中國婦女文學史》, 台灣中華書局, 1928.

譚正璧,《中國女性的文學生活》, 光明書局, 1930.

嚴明,《中國名妓藝術史》, 台灣文津出版社, 1992.

周力等,《女性與文學藝術》, 遼寧畫報出版社, 2000.

嚴明等,《中國女性文學的傳統》, 台灣紅葉文化事業有限公司, 1999.

허균,《惺所覆瓿藁》권18,〈漕官紀行〉

유희재,《唐代女流詩選》, 문이재, 2002.

王書奴 著, 신현규 편역,《중국창기사》, 어문학사, 2012.

윌리엄 셰익스피어, 최종철 옮김,《로미오와 줄리엣》, 민음사, 2013.

權應相,〈唐代歌妓與文人交感及詩風變遷〉,《南京師大學報》第5期, 2001.

강서형,〈매창 한시 연구(梅窓 漢詩 研究)〉, 한국교원대학교, 석사논문, 2003.

최진아,〈기녀, 건국부인이 되다: 중국 중세 서사문학에 숨겨진 여성의 욕망〉,
《여성이론》통권 제6호, 2002. 여름.

최진아,〈기녀, 건국부인이 되다- 당(唐) 전기(傳奇)〈이왜전(李娃傳)〉에
대한 또 다른 독해〉,《중국어문학》, 제45권, 2005.

최진아,〈唐 傳奇에 투영된 長安의 현실지리와 심상지리〉,《중국소설논총》
제28집, 2008. 9.

최재영,〈唐後期 長安의 進士層과 妓館 形成:『北里志』를 중심으로〉,
《국제중국학연구》제45집, 2002. 8.

이태형,〈白居易 작품에 나타난 妓女 형상〉,《한중언어문화연구》제13집,
2007. 6.

이봉상,〈당대 기녀와 백시 속의 기녀〉,《중국문학연구》제37집, 2008.12.

| 집필자 소개 |

권응상 대구대학교 중국어중국학과 교수

김명수 계명대학교 일본학과 교수

문재원 부산대학교 한국민족문화연구소 교수

안창현 부산대학교 한국민족문화연구소 교수

야스다 마사시安田昌史 계명대학교 일본학과 교수

최범순 영남대학교 일어일문학과 교수

대구대학교 인문과학연구소
동아시아도시인문학총서 3

도시의 확장과 변형 - 도시편 -

초판 1쇄 인쇄 2021년 6월 21일
초판 1쇄 발행 2021년 6월 29일

기   획 | 대구대학교 인문과학연구소
집 필 자 | 권응상·김명수·문재원·안창현·야스다 마사시·최범순
펴 낸 이 | 하운근
펴 낸 곳 | 學古房

주   소 | 경기도 고양시 덕양구 통일로 140 삼송테크노밸리 A동 B224
전   화 | (02)353-9908 편집부(02)356-9903
팩   스 | (02)6959-8234
홈페이지 | http://hakgobang.co.kr
전자우편 | hakgobang@naver.com, hakgobang@chol.com
등록번호 | 제311-1994-000001호

ISBN   979-11-6586-397-5 94800
        979-11-6586-396-8 (세트)

값 : 14,000원

■ 파본은 교환해 드립니다.